中　华　好　诗　词

中华好诗词

友情卷

我寄愁心与明月

袁　辉　编著

中国文史出版社

中国自古就有重视友情的传统。

作为传统儒家学派的先圣，《论语》开篇就记载孔子语云："学而时习之，不亦说乎？有朋自远方来，不亦乐乎？"（《学而》）千百年来，其中包含了人们倾向于结交同道新知的共有期待。不仅如此，孔子还提出了择友的重要标准："益者三友，损者三友。友直，友谅，友多闻，益矣。友便辟，友善柔，友便佞，损矣。"（《季氏》）在与朋友相处上，孔子也为我们划定了具体的原则，那就是"朋友信之"（《公冶长》）与"君子和而不同"（《子路》）。以上即可视作儒家的交友之道。到了孟子，又将其归为"父子有亲，君臣有义，夫妇有别，长幼有序，朋友有信"（《滕文公上》）的"五伦"之一，使之成为后世中国人日常交往的言行准则。《礼记·中庸》中也有包括"朋友之交"在内的"五达道"之说。

道家思想与儒家取径有异，然其情则一。其虽力倡"自然"与"无为"之说，但同样对交友之道有着基于世情的深切体察与思考。其尤著者，当属《庄子·山木》中提出的"君子之交淡若水，小人之交甘若醴。君子淡以亲，小人甘以绝"之说。西晋郭象曾注云："无利故淡，道合故亲。饰利故甘，利不可常，故有时而绝也。"也就是说真正的友情一定是平淡如水而不是甘美如醴的。这样一条看似简单的相处准则同样在后世人事交往中不断验证着其作为真理性的话语存在。

既然友情如此为贤圣所重，那么其生发原理究竟何在呢？我们认为，最为重要的是基于彼此理解与信任基础上的相知相亲。所谓"道不同不相与谋"，这份理解与信任一定又是源自友谊双方对于生命的理想、价值以及意义共有的体知与认同，因此不会夹杂任何令人生厌的世俗与功利。与此相应，真正的友情在诚、在真，就不仅不会因了岁月与境遇的改变而转易，反而会如陈年的老酒一般，愈久愈醇，并在人们处逆临困之际带给他们最为持久的温暖与最为原初的感动。以此之故，长久以来，友情与亲情、爱情一道，成为人类社会最可宝贵的美好情感之一。从春秋时期管仲与鲍叔牙不以贫富贵贱为意的知己之交，俞伯牙与钟子期高山流水、不复鼓琴的知音之交，到清代词坛顾贞观不恤己身奋力营救吴兆骞的患难之交，历代先贤始终不渝地执着践行着他们对于友情最为诚笃的珍重与守护，从而成就了一段段感人至深的友情佳话，使得对于真情的讴歌与颂赞从未在我们悠久的历史文化传统中缺席过。

揆诸上古诗体的创作，对于友情的表现也是其中的一类重要题材。在春秋时代的《诗经·小雅·伐木》篇中就有着"嘤其鸣矣，求其友声。相彼鸟矣，犹求友声；矧伊人矣，不求友生"的动人歌吟。战国屈原又在《九歌·少司命》中抒发了"悲莫悲兮生别离，乐莫乐兮新相知"的悲欢感受。到了汉魏六朝之际，友情诗创作渐呈方兴未艾之势。如旧题"苏李诗"中，就有多首表达友情主题，情真意切。随后曹植、陶渊明、沈约、谢朓诸大家迭相继起，或聊寄相思，或相与赠答，或同题唱酬，进而将友情诗推向了一个新的创作水准。唐宋以降，友情诗词的创作进入到古典文学发展史上的一个繁盛时期，此期名篇佳制，争妍竞秀，诚为其他时代所难以望其项背。由于社会历史环境的变迁，诗人对于友情的体验愈趋深切，并随着"一代有一代之文学"的演进历程将之诉诸于深挚瑰丽的诗篇之中。像王勃的"海内存知己，天涯若比邻"（《送杜少府之任蜀州》）、高适的"莫愁前路无知己，天下谁人不识君"（《别董大》）、白居易的"同是天涯沦落人，相逢何必曾相识"（《琵琶行》）、黄庭坚的"桃李春风一杯酒，江湖夜雨十年灯"（《寄黄几复》）诸句，无不深含哲思意蕴，足堪传唱。尤其是还有如杜甫《赠卫八处士》这样表现世间寻常情谊的篇章，虽淡交如水，却在平易恳挚的诗语中传递出最为普遍的人生感受，因此长久为后世读者所喜爱。不仅如此，像唐代李杜、韩柳、元白以及北宋的苏门与南宋辛陈，他们皆以各自真诚磊落的襟怀，千古之下为我们树立起世间最为刻骨铭心的友情范式，彼此间倾心相交的篇章更是成为古典友情诗史上璀璨夺目的那一道道光彩，令后世读者为之神往不已。元明清时期进入到古典诗词发展的总结期，友情诗也接续着唐宋以来的创作传统，呈现出其独具魅力的一面。像顾贞观誓拯吴兆骞于水火的《金缕曲》二首以及纳兰词中所体现出来的对挚友顾贞观一往情深的眷念，无不动人至深。而一句"然诺重，君须记"，更寄寓着后身之缘、誓结他生的款款心曲，力若千钧。到了清末，以秋瑾为代表的仁人志士为了家国复兴那惺惺相惜、慷慨赴义的豪健之音，回肠荡气，为中国传统友情诗的发展画上了一个完满的句号。

我们始终认为，真正的友谊绝不应只存在于古老的诗篇之中，而更宜深植于当下日趋躁竞的个体心灵中，如此方才得以使其不断体会真情慰藉人心的温暖力量。为此，我们特策划、编选了这样一部历代友情诗选，希望能够从中体味嘤鸣以求的美好，从而珍重身边每一位与自己志同道合的朋友。全书选诗以友情诗整体演进的脉络为主线，分为诗经篇、汉魏六朝篇、唐宋篇以及元明清篇，就中尤以唐宋所占比重最大，这也是与其文学史地位相称的。同时，出于丛书编选体例统一的考虑，若干篇幅较长者未能入选。虽时有遗珠之憾，但还是力求能够全面反映传统友情诗的历史风貌与创作水准。

此外，限于学力，书中疏失与舛误之处在所难免，这自当是由编选者独力承担的，恳请广大读者朋友批评指正。

目　　录

诗 经 篇

汉魏六朝篇

唐 宋 篇

金元明清篇

诗经篇

卫风·木瓜

投我以木瓜，报之以琼琚。
匪报也，永以为好也！
投我以木桃，报之以琼瑶。
匪报也，永以为好也！
投我以木李，报之以琼玖。
匪报也，永以为好也！

赏析：

关于此诗主旨，历来歧解纷纭。可以肯定的是，该诗通过对往来投赠的反复叙写，其所着重寄托的是彼此间同心交好的深情厚谊，施之于友朋之间，亦无不可。

全诗大意：您赠我木瓜，我以佩玉回报您。不是为了报答您呀，而是要永远珍重这份情谊！您赠我木桃，我以美玉回报您。不是为了报答您呀，而是要永远珍重这份情谊！您赠我木李，我以美石回报您。不是为了报答您呀，而是要永远珍重这份情谊！

整首诗凡三章，每章四句。前两句敷写双方互相投赠礼物，作者所回馈者，既厚于所受赠，也隐含着彼此间交往的基础是多受对方精神品格的感召，乃所谓君子之交者，因此得以情谊绵绵，坚贞不渝；后两句则直接表白心意，充满着对共结美好情谊的向往。诗歌在形式上的联章复沓，极大地强化了诗句间跌宕起伏的韵律感，与内容表达的真挚热烈相适应，取得了理想的艺术效果。

齐风·还

子之还兮，遭我乎峱之间兮。
并驱从两肩兮，揖我谓我儇兮！
子之茂兮，遭我乎峱之道兮。
并驱从两牡兮，揖我谓我好兮！
子之昌兮，遭我乎峱之阳兮。
并驱从两狼兮，揖我谓我臧兮！

赏析：

　　这首诗写的是两位猎人出猎山间，不期而遇，遂惺惺相惜，并驱共猎，相互称赞对方狩猎技艺之高超，也充分显示了齐地好武乐狩的淳朴民风。

　　全诗大意：你的身手真矫捷啊，与我相遇在猺山头。并马追赶两大兽呀，对我作揖夸我好身手！你的身手真漂亮啊，与我相遇在猺山道。并马追赶两雄兽呀，对我作揖夸我有本事！你的身体真健硕啊，与我相遇在猺山南。并马追赶两大狼呀，对我作揖夸我本领强！

　　整首诗敷陈叙写，全用赋体，以自叙式的口吻，通过重章叠唱的形式，记录了一场美妙难忘的狩猎际遇，同时还讴歌了两位猎手基于对彼此猎技的欣赏与默契所建立起来的淳朴友谊。全诗每章用韵，句式参差错落，诸章皆以"兮"字结之，音节舒缓，别有韵味。

秦风·无衣

岂曰无衣？与子同袍。王于兴师，修我戈矛，与子同仇！
岂曰无衣？与子同泽。王于兴师，修我矛戟，与子偕作！
岂曰无衣？与子同裳。王于兴师，修我甲兵，与子偕行！

赏析：

　　这是一首充溢着慷慨感奋的英雄主义情怀的战歌。诗中描绘的战士们在同仇敌忾、共赴国难的昂扬斗志中所呈现出的深厚友谊，同样以其撼人心魄的情感力量长久为后世所传颂。

　　全诗大意：谁说没有衣穿？我们同披一件战袍。国家兴兵出战，修好自己的戈矛，咱们共同应敌！谁说没有衣穿？我们共穿一件汗衫。国家兴兵出战，修好自己的矛戟，咱们并肩作战！谁说没有衣穿？我们共穿一件衣裳。国家兴兵出战，修好自己的铠甲刀枪，咱们同赴疆场！

　　诗凡三章，四言为句，均以设问的形式，通过对"无衣"之细节的表现，反衬出兵士们在艰难处境下相与砥砺的勠力同心，不仅鼓舞了士气，也使其誓欲保家卫国的决心得以鲜明地彰显，从而在铿锵有力的反复咏唱中，洋溢出坚定的从军热情与高扬的家国情怀，具有极强的艺术感染力。

小雅·伐木

伐木丁丁，鸟鸣嘤嘤。
出自幽谷，迁于乔木。
嘤其鸣矣，求其友声。
相彼鸟矣，犹求友声。
矧伊人矣，不求友生？
神之听之，终和且平。
伐木许许，酾酒有藇。
既有肥羜，以速诸父。
宁适不来，微我弗顾。
於粲洒扫，陈馈八簋。
既有肥牡，以速诸舅。
宁适不来，微我有咎。
伐木于阪，酾酒有衍。
笾豆有践，兄弟无远。
民之失德，乾餱以愆。
有酒湑我，无酒酤我。
坎坎鼓我，蹲蹲舞我。
迨我暇矣，饮此湑矣。

赏析：

这首诗为宴飨亲朋故旧而作。《毛诗序》谓其旨曰："燕朋友故旧也。自天子至于庶人，未有不须友以成者。亲亲以睦，友贤不弃，不遗故旧，则民德归厚矣。"该诗意在希望人们能够结交知心的朋友，珍惜相互间的友谊，并因之成为中国早期友情诗的代表。

全诗大意：伐树响丁丁，鸟儿响嘤嘤。鸟儿们飞出深谷，停落于高高的大树。嘤嘤地鸣叫着，呼唤着友朋。看那鸟儿啊，尚期盼友朋的回声。何况我们人哪，又怎能不寻求朋友？神明听到友爱之声，赐予我们和乐安宁。伐树呼呼响，筛酒甘且香。备好肥美小羔羊，还请伯叔快来尝。怎么能够不到场，莫非不肯赏我光。将屋中洒扫洁净哪，摆上八盘佳肴。备好肥美小公羊，还请尊长快来尝。怎么能够不到场，莫非是嫌我莽撞。小山坡上来伐树，不断斟酒莫停驻。盘碟摆得真齐整，兄弟亲友把场捧。人们不再讲交情，酒肴不周引纷纠。有酒筛来相对饮，无酒凭钱店里寻。努力敲啊鼓咚咚，起劲跳啊舞翩翩。待到我得有余闲，来将清酒肚中填。

整首诗以伐木起兴，通过对燕飨场景的描绘，唤起人们对于亲友故旧情谊的珍视。正如诗中所言，人与人之间往往因为彼此间的声同气应而嘤鸣以求，这是深厚情谊建立的基础。而具象化的宴饮在诗中构成了友朋间联系的纽带与手段，象征着相互间的常来常往与志同道合。全诗三章，四言为句，结构在齐整中又不乏参差错落，层次清晰，节奏明快。

小雅·鹿鸣

呦呦鹿鸣，食野之苹。
我有嘉宾，鼓瑟吹笙。
吹笙鼓簧，承筐是将。
人之好我，示我周行。
呦呦鹿鸣，食野之蒿。
我有嘉宾，德音孔昭。
视民不恌，君子是则是效。
我有旨酒，嘉宾式燕以敖。
呦呦鹿鸣，食野之芩。
我有嘉宾，鼓瑟鼓琴。
鼓瑟鼓琴，和乐且湛。
我有旨酒，以燕乐嘉宾之心。

赏析：

《鹿鸣》为《小雅》开篇，为贵族上层社会的宴饮之歌。该诗描绘了一幅宾主琴瑟弦咏、欢聚畅饮的场景，洋溢出热烈祥和的欢快气氛。

全诗大意：鹿儿呦呦鸣不停，相聚同食野青苹。我有满堂好宾客，弹瑟吹笙真欢乐。吹起笙来又奏簧，帛币奉上一满筐。诸友宾朋诚待我，指示大路令我行。鹿儿呦呦鸣不停，相聚同食野青蒿。我有满堂好宾客，品德美好彰光明。善待百姓不刻薄，君子以之为楷模。举杯来将美酒敬，宾客欢畅真高兴。鹿儿呦呦鸣不停，相聚同食野水芹。我有满堂好宾客，弹瑟奏琴真欢乐。弹起瑟来奏起琴，酒酣畅快诚尽兴。我有美酒甘且醇，用以欢愉宾客心。

诗凡三章，每章八句，皆以"鹿鸣"起兴，首章写嘉宾奉上厚礼，且以美言相劝，示以大道；次章则盛赞嘉宾德行之美好，当为君子所效，宽以待人，点明燕飨的初衷及其主旨；末章则以声乐齐鸣、酣饮美酒将欢宴气氛推向高潮，表白宾主之谊的心意，在结构上层层递进，连环相扣，生动地烘托出主宾相得的整体氛围。加之整首诗多以四言为句，杂以六、七言句，另以叠字虚词辅之，达到音节顿挫、声律悠扬的效果，从而涵酝出长久的艺术魅力，成为古代燕飨诗的典范。

周颂·有客

有客有客，亦白其马。
有萋有且，敦琢其旅。
有客宿宿，有客信信。
言授之絷，以絷其马。
薄言追之，左右绥之。
既有淫威，降福孔夷。

赏析：

这是一首表现王公贵族款待宾客场景的乐歌。据《毛诗序》所云："有客，微子来见祖庙也。"意谓为宋微子朝周所作。微子名启，武王伐纣灭商，封之于宋。后周公辅成王诛武庚，命微子代殷后，以奉汤祀。据此，该诗当为宋微子受命朝周，周成王以客礼相待，在将返之际，为其饯行所唱乐歌。从中可见成王待宾之道。

全诗大意：有客自远方来啊，骑着一匹白骏马。人员众多随其后，无不贤良好品德。客人已住有两宿，继续再多住几宿。抓紧去把绳索找，拴住马蹄走不了。如今为客来饯行，左右诸人齐欢送。厚待宾客有大德，上天所降福禄多。

整首诗以四言为句，凡十二句，大体可分为三节。首节状客至之景，言阵势之盛；次节叙客宿之情，言挽留之切；末节记客去之别，言祝愿之殷。三节层次分明，呈递进之势，在有限的篇幅中十分具象地描绘出微子朝周，受到成王优待直到最后依依惜别的整个过程，始终洋溢着欢快热烈的气氛，而其中所渗透出的情感也真切诚挚。如次节所写为挽留宾客能够多住几日，恨不得用绳索捆住马蹄，使不得行。虽为戏笔，却生动地传达出了主人待客的淳朴深情。这也正是该诗动人处之所在。

汉魏六朝 篇

古　诗

〔汉〕无名氏

采葵莫伤根，
伤根葵不生。
结交莫羞贫，
羞贫友不成。

赏析:

这是一首五言古诗,通过对采葵伤根的借喻,向世人阐发交友之道,从特定的视角反映了汉代人对于友情的认识。

全诗大意:采摘葵菜的时候啊,一定要注意不能伤害到葵根;一旦根受到伤害,葵菜就不会再生长了。我们日常交友啊,一定不要因为对方家贫而感到羞耻;一旦因为家贫而感到羞耻,那么真诚的友谊肯定无法维系下去。

该诗以自然朴拙的语言真切地道出两千年前汉人的友谊观及对友情的珍视。整首诗以形象的借喻告诫世人莫以贫富定交情,诗中所蕴含的道理虽浅显质朴,然以交友之道而言,施之于今亦诚可谓颠扑不破的真理,足应唤起人们对于当下友情模式的反思。

古 诗 （旧题李陵《与苏武三首》之一）

〔汉〕无名氏

良时不再至，离别在须臾。
屏营衢路侧，执手野踟蹰。
仰视浮云驰，奄忽互相逾。
风波一失所，各在天一隅。
长当从此别，且复立斯须。
欲因晨风发，送子以贱躯。

赏析：

该诗及以下三首皆为旧题李陵、苏武作者，即所谓的"苏李诗"，相传为二人相与赠答之作，多为五言古诗，最早为南朝梁昭明太子萧统所编《文选》卷二九"杂诗"类选录。然后世多认为其诗并非出自苏、李二人之手，而是托名拟作，出现时代大致在东汉末至六朝这段时期。由于作者尚难确考，故于今统以无名氏作品属之。

这是一首送别友朋的诗歌。从中我们感受到的是朋友间难舍难分、依依惜别的深厚情谊。

全诗大意：美好的时刻不会再来啊，离别却只在一瞬间。在荒郊路边，我们久久牵着彼此的手，往复徘徊，难以向前。仰望着天边驰骛而过的白云，倏然即飘向远方。一阵清风吹过，转瞬间就又相失于咫尺天涯。自此别后，不知何时再能相见，那么就让我们再多站一会儿吧。真希望我能随着这飘扬的晨风，亲自送你到所要去的地方。

整首诗通过对送别场景的描绘与内在心理的刻画，抒发了作者不忍友人离去，长久拉着他的手，在路边往复徘徊的离情别绪，直恨不能化作晨风，随君远扬。古朴典雅的诗句间流淌出的是重逢之不易的感伤与惆怅，使我们千载之下的读者依然能为诗中所呈现出的这种彼此间真诚恳挚的友情而怦然心动。

古 诗 （旧题李陵《与苏武三首》之二）

〔汉〕无名氏

嘉会难再遇，三载为千秋。
临河濯长缨，念子怅悠悠。
远望悲风至，对酒不能酬。
行人怀往路，何以慰我愁。
独有盈觞酒，与子结绸缪。

赏析：

　　这同样是一首送别朋友的诗歌。通过对朋友临行之际，作者劝酒的心理活动的细致刻画，展现出其内心不忍友人离去的无限怅惘，从中寄托着对一份真挚友情的深切表白。

　　全诗大意：美好的相会总难以再次遇到，与君三年相聚，却好似已跨越千载。来到清冽的河边洗濯冠缨，想到君将远行，心中早已不免深重的烦忧。凄厉的风儿吹来，远远凝望着的，也是一片悲愁，捧盏相对，竟然没有半点劝酒的心情。君思前路漫漫，用什么来抚慰我离别的哀愁。只有共饮这斟满的酒啊，才能永结彼此间的绵绵深情。

　　该诗首句即以三载与千秋相对，点明彼此间情谊之深厚。正是以此为铺垫，才将作者在友人临行之际的诸般不舍与无奈烘托得真切自然。从行前濯缨到对酒难酬再到盈觞之饮，其间诗意转换的曲折往复，正是作者内心情绪波澜的真实写照，从而也极大地强化了诗歌情感表现的力度，渲染出真挚感人的艺术效果。

古　诗（旧题李陵《与苏武三首》之三）

〔汉〕无名氏

携手上河梁，游子暮何之？
徘徊蹊路侧，恨恨不能辞。
行人难久留，各言长相思。
安知非日月，弦望自有时。
努力崇明德，皓首以为期。

赏析:

　　这是一首写于临别之际的五言古诗。通过对日暮时分离别场景的渲染,抒发了对友人即将远行的不舍以及深深的眷恋。

　　全诗大意:我们携手走上桥头,在这日暮时分你又将去往何方?在路边徘徊往复难以离去,而心中那无限的怅惘啊,竟使得我们连临别的话儿都说不出口。然而友人终究要远行,彼此间深切地道一声珍重,将这份情谊寄托于永久的相思中。谁说我们不能像日月那般,相信终会有相望的那一刻。我们共同努力砥砺美好的品德,期望在白首之年能够再一次相会。

　　"悲莫悲兮生别离",离别总是伤感的。这首诗中的依依难舍之情是显而易见的,然与前两首诗中所传递出的"良时不再""嘉会难遇"的感伤意绪不同,这首诗在惜别之余,仍充满了对未来重逢的希冀与渴望,这在很大程度上缓释了离别所带来的失落与沮丧,而呈现出积极感奋、砥砺德行的一面。在艺术特色上,该诗语言不尚藻饰,质朴无华,于寻常景象中寄托难舍之深情,尤能动人,并由此成为古往今来友情诗中的佳作。

古　诗（旧题苏武《诗四首》之四）

〔汉〕无名氏

烛烛晨明月，馥馥秋兰芳。
芬馨良夜发，随风闻我堂。
征夫怀远路，游子恋故乡。
寒冬十二月，晨起践严霜。
俯观江汉流，仰视浮云翔。
良友远别离，各在天一方。
山海隔中州，相去悠且长。
嘉会难再遇，欢乐殊未央。
愿君崇令德，随时爱景光。

赏析：

这是旧题苏武《诗四首》中的第四首。与旧题李陵《与苏武三首》的主题相类，是写于中州送友远行南归的诗篇。

全诗大意：清晨的月光仍然皎洁明亮，秋兰也散发出馥郁的芳香。美好的夜里氤氲着芬芳，随着徐徐的清风飘入我的室堂。即将踏上征途的友人怀想着前路漫漫，漂泊在外的游子则始终思恋着家乡。寒冬腊月间，你应该已经到达江汉之间了，早晨起来踏上的将会是厚厚的冰霜。俯身看到的是长江与汉水的滚滚流淌，仰起头来又看到成片的浮云翩翩飘过。好朋友就这样离别在远方，各自处身于天之一隅。中州与山海之间有着万水千山的重重阻隔，天南海北之间距离悠远而又漫长。如此美好的相逢难以再次遇到，就让我们珍惜眼前的欢乐不要停歇。也愿你今后能不断砥砺自身的美好品德，时时刻刻都能珍惜光阴，多加保重。

这首诗与旧题李陵的第三首有相互发明之处，并未止于别离的感伤，而是包含着对于未来的美好期望，同时还劝慰友人珍惜当下的欢聚。前六句写离别光景，"秋兰""芬馨"云云，未必不是以兴寄手法表明友情的纯粹与深厚，乃君子知心之交。第七句至第十句，则由现实进入到对友人别离后历经艰难跋涉的想象，颇多设身处地、感同身受的关切与体谅，意绪由之得以翻进。末八句重又回到现实，想到嗣后山川阻隔，嘉会难遇，在感情即将沉落之际陡然一转，劝慰友朋珍惜眼前的相聚时光，且自珍重。全诗由现实切入，再插入想象，后又落脚于现实，诗意最终在这种视角与思绪的往复转换中实现了对别情的进境与升华。

古 诗·西北有高楼

〔汉〕无名氏

西北有高楼，上与浮云齐。
交疏结绮窗，阿阁三重阶。
上有弦歌声，音响一何悲！
谁能为此曲，无乃杞梁妻。
清商随风发，中曲正徘徊。
一弹再三叹，慷慨有余哀。
不惜歌者苦，但伤知音稀。
愿为双鸿鹄，奋翅起高飞。

赏析：

该诗出自《古诗十九首》。《古诗十九首》最早作为一个整体收录于《文选》卷二九，其出现的年代大概不晚于汉末桓灵之世。《古诗十九首》的问世，标志着文人五言诗发展到汉魏之际的最高成就，被刘勰称作"五言之冠冕"（《文心雕龙·明诗》）。

《西北有高楼》一诗按照马茂元先生的说法，乃"听曲感心"之作，表现的是作者被高楼上传来的歌声所吸引，深受感染，不禁有同病相怜之感，从而生发出知音难觅的悲慨。

全诗大意：西北方高高矗立着一座楼台，耸入云霄直欲同其试比高。雕花的窗格上绮纹交错，楼阁四面飞檐，建在三重阶梯的高台上。弦歌之声从楼上飘下，可这曲声中却凝结着何等的悲伤。是怎样的人才能弹奏出如是哀婉的曲调？莫非是当年因夫战死而哭倒城墙的杞梁妻？清商之曲随风飘扬悠远，曲奏中段又往复低回。奏弹一曲之间反复致叹，激越悲壮而声哀不已。不痛惜弹奏者自身的悲苦，只是伤悯鲜有知音能慰解其内心难以言说的苦衷。希望我们能化为两心相印的鸿鹄，结伴展翅高飞于云霄之外。

这首诗构思独特，由高楼上飘下来的歌声起兴，引发了作者关于歌者身份与身世的一系列假想与比拟，而所有的假想与比拟，又都是和作者自身的心境与命运声息相通的，从而达成了另一层面上的友情显现。该诗先是由曲奏本身的清切恻悲设想弹唱者的处境，同时高楼之崇与弦歌之悲间也构成一种强烈的对比，极大地延展了情感表现的张力，唐代白居易在《琵琶行》中对琵琶女弹奏情景的描写，即与此有异曲同工之妙，似在一定程度上受其影响；紧接着即设身处地地描写与表现琴曲中所传达出的那种无可抑止的哀痛；最后收束于作者对知音难遇的慨叹，而其本人内心的凄楚哀怨也已尽在不言之中，唯愿与这未曾谋面乃至假想中的歌者化为鸿鹄，高翔远引，使全诗于虚实转换间实现了对当下困境一种无可奈何的理性超越。无怪乎明末清初的吴淇在《六朝选诗定论》中谓"《十九首》中，唯此首最为悲酸"。听曲感心，诗人内心的悲苦，正是借此奇幻之思得以如是凄恻地表现出来。

赠蔡子笃

〔三国·魏〕王粲

翼翼飞鸾，载飞载东。我友云徂，言戾旧邦。
舫舟翩翩，以溯大江。蔚矣荒涂，时行靡通。
慨我怀慕，君子所同。悠悠世路，乱离多阻。
济岱江衡，邈焉异处。风流云散，一别如雨。
人生实难，愿其弗与。瞻望遐路，允企伊仁。
烈烈冬日，肃肃凄风。潜鳞在渊，归雁载轩。
苟非鸿雕，孰能飞翻。虽则追慕，予思罔宣。
瞻望东路，惨怆增叹。率彼江流，爰逝靡期。
君子信誓，不迁于时。及子同寮，生死固之。
何以赠行，言授斯诗。中心孔悼，涕泪涟洏。
嗟尔君子，如何勿思。

作者简介：

　　王粲（177—217），字仲宣，山阳高平（今山东邹县）人。东汉末年至曹魏时期著名诗人，建安七子之一。粲博闻强识，少有诗才，先依刘表，宿志未伸；后附曹操，官授侍中，为七子中爵位最高者。史传称其"善属文，举笔便成，无所改定"（《三国志·魏书·王粲传》）。其诗感情沉郁悲壮，慷慨多气，被钟嵘列为上品，刘勰则许之为"七子之冠冕"（《文心雕龙·才略》），清人方东树亦评为"陈思而下，一人而已"（《昭昧詹言》卷二），代表作有《七哀诗》三首、《从军诗》五同、《登楼赋》等。

赏析：

汉献帝初平三年（192），王粲由长安避乱荆州，入刘表幕，得与同来此地避难的蔡睦（字子笃）相识相知，建立起深厚的友情。后蔡睦东还故里，王粲即以此诗相赠，寄托了对好友蔡睦的真挚情谊。

全诗大意：鸾鸟振翅要高飞，飞啊飞向东方。我的好友一路前行，将要返归他的故里。连并起来的舫舟，载着他轻快地顺流东下。荒凉的路途上长满了野草，时常会阻隔住他前行的步伐。心中不免羡慕他能返归故乡，而对家乡的思恋本就是人之常情。这漫漫的人世间路啊，总要经历那么多的乱离阻难。济水泰山与长江衡山，处于不同的地域之间，相距邈远，相会实难。风一吹过，浮云也四处飘散；一旦别过，就好像潺潺落下的雨珠，再难复返。人生如此多艰，真希望不要像这样各自分散。远眺着友人归去的路途，直到踮起脚尖伫立在那里，再也看不到他的身影。值此凛冽的寒冬，劲风凄紧，呼啸而过。鱼儿都潜在水底，大雁也远翔南归。如果不是苍劲有力的大雕，又何以能够展翅奋飞？心中虽歆慕友人能够返归故里，但终究力不从心，思乡之情也难以宣泄。远远望着东去的归途，心头涌过阵阵悲怆酸楚，但也只是徒增哀叹。舫舟沿江顺流而下，友人也随之远去不知何时能够再次相会。君子都会信守对于友情的承诺与誓言，不会随着时间的流逝而改变。更何况我们曾同州共事，患难相与，这份情谊更会是生死不渝的。在临行之际，又能以何相赠，于是写下了这首诗。但却难以抑制心中的感伤与哀痛，泪水早已潸地落下。像你这样品行美好的挚友，又怎能停止对你长久的忆念？

这首诗以鸾鸟东飞起兴，由临别之际的情景入手，设想在浮世多艰的生命征途上对于一份真诚可贵友谊的珍视与守望。从中可见，王粲与蔡睦相识的时间虽算不得长久，但结下的情谊却牢固深厚，这多基于双方在患难之中对彼此品格的倾慕与认同。全诗最打动人心的地方就在于"君子信誓，不迁于时。及子同寮，生死固之"的交友信条，真正的友谊是用生命来守护的，永远不会随着岁月的流逝而暗淡。这首诗层次分明，结构清晰，语言质朴，不仅凝练出了"风流云散"的成语，还确然是以情动人者，情真意挚，堪称汉魏之际四言友情诗的典范之作。

赠 徐 干

〔三国·魏〕刘 桢

谁谓相去远，隔此西掖垣。

拘限清切禁，中情无由宣。

思子沉心曲，长叹不能言。

起坐失次第，一日三四迁。

步出北寺门，遥望西苑园。

细柳夹道生，方塘含清源。

轻叶随风转，飞鸟何翻翻。

乖人易感动，涕下与衿连。

仰视白日光，皦皦高且悬。

兼烛八纮内，物类无颇偏。

我独抱深感，不得与比焉。

作者简介：

　　刘桢（？—217），字公干，东平宁阳（今山东宁阳）人。东汉末年至曹魏时期的诗人，"建安七子"之一，性格豪迈倔强，磊落慷慨，长于五言诗。曹丕称其："五言诗之善者，妙绝时人。"（《与吴质书》）刘勰则谓："公干气褊，故言壮而情骇。"（《文心雕龙·体性》）钟嵘径以"自陈思以下，桢称独步"（《诗品》）誉之。其诗简劲挺拔，颇具气势，今存二十余首，代表作品有《赠从弟》三首、《公宴诗》等。

赏析：

这首诗旨在向好友徐干宣泄心曲，倾诉衷肠，既表达了对于挚友的深切怀念，也抒发了身受拘限的作者长久以来郁积于心中的不平与愤慨，从中看出二人相知相惜的深厚友情。

全诗大意：谁说我们彼此相离甚远，中间只不过隔着西掖门一道高高的宫墙。拘守在这宫禁之地不得自由，心中的婉曲也无法向挚友倾诉。对你的思念只能深深地埋藏在心底，换来的只是一声无言的长叹。想念你连起居举止都没有了次序，一天之中屡次坐立不安。缓缓地走出北寺门，远远地望着邺城的西园。道路两边的绿柳自由地舒展，一方池塘清澈明净，春风拂过微波荡漾。枝叶轻轻地随风飘转，鸟儿也在空中自由地翻飞。离群之人本就极易受到触动，看到这幅生意盎然的春景，更是不禁为之动容，泣下沾襟。抬头仰望这明亮的太阳，高高地悬于空中，散发出万丈光芒。这种光辉普照着天下的八方大地，无所偏私地滋养万物生长。独独在我的心中抱有如此深切的感慨，不能同万物一样感受这普施的恩泽。

全诗的基调慷慨而悲壮。建安中刘桢被曹操辟为丞相掾属，后又因不恭之举获刑，刑满署为小吏。他在整个邺下时期的仕宦生涯并不如意，而多有羁牵牢笼之感，因此心中困悒难纾，只能向挚友徐干倾诉衷肠。诗歌开篇即极言对于徐干的思念，而与这种思念形成鲜明反差的，恰是眼前毫无自由可言的禁闭处境，好友不在身边，衷情亦无由宣泄。自"步出北寺门"以下六句，作者则不惜笔墨地描绘出一幅生机盎然的春日胜景，细柳方塘，轻叶飞鸟，愈是浓墨重彩，愈反衬出作者无以言说的孤独与悲愤。遂通过"乖人"二句的过渡，最终以明日高悬，遍照万物而己独无比为喻，将自己内心无助又绝望的感触抒发出来。整首诗触景生情，又融情入景，极大地拓展了诗歌情感表现的深度与力度。

送 应 氏（其二）

〔三国·魏〕曹 植

清时难屡得，嘉会不可常。
天地无终极，人命若朝霜。
愿得展嬿婉，我友之朔方。
亲昵并集送，置酒此河阳。
中馈岂独薄？宾饮不尽觞。
爱至望苦深，岂不愧中肠？
山川阻且远，别促会日长。
愿为比翼鸟，施翮起高翔。

作者简介：

　　曹植（192—232），三国曹魏时期著名诗人，字子建，沛国谯（今安徽亳州）人，曹操三子，曹丕之弟。先封为陈王，卒谥"思"，故称"陈思王"。其诗歌继承了《诗》《骚》尤其是汉乐府以来的诗歌传统，在创作风貌上呈现出"骨气奇高，词采华茂，情兼雅怨，体被文质"（钟嵘《诗品》）的特征，极大地促进了文人五言诗的发展，是"三曹"乃至整个建安文学中留存作品最多、成就最高，对后世影响也最大的一位杰出作家，有《曹子建集》传世，代表作品有《七步诗》《白马篇》《赠白马王彪》《洛神赋》等。

赏析：

题中应氏，指汝南人应场、应璩兄弟。该诗为建安年间，曹植随父曹操西征，途经洛阳，送别应氏兄弟时所作。诗凡两首，此处选第二首，表现了作者与应氏兄弟的惜别之情。

全诗大意：清平的盛世很难经常遇到，美好的欢聚也不会时常都有。天地悠悠无有穷尽，人之生命却短若晨霜。如今我的朋友们将要去往北方，祝愿你们能够诸般欢快安顺。亲友故旧同来相送，就在这孟津渡置酒饯行。难道是酒食不够丰盛，为何诸朋不能且尽这杯中之酒。相知越深离别之情就越痛苦，又怎能不觉内心含愧？此去山川阻隔，路途迢迢，离别如此匆匆，却不知何日能够重逢。期盼着可以化作比翼双飞的鸟儿，一起振翅翱翔于云霄！

对于这首诗中所表现出的难舍难分的友情，如果结合第一首诗理解的话会更加深切。《送应氏》其一描写的是古都洛阳在历经无休止的割据战乱之后所呈现出的荒败萧索的景象，这为第二首诗的创作提供了明晰的社会政治背景。与应氏兄弟之别正是在这样的情境下展开的。作者开篇即生发出天地永恒而生命有限的感慨，从而赋予了这场离别以别样的悲壮色彩，这一点从"难屡得""不可常"等字眼中就不难感受到。因此，在分别之际，又有"不尽觞""愧中肠"等表现，充分体现了彼此间不舍的深情，从而为最终的比翼高翔之愿进行了充分的情感铺垫，将对惜别之意的表现推向了高潮。全诗诚如清人陈祚明在《采菽堂古诗选》中所评"用意婉转，曲曲入情"，令我们今天的读者读来依然感其凄怆哀婉，回肠荡气。

野田黄雀行

〔三国·魏〕曹 植

高树多悲风，海水扬其波。
利剑不在掌，结友何须多？
不见篱间雀，见鹞自投罗。
罗家得雀喜，少年见雀悲。
拔剑捎罗网，黄雀得飞飞。
飞飞摩苍天，来下谢少年。

赏析：

建安二十五年（220），曹丕称帝，诛杀了向被其视作眼中钉的丁仪、丁廙兄弟。丁氏兄弟皆与曹植相善，植闻后悲愤莫名，遂赋本诗。以黄雀投罗为喻，表达了挚友遭难而自己却无力施救的愤慨，并通过对一位拯溺济难的少年游侠形象的塑造，寄寓了自己"拔剑捎罗"的理想与对于威势的抗争。

全诗大意：以大树之高却时常遭受到狂风的侵袭，以海水之广却往往掀起汹涌的波浪。宝剑锋利却并不在自己的掌控中，既然无法施以援助，又何必结交那么多的朋友？你没看见那篱笆间的黄雀，见了鹞鹰慌忙躲避，却撞入罗网之中。设罗张网者捕得战利品非常欢喜，而一个少年见到为网罗所陷的黄雀却备感怜惜。他拔出锋利的宝剑削断了罗网，黄雀才又重获新生，展翅高飞。脱离了羁网的黄雀振翅高飞，直冲云霄，盘旋了一阵又飞下来向这位少年英雄致谢。

这首诗作为曹植后期的诗作，与前面几首相比，呈现出明显的不同。全诗开篇即通过树高风悲、海水扬波渲染出一种阴沉惊骇的氛围，这也是对当时严峻的政治环境的隐喻。在这样的气氛烘托下，曹植在诗中所流露出的兀傲愤慨之气愈发勃郁，同时又不无反抗无望的沮丧与无助，而最终只能将一腔哀怨寄托于对拔剑削网的少年英雄的想象中，从而越发强化了全诗所蕴含的悲壮格调。

赠 王 粲

〔三国·魏〕曹植

端坐苦愁思，揽衣起西游。
树木发春华，清池激长流。
中有孤鸳鸯，哀鸣求匹俦。
我愿执此鸟，惜哉无轻舟。
欲归忘故道，顾望但怀愁。
悲风鸣我侧，羲和逝不留。
重阴润万物，何惧泽不周？
谁令君多念，自使怀百忧。

赏析：

王粲曾有《杂诗》（日暮游西园）一首赠曹植，表达了他在归附曹操后，未得重用，一腔政治抱负与济世热情不得施展的忧思困悒。曹植此篇，即是拟王诗而作，抒发了对王粲境遇的深切理解与同情，并对之进行恳挚的劝慰。

全诗大意：端坐在那里，心中愁思无限，干脆披上衣服，去往邺城西园游赏。树上的花已经开了，一片春意盎然，清澈的池水也激荡起一道道的浪花。池中有一只孤独的鸳鸯，正在为寻找伴侣而哀鸣不已。我愿意到水中央去做它的朋友，却遗憾没有小船能渡我过去。想要回去，却已忘却来时的路，不停地回首，也只有徒增哀愁。凄厉的春风从我身边吹过，太阳也已渐渐落山。浓云密布降下甘霖滋润万物，又何必担心恩泽不能周普遍施。谁让你思虑如此之深，徒自扰之而忧思不已。

这首诗先是通过内心愁思百结与自然春意萌发的对比，渲染出浓重的伤感悒郁的气氛。随后又运用比兴寄托的手法，以池中鸳鸯孤独无助，自己无法渡舟相援为比，更加深了对于处身困悒中的好友王粲的忧心与思念。在这般情绪的笼罩下，本为遣忧而来的西园游赏，到了归去之时却愈觉沉重而难以释怀。凄厉的春风、暗淡的落日，无不是诗人愁闷心情的写照，同时也未必不是作者与好友共同所处的动荡环境的隐喻。末四句落于对王粲的劝慰，这种劝慰是从两方面展开的，一方面是恩泽普施，意谓曹操思贤若渴，以粲之才华，定受重用；另一方面则希望他不要想得太多，徒增烦忧，关切之情溢于言表。这里需要指出的是，这首诗虽然是写给王粲，但其间诸种意绪又何尝不是自宽自解？邺下的曹植，不仅因为自己的逞才使气与放荡无羁逐渐受到曹操的冷落，与乃兄曹丕的关系也因世子之争而变得越发微妙，只是其时各方矛盾尚未如后来那般表面化与尖锐化。相近的现实处境，其实也加深了曹植对王粲的理解。二人最终在相知相怜中达成了对彼此间深厚友情的升华，友情也是曹植邺下时期慷慨意气的表象下一种重要的精神寄托。因此，该诗写来融情入景，无所矫饰，质朴自然而情感真挚，生发出动人的艺术效果。

赠 丁 仪

〔三国·魏〕曹 植

初秋凉气发，庭树微销落。
凝霜依玉除，清风飘飞阁。
朝云不归山，霖雨成川泽。
黍稷委畴陇，农夫安所获？
在贵多忘贱，为恩谁能博？
狐白足御冬，焉念无衣客。
思慕延陵子，宝剑非所惜。
子其宁尔心，亲交义不薄。

赏析：

丁仪素与曹植交厚，曾极力赞成曹操立植为太子，为曹丕所恶。曹丕得势后，即有意对之进行报复，称帝后不久即将其诛杀。这首诗当作于曹丕即位前后，此时的丁仪已感受到自己所面临的威胁，心中惶惶不安，曹植以此诗予以慰解。

全诗大意：初秋之季，天气已变微凉。庭院中的树木也已渐趋零落。玉石砌成的阶沿上凝结了一层寒霜，清风吹拂过带有飞檐的高阁。朝云始终不肯回归山林，持续阴雨连绵，到处都成为一片汪洋。庄稼被淹，枯败于垄亩之间，农夫们又怎能指望着收成？处身于荣华富贵中，往往不会去顾及贫贱者的处境，要蒙受恩泽又有谁能博施广济？身穿狐白之裘，固然足以抵御严冬，但他们又怎会想到那些无衣可穿的百姓们？我倾慕延陵子季札的风范，为了能满足故人心愿，献出宝剑亦在所不惜。你暂且安顿一下自己的心情，要相信真正亲近的朋友是一定会重情重义的。

该诗前四句由写景入手，通过天转微凉、枯叶飘零、寒霜凝阶、清风拂阁等典型意象，渲染出初秋的肃杀气氛。随后顺笔而下，由于霖雨绵绵，将田垄淹没，庄稼谷物付之汪洋而民无所获，这其实是对生民之艰的社会现实的反映，也体现出曹植对民瘼的悯恤。接下来的四句其实是由对这种景象的审视所带来的曹植对整个统治阶层无视民瘼的针砭与反思。既然如此，又怎会顾及作为一介文人的丁仪的感受？其意实为对之进行宽慰。最后四句，则翻进一层，借用《新序》中所载延陵子季札义不忘故，将宝剑悬于徐君坟前的典故，向丁仪表白自己对于情义的珍视与无所顾惜。

整首诗的基调偏于沉郁悲怆。对于丁仪严峻的政治处境，曹植深为同情，似难以从正面进行劝慰，即从反面着手，由景及人，最后点明主旨。貌似疏散无章，实则环环相扣，匠心独运，也真切地体现出了曹植对于挚友的深情。

答庞参军（并序）

〔东晋〕陶渊明

三复来贶，欲罢不能。自尔邻曲，冬春再交，欸然良对，忽成旧游。俗谚云："数面成亲旧。"况情过此者乎？人事好乖，便当语离，杨公所叹，岂惟常悲？吾抱疾多年，不复为文；本既不丰，复老病继之。辄依《周礼》往复之义，且为别后相思之资。

相知何必旧，倾盖定前言。
有客赏我趣，每每顾林园。
谈谐无俗调，所说圣人篇。
或有数斗酒，闲饮自欢然。
我实幽居士，无复东西缘。
物新人惟旧，弱毫多所宣。
情通万里外，形迹滞江山。
君其爱体素，来会在何年？

作者简介：

陶渊明（365—427），名潜，字元亮，号五柳先生，私谥"靖节"，世称"靖节先生"，寻阳柴桑（今江西九江）人，是东晋乃至晋宋之际最负盛名的诗人，对后世中国古典诗歌的发展与士人精神世界的建构产生了巨大的影响。陶渊明志行高洁，以"不能为五斗米折腰向乡里小儿"而辞官归里，隐居田园。陶诗题材广泛，涉及咏怀、咏史、饮酒等诸多方面，但其最有价值的部分，还是在他的田园诗。在这些诗篇中，陶渊明不厌其烦地描写安详静谧的田园风光以及对躬耕生活的真切体验，且与当时的玄学思潮相结合，呈现出鲜明的哲思化倾向，并最终提炼为一种随缘任适的人生态度与质性自然的审美境界，其诗歌也由之呈现出平淡恬远的艺术风貌。这种以自然为第一要义的诗歌创作，在以骈俪藻饰为尚的南朝诗坛独标胜格。钟嵘许之为"古今隐逸诗人之宗"（《诗品》），苏轼评其诗曰"质而实绮，癯而实腴"（《与苏辙书》）。今存诗一百二十余首，其诗文代表作有《归园田居》五首、《饮酒》二十首、《桃花源记》、《归去来兮辞》等。

赏析：

友人庞参军将出使江陵，临行前以诗赠陶渊明，作者以此诗相答。陶渊明在诗中历叙二人之交往，表现了深挚的惜别之情。

全诗大意：反复拜读所赠之诗，深为感动以致都难以释之。自从我们两人成为邻居，至今已过二载。彼此诚恳以待，时常晤面，很快就成为好朋友。俗话说"见过几面即成故交"，何况情谊远远超过此种情形的呢？世间人事往往与意愿相乖违，谁曾想我们马上就要面临分别。杨朱公的歧路亡羊之叹，一般的悲哀又怎能比得上？我抱病多年，早已不再创作诗文。体质本来就不够强壮，再加上年长多病。那么就按照周礼中礼尚往来的说法，写下这首诗，作为我们别离后还能够相互忆念的慰藉。

彼此相知又何必一定旧日相识，倾盖如故即已证明此言不假。有嘉客能够与我志趣相投，时常来光顾造访我的林园。谈笑之际没有世俗的格调，所论说的都是古圣遗篇。偶尔会有数斗佳酿，随意饮之，心情也非常愉快。我诚然是一位隐居之人，早已无意于东奔西走。物件虽说新的好，但朋友还得是故交，因此我要多着些笔墨来渲染我们的友谊。感情深厚的话，哪怕万里之外，也能够声同气应，即便我们的形体依然为千山万水所阻隔。你一定要多多保重身体，还不知何时能够再次相会？

诗前小序简净恳切，颇具风味，与正文相得益彰。而从诗中我们可以看到，陶庞之间之所以倾盖如故，关键在于他们志趣相投，这是他们的深厚友谊得以长久存续的精神基础。诗中并没有太多别离前的感伤意绪，只是将二人日常交往的点滴娓娓道来，却令人备感深挚，这多源自他们共同的志趣与襟怀。因此，作者在诗歌结尾处对友人即将远行的祝愿，就像老朋友间一声寻常的问候，虽语平意近，却颇能慰藉人心。

和刘柴桑诗

〔东晋〕 陶渊明

山泽久见招，胡事乃踌躇？
直为亲旧故，未忍言索居。
良辰入奇怀，挈杖还西庐。
荒涂无归人，时时见废墟。
茅茨已就治，新畴复应畬。
谷风转凄薄，春醪解饥劬。
弱女虽非男，慰情良胜无。
栖栖世中事，岁月共相疏。
耕织称其用，过此奚所须。
去去百年外，身名同翳如。

赏析：

　　题中刘柴桑者，名程之，字仲思，曾任柴桑令，后归隐庐山，改名遗民。刘程之辞官归隐的经历与陶渊明颇类，故二人时相过从，多有唱和，可见交谊之深。此诗即为陶渊明答刘程之见招庐山所作。

　　全诗大意：山林水泽已经召唤很久了，到底是什么事让人如此犹豫不决？只是因为心中放不下亲友故旧，才不忍离开他们独自去隐居。美好的光景扑入这豁达的襟怀，提起手杖返回西田中的庐舍。荒野遍地的路途之上没有归家的人们，经常可以见到久已荒芜破败的村落。几间茅屋已修缮就绪，新开垦的土地也已耕翻成熟。东风料峭，寒意袭人，略备春酒即可解除耕锄的饥劳。酒虽淡薄，比不得佳酿之醇厚，但抚慰心情终究胜过无酒可酌。栖栖遑遑的尘世中事，与这流逝的岁月一样与我日益疏远。耕田织布的生活足以满足日用之需，超出此范围之外也不为我所求。人之一生倏忽而过，功名利禄还不是等同此身，一并黯淡泯灭了。

　　陶渊明通过这首诗，对刘程之见邀庐山隐居做出了酬答，风格平淡，言近旨远。开篇即明确表示了自己的婉拒态度，随后就其中原因与主体襟怀展开了阐释。首先就是不忍舍弃自己的亲友故旧；再次就是对眼前的生活感到无限知足。陶渊明固然不想混迹于宦场，但他也不愿靠隐居博取声名。因此，全诗最后集中表达了作者无意世事的淡泊襟怀。陶渊明所追求的隐逸，是维护内心的自足与安定，而绝不是外在的居隐深山，与世相隔，这也是他谢绝刘程之庐山之邀重要的精神动因。诚如其诗所言："结庐在人境，而无车马喧。问君何能尔？心远地自偏。"对陶渊明而言，心远，是随时随地的事情。

移 居 （二首）

〔东晋〕 陶渊明

其一

昔欲居南村，非为卜其宅。
闻多素心人，乐与数晨夕。
怀此颇有年，今日从兹役。
敝庐何必广，取足蔽床席。
邻曲时时来，抗言谈在昔。
奇文共欣赏，疑义相与析。

其二

春秋多佳日，登高赋新诗。
过门更相呼，有酒斟酌之。
农务各自归，闲暇辄相思。
相思则披衣，言笑无厌时。
此理将不胜？无为忽去兹。
衣食当须纪，力耕不吾欺。

赏析：

与一般意义上描述同自己有着相近社会背景人士的友情不同，陶渊明这两首诗的视角聚焦在作者自身所生活的田园环境，记录下的也是这个环境中再普通平凡不过的人与事。他们大多以耕读为业，不再具有社会化的身份，但却能以彼此间真淳与诚挚的交往，构建起一种朴素但却珍贵的人际关系。与《归园田居》的风调相类，两首诗都是对他所身处其中的田园生活进行的一种直接全景式的反映，这是陶渊明最熟悉的题材，也因此产生了长久的艺术魅力。

全诗大意：过去曾想移居到南村，并不是因为事先占卜了宅第的吉凶。只是听说这里有很多心地淳厚之人，很乐意能够与他们朝夕相处。对此的向往已有数年，今日终于如愿移居至此。简陋的庐舍不必过于宽广，能够遮蔽住床与席就足够了。邻居们时相过访，无所拘束地纵论今古。美好的文章我们可以共同欣赏，有疑难之处大家也能相互探析。

春秋之季有很多美好的日子，大家一起登高远眺吟诵新的诗篇。路过门前时常相互招呼，聚在一起开怀畅饮。农忙时节大家各自照管自家的园田，一旦空闲下来又彼此想念。想念之时又披衣出门，相互间说说笑笑停不下来。此中的道理难道不是很高明吗？不要舍此而言他。衣食之事始终需要经营料理，矢力于耕作终究会有收获。

这两首诗既能统而观之，亦可分而析之。此二诗所写皆是田园生活中人际交往的日常光景，这里没有尔虞我诈，没有钩心斗角，脱却了机心，纯然以素心相结，营造出一片亲密和谐的世界，其间的邻曲之情、农耕之乐，正是陶渊明移居南村的初衷与动力。其中第一首诗侧重于描写同知心好友谈艺论文，纵论古今，就中多所会心意趣。第二首则侧重对日常农闲时节，躬耕之余欢饮谈笑景象的描绘，彼此间的真诚淳朴尽显无遗。两首诗皆以自然之意行之，无所矫饰，语言流畅轻快，洋溢着清新欢快的气氛，虽然只是将日常交往的情形娓娓道来，却甚有兴味，颇具在俗世之中温暖人心的力量。

杂诗十二首（其一）

〔东晋〕陶渊明

人生无根蒂，飘如陌上尘。
分散逐风转，此已非常身。
落地为兄弟，何必骨肉亲！
得欢当作乐，斗酒聚比邻。
盛年不重来，一日难再晨。
及时当勉励，岁月不待人。

赏析：

　　这首诗慨叹时光易逝，人生无常，从而勉励人们相亲相善，珍惜彼此相聚的时刻，莫要辜负了岁月。

　　全诗大意：人生在世没有根蒂，飘转流徙就如同道路上的尘埃。分散着随风飘浮，而无有恒久不变之身。一旦落向大地，彼此间即是兄弟，又何必只有同胞骨肉间才能如此相亲。遇到欢聚就应及时行乐，即使只有斗酒也要与近邻相聚同饮。盛壮之年不会再来，一天之中也不会经历第二次清晨。要抓紧时间付诸努力，岁月匆匆，是不会等人的。

　　全诗所延续的，其实是汉末魏晋以来历经丧乱流徙的文人对于人生有限、生命无常的感慨，在一定程度上具有消极悲观的虚无意味。但陶诗并未落入及时行乐的俗世窠臼，而是以埃尘为喻，融入了陶渊明本人的生命体验，并将之提升到一种哲理化的层次，勉励人们从虚无中超拔出来，积极面对现实，珍惜生命中遇到的情谊，把握当下，从而给全诗注入了深厚的思想内蕴。

赠范晔

〔南朝宋〕陆凯

折花逢驿使，
寄与陇头人。
江南无所有，
聊赠一枝春。

作者简介：

陆凯，生平事迹不详。或谓其为北魏人陆凯，或谓其为西晋陆凯，然皆被今人证非。既题赠范晔，或与晔相善，据之，概与晔同时，究是何人，姑存疑俟考。

赏析：

尽管作者身份存疑，但并不妨碍该诗成为历代友情诗中的一首名篇佳作。据南朝宋盛宏之所撰《荆州记》："陆凯与范晔交善，自江南寄梅花一枝，诣长安与晔，兼赠诗云……"所录即此诗。

全诗大意：折一朵梅花，适逢信使经过，随即将花寄与身处陇山的友人。江南并无他物，姑且赠你一枝象征春意即将来临的梅花吧。

古来有折柳送别之说，大概最早出自汉乐府《折杨柳歌辞》中，然是处别翻新意，折花以赠。"逢驿使"之语表明作者并非有意折花赠远，而是适逢信使，当此之际，作者首先想到的就是北征长安的好友范晔，实寓双方友情之深。"驿寄梅花"由此也成为一个怀友赠远的典型意象。虽言"江南无所有"，但寄梅却别有深意。既能让身处陇山的好友体会江南的春意，同时又借梅花寓寄了双方友情的坚贞高洁，语涉双关。这首诗虽仅寥寥四句，二十个字，却于含蓄蕴藉的诗句中饱含着浓浓的思念之情，所以长久以来为后世所称。

赠傅都曹别

〔南朝宋〕鲍照

轻鸿戏江潭，孤雁集洲沚。
邂逅两相亲，缘念共无已。
风雨好东西，一隔顿万里。
追忆栖宿时，声容满心耳。
落日川渚寒，愁云绕天起。
短翮不能翔，徘徊烟雾里。

作者简介：

鲍照（约414—466），字明远，东海（今山东郯城）人，南朝宋诗人，与谢灵运、颜延之并称"元嘉三大家"。鲍照出身寒微却颇有抱负，但仕路偃蹇，壮志难酬，历任太学博士、中书舍人、秣陵令、永安令等职，一生困处下僚，后任临海王刘子顼前军参军，子顼起兵兵败，照终为乱军所杀。鲍照存诗约二百首，以乐府诗最具特色，多抒发下层文士对于功业的渴望以及门阀政治下志不得伸的悲愤与苦闷，风格多俊逸雄肆，遒劲凌厉而又不无险仄。有《鲍参军集》传世，代表作有《拟行路难》十八首、《代东武吟》、《代白头吟》、《芜城赋》等。

赏析：

　　该诗别出心裁地以通篇借喻的形式，表达了对友人傅都曹的依依惜别与深切怀念之情，是鲍照友情诗的代表作。

　　全诗大意：轻捷的飞鸿在江滨嬉闹玩耍，离群的孤雁独自栖于沙洲之上。二者不期而遇却彼此相亲，双方的缘分是永无休止的。风雨来临，鸿雁各飞东西，转瞬之间便已相隔万里。回想当初同栖共宿之时，那声音容貌既萦绕于心，又响彻耳畔。日暮时分，沙洲已备感寒意，密布的愁云也逐渐弥漫了整片天空。翅膀短小，难以翱翔于云霄，只能孤单地徘徊于迷茫的烟雾中。

　　这首诗以"鸿"喻好友傅都曹，以"雁"喻己，通过两相比照，反衬出双方处境的悬殊，但这丝毫不影响他们在不期而遇之下因为对彼此品格的欣赏而结成深厚的友谊。但欢快总是短暂的，风雨袭来，鸿、雁便又不免各飞东西，相隔万里，陪伴这只孤雁的只有无尽的思念与凄楚的沙洲。全诗对雁的描写始终着眼于一"孤"字，这不仅是对其境遇与命运的写照，还包含了心底由离友索居带来的彷徨无措与忧伤愁闷。至此，一个好友远去，满腔苦闷无从倾诉，内心孤愤难平的诗人形象已跃然纸上。整首诗也情至深处，余韵悠长。

别范安成

〔南朝齐〕沈 约

生平少年日，分手易前期。
及尔同衰暮，非复别离时。
勿言一樽酒，明日难重持。
梦中不识路，何以慰相思。

作者简介：

沈约（441—513），字休文，吴兴武康（今浙江湖州）人，历仕宋、齐、梁三朝，官至尚书令、领太子少傅，卒谥隐，后世亦称"隐侯"。约该悉旧章，长于史学，撰为《宋书》。沈约在齐梁文坛亦名高望重，与周颙、王融、谢朓等人创立了讲究声律与对偶的"永明体"，提出"四声八病"之说，对唐代以降格律诗的发展具有深远的影响。其诗歌多为应制、侍宴而作，尤以描写山水与表现离愁者成就最高。在艺术成就上，"不闲于经纶而长于清怨"（钟嵘《诗品》），沈德潜亦谓其诗"以边幅尚阔，词气尚厚，能存古诗一脉也"（《古诗源》卷十二）。其集佚，明人张溥辑为《沈隐侯集》。

赏析：

　　这首诗是沈约诗歌中抒写离情别绪的一首代表作，为送别好友范岫所作，通过不同人生阶段在离别时不同心情的对比，真切地表现了作者对于人生际遇的独特感受。

　　全诗大意：回首平生，少年时期的离别似乎很容易，因为总感觉后会有期。但芳华易逝，当我们逐渐老去，却发现真的难以再次承受别离的伤感。不要再推辞这杯酒了吧，此行别过，还不知何时能够再次把盏欢言。想到梦中去追寻好友的影迹，却又难免相失于路途之中，究竟如何才能慰藉我这刻骨的相思啊。

　　与诸多送别诗侧重对送别场景的渲染不同，沈约的诗着力于对主体感受的抒发，而这种感受又是通过对少年与衰暮两个时期不同离别况味的对比得以表现的，因此能更加深切地传递出作者与友人在分别之际那无可遏止的感伤与沉重，并最终在结尾处将这种深沉低回的离情表达推向了全诗的高潮，真正是情真意切。这首历来为人们所传诵的友情诗篇，之所以情辞各能得其所宜，产生动人悠远的艺术力量，就在于其中句句都凝练积淀着作者对于友人分别最为真切的感受，并从中寄托了深沉的人生反思。

伤谢朓

〔南朝齐〕沈约

吏部信才杰，文锋振奇响。
调与金石谐，思逐风云上。
岂言陵霜质，忽随人事往。
尺璧尔何冤，一旦同丘壤。

赏析：

　　谢朓是沈约在创新诗歌体式道路上的亲密友伴。二人虽年齿有差，但彼此间志同道合，相知相惜。后谢朓为人所陷，蒙冤而逝，沈约也悲愤莫名。沈约晚年曾为怀念亡友创作过一组《怀旧诗》，凡九首，包括王融、虞炎等故人，这首伤悼挚友谢朓的诗就是其中的代表作，以其对谢朓文章品行的高度称扬与不幸命运的无限悲慨中所饱含的深情厚谊为后世所传诵。

　　全诗大意：作为尚书吏部郎的好友谢朓真正称得上是高才杰出之士，他独树一帜的诗文创作非同凡响，难与争锋。音律调谐，声韵铿锵，宛如金石一般，诗思神动高妙，如逐于风云之上。何曾想这种傲然挺立、坚守节操的高洁品行，却因倏忽间卷入纷繁无常的人事而萎折凋零。径尺之璧如此珍贵，却蒙如此不白之冤，朝夕之间即化为了丘土尘埃。

　　整首诗直言慷慨，气骨遒劲，突出地展示了好友谢朓的文学成就与高洁品行，由之与其遭诬蒙冤的不幸命运构成强烈的对比，从而形成对无常人事的控诉，极大地增强了全诗情感表现的力度。在无以言喻的愤慨中，作者又寄寓了对于故旧的无限惋惜与深切怀念，这些无不给后世读者带来强烈的感情共鸣与心灵震颤。

赠张徐州谡

〔南朝齐〕范 云

田家樵采去，薄暮方来归。

还闻稚子说，有客款柴扉。

傧从皆珠玳，裘马悉轻肥。

轩盖照墟落，传瑞生光辉。

疑是徐方牧，既是复疑非。

思旧昔言有，此道今已微。

物情弃疵贱，何独顾衡闱。

恨不具鸡黍，得与故人挥。

怀情徒草草，泪下空霏霏。

寄书云间雁，为我西北飞。

作者简介：

　　范云（451—503），字彦龙，南乡舞阴（今河南泌阳）人，南朝齐、梁间诗人，"竟陵八友"之一，在当时的文坛位高望重。今存诗四十余首，辑入近人逯钦立所编《先秦汉魏晋南北朝诗》中。

赏析：

这首诗写的是南朝齐东昏侯永元元年（499），范云在广州刺史任上被诬下狱，寻遇赦闲居于城郊。即将赴任徐州刺史的好友张谡闻讯来访而不遇，事后范云写下此诗，因以致谢。

全诗大意：这天我到山上去打柴，到了日落时分才返回家中。回来后听孩子说，今天有客人来敲门。同行的随从佩戴的都是珠玑玳瑁，穿着轻裘跨着骏马好不气派。华丽的车盖使整个村落光鲜起来，捧持着符节也让村人们备受辉映。我猜测或许是徐州太守，确信了之后又不免有所疑虑。怀念故旧之谊古时确曾有，但如今已渐式微。世情大多鄙弃有罪卑贱之人，为何独独是您能不弃登门。非常遗憾未能置备好丰盛的酒肴，以与好朋友举杯畅饮。我的心情是如此忧劳感伤，只能徒然泪流满面。写一封信捎给云间大雁，为了寄给我思念的朋友而奋翅西北飞去。

这首五言古诗诗意大体分为两个层次。其一是表达对张谡前来登门拜望的真诚感激。从稚子的描述中可知，来访者珠玑裘马，阵势甚盛，而这恰和墟落的贫陋形成鲜明的对比。从范云对当时社会交友的反思来看，这种对比所凸显出的是张谡在浮薄世风中不弃疵贱的高情厚谊。其二则是抒发未能得与张谡相遇，一起畅叙心曲举杯欢饮的遗憾以及内心深切的思念，竟至心怀忧劳，涕泪涟涟，可见用情之深。尤为值得注意的是，这首诗并非一般的酬答之作，其立场与语气也未曾因为双方地位处境的悬殊而屈以卑之，而是以平等真挚的口吻对张谡表达自己的谢意，并且情深意挚，这般情谊是最可贵的，也足以引起我们今天对交友之道的反思。

答何秀才

〔南朝齐〕范 云

少年射策罢，擢第云台中。
已轻淄水鲞，复笑广州翁。
麟阁仁雏校，虎观迟才通。
方见雕篆合，谁与畋渔同？
待尔金闺北，予艺青门东。

赏析：

　　真正的友谊大多基于彼此间的相知相惜，并不因年龄与地位等方面的悬殊而有所改变。这首诗所表现的，就是范云对文坛后辈何逊的真挚友情。

　　全诗大意：少年英才在策试中脱颖而出，擢居高第的他一定会成为朝廷的有功之臣。已然力压淄水畔的耄耋老翁范冉，又当来取笑曾经的广州刺史范云了。你既能同麒麟阁里雠校群书的学者们相媲美，又堪于白虎观中与诸位硕儒通经论道，只是晚来一步。刚以为我们在文章上志趣投合，得到大家的称扬，谁又会将你与渔猎之人等而视之呢？等你像过去学士待诏金马门的那一刻时，我就如同当年召平种瓜东门外那样恭候着你。

　　《梁书》卷四九《何逊传》载："逊八岁能赋诗，弱冠，州举秀才。南乡范云见其对策，大相称赏，因结忘年交好。"足见二人交谊之深，以成忘年之好，屡番酬答，也成就了文学史上的一段佳话。这首即由对何逊射策的称赏切入，不烦征典，唯恐称之不足，以免何逊继以"畋渔"之虑，可见其设身处地，用心良苦。以范云在齐梁之际文坛的位高望尊，举足轻重，能以如是恳挚热诚的姿态结交何逊，实难能之可贵，亦见其爱才惜才之心。这样的友谊，通常比同辈之间的彼此称赏维系得更为稳固与长久。

怀故人

〔南朝齐〕谢朓

芳洲有杜若，可以赠佳期。
望望忽超远，何由见所思。
行行未千里，山川已间之。
离居方岁月，故人不在兹。
清风动帘夜，孤月照窗时。
安得同携手，酌酒赋新诗。

作者简介：

　　谢朓（464—499），字玄晖，陈郡阳夏（今河南太康）人，因曾在宣城担任太守，故又称"谢宣城"，南朝齐梁之际的著名诗人，为"二谢"中之"小谢"，"竟陵八友"之一，"永明体"的创始人之一。谢朓诗歌的特点在于时常通过对山水的刻画描写来寄寓自身的现实感受与情感意绪，长于把握景物的整体特征，融情入景，情景交融，且善于熔裁，从而呈现出清新隽永、声韵调谐、流畅自然的艺术风貌，基本摆脱了玄言诗的影响，极大地拓展了山水诗的审美境界，推动了山水诗的发展，备受李白、杜甫等诗人的推崇。有《谢宣城集》传世，代表作品有《晚登三山还望京邑》等。

赏析：

　　这首诗以写景起兴，表现了身处异乡的诗人对于朋友深切的思念之情。

　　全诗大意：芳洲之上开满了杜若，可以采摘几枝，待到与友人相会之日当面赠与他。虽然心中热烈期望着这一天的到来，但终究路途迢迢，又如何能见到思念的人啊？其实相距还未足千里，并不算遥远，但却被山川阻隔，难以相见。我离乡索居正赶上这春天将至，但好朋友却不在身边。清风轻轻地撩动着门帘，凄清的月光洒在窗棂之上。如何才能携朋友之手，一起欢聚畅饮吟诵新诗？

　　该诗先以芳洲杜若之景起兴，化用《九歌·湘君》中"采芳洲兮杜若，将以遗兮下女"之句，既象征了友谊的高洁，也寄寓了对好友的思恋。紧接着笔锋一转，又不免因为双方相距遥远、相见不能而陷入深深的惆怅。这里意思又翻折一层，在作者看来，自己的相思之苦并非缘于距离之远，而是有山川阻隔，所谓"间之"者，其实是一种不乏怨意的形象表达，并由此转入对自己离群索居之寂寥心绪的刻画，通过对清风撩帘、孤月照窗情境的渲染，将内心孤清冷寂的情致烘托到极致，这就为在全诗收束处抒发对离别经年友人的刻骨相思做足了情感铺垫，从而产生格外动人的艺术效果。这首诗体现了谢朓通过景物描写抒发情感的惯常手法，而"清风动帘夜，孤月照窗时"则对仗工整，展示了他熔裁诗句的功夫。

新亭渚别范零陵云

〔南朝齐〕谢 朓

洞庭张乐地，潇湘帝子游。
云去苍梧野，水还江汉流。
停骖我怅望，辍棹子夷犹。
广平听方籍，茂陵将见求。
心事俱已矣，江上徒离忧。

赏析：

　　这是谢朓在新亭送好友范云赴任零陵郡内史时所作的一首五言赠别诗。全诗表达了对范云深深的惜别之情，同时也寄寓了自身功业未成、壮志难酬的慨叹，呈现出凄切缠绵的感情基调。

　　全诗大意：洞庭山本是轩辕黄帝在此作《咸池》之乐的地方，潇湘之水则是帝尧二女投水出游之处。浮云飘远直至苍梧之野，河水汇入江汉而东流入海。停下马车的我怅然远望，扔下船桨的你也还徘徊彷徨。希望你能如广平太守那样有勤政爱民的名声传来，也期待着我的文章能像司马相如那样为皇帝所求。所有的这些心事都已随着江水东流而飘然远逝，萦绕心头的只有这江边离愁的无穷怅恨。

　　全诗延续的依然是谢朓惯常的写景起兴的手法，通过对范云赴任零陵所历之地情境的描绘，所谓张乐之地、帝子游处，其实是以充满安慰的笔触在为友人的荆湘之任壮行。到了第三、四句，又巧妙地顺着此前的思路将诗思拉回到眼前的江边惜别，云去苍梧，水还江汉，将离情渲染得意境宏阔、缠绵悱恻。老朋友之间终究是心中不舍啊，"停骖""辍棹"两个具象化的动作，便将一幅友人在送别之际一步三回首的动人画面生动、立体地展现在了我们面前，其间的款款深情不言而喻。最后四句则是作者自道心迹之语：起初好似既在勉励好友，也是自我期许，然就中实隐含着无尽的不甘与委屈，并最终与江边惜别的黯然思绪一起，化为无奈的叹息与感伤。至于心事如何，缘何"俱已"，作者并未明言，却已与眼前之景、惜别之情浑然相融，同时也达到了余韵悠长的艺术效果。

别王丞僧孺

〔南朝齐〕谢 朓

首夏实清和，余春满郊甸。
花树杂为锦，月池皎如练。
如何当此时，别离言与宴。
留杂已郁纡，行舟亦遥衍。
非君不见思，所悲思不见。

赏析:

这首诗作者一作王融,乃王僧孺赴任晋安郡丞时为之饯行所作,表现了送别双方的深厚友谊。

全诗大意:初夏的天气的确是清朗和煦,城郊的盎然春意还没有完全散去。苍翠的树木与娇艳的鲜花迭相辉映,径如铺锦列绣一般,一鉴方池也是水天相映,澄澈明净好似洁白的丝绸。为何在如此美好的时刻,竟是为送别而张设的一场宴饮。胸中已然忧闷郁结,还要目送着友人行舟远去。对你的深沉思念并非因为看不到你,真正令人感到悲伤的是思念的时候却不知何时能够再会了。

全诗以景起兴,通过初夏清新朗畅的良辰美景反衬内心别离的伤悲,已然是愁思百转难以释怀,却还要望着好友登舟远行,一个"已"字,一个"亦"字,更加点染出了作者内心离思之深,无法排解。最终以议论化的笔触,抒发了强烈的怀友之情:不是见不到而想念,而是想念的时候难以再会。这无疑道出了所有惜别的友人们在远行之际欲说还休的心声,诚挚真切,因此历来为世人所传诵。

饯谢文学离夜

〔南朝齐〕王 融

所知共歌笑，谁忍别笑歌？
离轩思黄鸟，分渚蔓青莎。
翻情结远旆，洒泪与行波。
春江夜明月，还望情如何？

作者简介：

　　王融（467—493），字元长，琅琊临沂（今山东临沂）人，南朝齐诗人，"竟陵八友"之一。融作诗注重声律，亦为"永明体"代表诗人。其集久佚，明代张溥辑有《王宁朔集》。今存诗七十余首，辑入近人逯钦立所编《先秦汉魏晋南北朝诗》中。

赏析：

齐武帝永明九年（491）春，随郡王萧子隆赴任荆州刺史，以谢朓为功曹参军，寻转文学，同赴江陵。临行前，沈约、范云、王融等西邸文人为之饯行，各自赋诗唱和留别，成就齐梁诗坛的一段佳话。所赋之诗多同题共作，乃以"饯谢文学离夜"为题，赋诗者数人，尤以沈约、范云与王融的作品为佳。此处所选为王融所作。

全诗大意：知心好友聚在一起欢歌笑语，又有谁忍心告别这笑语欢歌？离乡之后就盼望着这远翔的黄鸟能够尽快飞还，还是分别在这莎草茂盛的江边渡口。真的不想车马劳顿地赴任他乡，一行热泪也不觉洒在这流逝的江水中。在这月光清辉笼罩下的江水春波中，已上船远行的友人频频回首，将怎样寄托这无尽的思念啊？

这首诗先通过相聚时的欢歌笑语来反衬别离之痛，令人备感痛之尤切，亦见友朋间情谊之笃。《诗经·小雅》中有《黄鸟》篇，所谓"言旋言归"，抒发怀乡之情。《楚辞·招隐士》篇中有"青莎杂树兮，薠草靃靡"句，描写的是隐逸环境的艰辛，从而生发出"王孙兮归来，山中兮不可久留"的喟叹。可见，三、四两句是对《诗》《骚》典故的化用，表现的是对好友谢朓尚未离去即已盼归的殷切心情。最后四句则借想象与实景的结合，刻画在场友人与谢朓分别时的情境，虽未直接抒情，但难舍难分的深情早已抵达读者的心间。该诗布景构思上独运匠心，堪称佳构。

行经范仆射故宅

〔南朝梁〕何 逊

旅葵应蔓井，荒藤已上扉。
寂寂空郊暮，无复车马归。
潋滟故池水，苍茫落日晖。
遗爱终何极，行路独沾衣。

作者简介：

　　何逊（约472—518），字仲言，东海郯（今山东郯城）人，南朝齐、梁间著名诗人。八岁能文，弱冠举秀才，备受当时文坛领袖范云、沈约等人的称赏，与刘孝绰齐名，并称"何刘"；又与阴铿齐名，世称"阴何"。其诗风格清新，情辞婉转，工于炼字琢句。原集已佚，有明人张纮辑《何水部集》与张溥辑《何记室集》传世，在此基础上中华书局出版点校本《何逊集》，搜辑较为完备。

赏析：

前选有范云《答何秀才》一诗，表现了他与何逊忘年之好的真挚情谊。对于范云的高情厚谊，何逊作为晚辈，同样感念不已，深铭于心。二人平生有多次酬答，皆情深意笃。范云去世后，何逊深为悲痛，在一个日暮时分行经范氏旧宅时，睹物思人，有感于故交身后凄凉，写下了这首悲慨深沉的悼诗。

全诗大意：野生的葵菜已经爬满了井垣，荒芜的枝藤也已缠上了门窗。在这日暮时分寂寥的荒郊，不再有往日车马的喧嚣。一汪池水依旧波光潋滟，落日的余晖愈显苍茫。想到前辈曾经的奖掖厚爱是如此不遗余力，在离去的路上独自黯然神伤，不觉已泪满衣襟。

这首诗凡八句，并未历叙作者与前辈范云交往的故实，只是行经故宅时感物思人，放在对故宅现状的景象描绘上，却自具一种震撼人心的力量，直如沈德潜所评，"情词婉转，浅语俱深，宜为沈范心折"，作为一个深受范云赏识与提携的年轻后辈，面对其身后的此般凄凉，又怎能不悲慨萦心？虽未直言心中意绪，然"沾衣"之语，却自具撼人心魄的情感力量。

与苏九德别

〔南朝梁〕何 逊

宿昔梦颜色，咫尺思言偃。
何况杳来期，各在天一面。
踟蹰暂举酒，倏忽不相见。
春草似青袍，秋月如团扇。
三五出重云，当知我忆君。
萋萋若被径，怀抱不相闻。

赏析：

这是何逊送别好友，抒写惜别之情的一首诗作，深切地表现了作者在友人临别之际恐难再会的不舍与怅惘。

全诗大意：就在昨夜，好友那熟悉的容颜犹来入梦，虽居处咫尺之间，彼此间仍相互思念，时常过访谈笑。何况即将天各一方，再次相会已然遥遥无期了。迟疑不决地端起手中的酒杯，却欲饮又止，转瞬间就要咫尺天涯，难以相见。今后看到春草就会想到好友今日所着的青袍，望见秋月就不免忆及好友手中的团扇。自是而别，每逢十五月圆之夜，都将是我忆念挚友之时。茂盛的青草覆盖了往来的小路，却由于山水阻隔无法寄托彼此的怀抱，而只能抱以最为深切的思念，心中的怅惘又得向谁诉。

全诗开篇即以咫尺之居仍得入梦起句，足见二人关系之亲密。其情愈笃，其离愈悲，感情也随即渐次递进深入，并通过虚实结合的创作手法，叙写离情之切。七、八两句化用古诗，"春草似青袍"句出自《古诗》中"青袍似春草，长条随风舒"；"秋月如团扇"句则出自西汉班婕妤《怨歌行》中"裁为合欢扇，团团似明月"。如此化用，更是将末两句对于别离后相思之情的渲染表现得缠绵悱恻，深婉动人。全诗语言质朴流畅，却用情深笃，直如王夫之所评："空中缭绕，随地风华，真《十九首》亲骨血也。"（《古诗评选》卷五）也由此成为何逊送别诗中的佳作。

临行与故游夜别

〔南朝梁〕何 逊

历稔共追随，一旦辞群匹。
复如东注水，未有西归日。
夜雨滴空阶，晓灯暗离室。
相悲各罢酒，何时同促膝。

赏析：

　　这首诗当作于何逊第一次从镇江州时。全诗深切地表达了作者将与相知多年的故友离别时的惜别感受，诚挚动人。

　　全诗大意：多年来大家相聚在一起，眼下我却将要与你们告辞分别。就像那东流入海的江水，不会再有西归之日了。夜晚的雨珠轻轻地打在清寂的台阶上，屋内的灯光若明若暗，一直闪烁到东方之既白。离别在即，大家难掩心中的悲伤，纷纷放下了酒杯，怀想着何日大家能够再次相聚在一起，促膝交谈，聊聊心中的故事。

　　该诗起句即以直描的手法来表达辞友离群的切身感受，随后以江水东流设譬，进一步烘托出此去无期、相见绝难的沉重心情。如此，则别离之际的感伤基调已经得到充分的铺垫。紧接着作者视角转入对现实情境的描绘，夜雨滴阶、晓灯暗室的意象，更是渲染出黯然浓重的离别气氛，辅以"空""离"二字，更觉凄凉无限。是处以景衬情，尤能敲动读者心扉，短短十个字，即将彼此间惜别难舍的情谊得以淋漓尽致地展现出来，用语备感精妙。晚唐温庭筠《更漏子》词中即有"一叶叶，一声声，空阶滴到明"之语，郑谷《文昌寓直》诗亦直言"何逊空阶夜雨平，朝来交直雨新晴"，从中得见其影响之深远。后陆时雍《古诗镜》卷二二评此二句时云："深写得苦。此皆直绘物情，不烦妆点。"诚为知言。正是由于内心为如此离恨所萦，实在难以把盏话别而不禁悲慨罢席，不知何时能够再次促膝交欢、畅叙心曲了。整首诗层层铺垫，环环相扣，道尽离情却又不落俗套，融情入景而毫无滞碍之感，情深意笃而又自然真切，语言亦清新省净，是齐梁诗坛送别伤离之作的代表。

和约法师临友人

〔南朝梁〕陶弘景

我有数行泪，
不落十余年。
今日为君尽，
并洒秋风前。

作者简介：

陶弘景（456—536），字通明，自号华阳隐居，卒谥贞白先生，丹阳秣陵（今江苏南京）人，为南朝齐、梁间隐士与学者。陶弘景十岁即因读葛洪《神仙传》而生隐居之志。永明十年（492），以无心于仕宦之途而挂服辞官，归隐于句容茅山，潜心寻仙访药，服食炼丹，弘扬道法。颇受梁武帝恩遇，时以家国大事相询，故有"山中宰相"之誉。陶弘景博学多能，医药本草、山川地理、天文历算、阴阳五行等无不通晓，且著述宏富，有《真诰》二十卷传世。今存诗七首，辑入《先秦汉魏晋南北朝诗》中。

赏析：

　　陶弘景虽不以诗见称于世，但这首《和约法师临友人》却以极富感染力的手法表现了他与友人之间难能可贵的深厚情谊，真挚感人。

　　全诗大意：我曾有数行的清泪，但已十余年间未曾落下。今天在这秋风萧瑟的季节里，就要为君尽洒这多年积聚起的伤心泪水。

　　这首诗为陶弘景临悼友人而作，诗中并未历叙彼此间交谊的情形，而是紧紧围绕一个"泪"字，径从情感表现落笔。透过"尽""洒"等字面的表现，我们已然可以鲜明地感受到这份情谊在陶氏心目中的重量，而秋风当前，更是渲染出黯然凄怆的哀悼情境。尤为引人感念的是，此时的陶弘景已颇具深湛的道家修为，所谓"不落十余年"者，落尽尘缘、无悲无喜本已成为他们重要的应世态度，而泪水却仍在这一刻难以遏制地倾盆而出，足见情谊之深笃与挚诚。而该诗之所可贵者，也正在于出尘之人在字里行间所洋溢出的至情至性。整首诗虽仅寥寥二十字，亦不措心于构思之精巧，且语言浅显易晓，却有句短意长、言近旨远之效，极富艺术与情感的感染力。

赠 吴 均

〔南朝梁〕柳 恽

寒云晦沧州，奔潮溢南浦。
相思白露亭，永望秋风渚。
心知别路长，谁谓若燕楚？
关候日辽绝，如何附行旅。
愿作野飞鸟，飘然自轻举。

作者简介：

柳恽（465—517），字文畅，河东解州（今山西永济）人，南朝齐、梁间诗人、音乐家，亦长于棋艺与医术。恽少有志行，善尺牍。齐武帝永明中，竟陵王萧子良引为法曹参军，累迁太子洗马。天监元年（502），萧衍代齐即帝，建立梁朝，以恽为长兼侍中，与沈约等共定新律。柳恽先后两次出守吴兴郡，故又世称"柳吴兴"，以为政清静著称。其诗风格清丽婉转，今存十八首，辑入《先秦汉魏晋南北朝诗》中。

赏析：

　　据《梁书》卷四九《吴均传》所载："天监初，柳恽为吴兴太守，召补主簿，日引与赋诗。"柳恽出守吴兴时，二人诗酒唱酬，相得甚洽。吴均以志不得遂，拂衣而去，后复来，恽仍遇之如旧，结下深厚友谊，二人之间酬赠的诗歌亦有多首。该诗即为柳恽赠别吴均时所作。

　　全诗大意：在密布的乌云笼罩下，水岸处于一片阴沉晦暗之中；迅疾的潮水奔涌翻腾，都要从南浦之中涨溢出来。在白露降落的亭边唤起深深的思念，长久地伫望着友人远去的秋风之渚。心中自然清楚这次离别的路程很长，但又怎能说像燕、楚之地那般遥远？驿路漫漫，友人不停地跋涉，日渐远去，我又怎么能够像旅人一样伴他前行？真愿化作那自由高翔的鸟儿，无所拘束地飞来飞去，以能时刻陪伴在友人左右。

　　该诗首先通过对阴云布空、奔潮涨浦的场景刻画，衬托出别离之际作者内心的凄凉黯淡之情，次两句则继以点明送别的地点与时令在白露秋风的亭渚边，尤令惜别之际的感伤氛围得到充分的渲染。但随即笔锋一转，又作宽解语，以反问的句式通过地理空间之遥反衬心灵相距之近。最后四句则表达作者对前路漫漫、难附行旅的深切遗憾与内心欲飘然轻举、与友偕行的真诚愿景，既在很大程度上消解了离别的伤感与黯然，也寄寓了柳、吴二人深挚笃厚的友谊与绵绵难舍的离思。

答柳恽

〔南朝梁〕吴 均

清晨发陇西，日暮飞狐谷。
秋月照层岭，寒风扫高木。
雾露夜侵衣，关山晓催轴。
君去欲何之，参差间原陆。
一见终无缘，怀悲空满目。

作者简介：

吴均（469—520），字叔庠，吴兴故鄣（今浙江安吉）人，南朝齐、梁间诗人、史学家。吴均家世寒微，颇有俊才，少年时仗气任侠，曾在寿阳前线参与过南齐与北魏之间的战争。齐末梁初，入建康，其文甚为沈约所赏。天监二年（503），柳恽任吴兴太守，召为主簿，时相酬唱。其后相继入临川王萧宏与扬州刺史建安王萧伟幕。天监十二年（513），还建康，除奉朝请。后私撰《齐春秋》，因书中对梁武帝易代间事无所隐讳而遭免官。《梁书·文学传》称其"文体清拔有古气"，时人多有效之者，故有"吴均体"之谓。史学方面，除《齐春秋》外，尚有注范晔《后汉书》九十卷及《庙记》十卷、《十二州记》十六卷等著述，皆佚。此外，还撰有《续齐谐记》，是南朝一部重要的志怪类小说。有集二十卷，已佚。明人张溥辑有《吴朝请集》。

赏析：

这是吴均针对好友柳恽充满深情的寄赠组诗所作答诗中的一首。柳恽有《赠吴均》诗三首，吴均亦报以两首《答柳恽》，两组诗之间呈现出一种大致对应的关系。是处所选，似为答柳诗"夕宿飞狐关"一首而作。全诗通过对行役艰辛的叙写，表达了对彼此遥难相见的无限怅恨，从而寄寓了作者对挚友深切的思念之情。

全诗大意：清早从陇西出发，日暮时分抵达了飞狐谷。凉秋的月色映照在重重的山岭之上，寒风呼啸着掠过高高的树林，树叶也随之成片地簌簌而落。一夜的劳顿，雾水露珠早已打湿了衣衫，拂晓时分的关山似乎又在催促着前行的旅程。你这次远行是要到哪里去啊，将要在参差颠簸的高原平地间历尽跋涉。此去一别，天各一方，终难有缘再次相见，满目空余悲凄，心中也不禁充满了无限怅恨。

该诗开篇即以具有鲜明边塞色彩的地名意象，烘托出远行的别离气氛。随之四句则通过对典型意象的勾勒与描绘，极写旅途跋涉之苦，体现了作者摹写物象的功力。后四句由景及情，从旅途之艰、行程之促转入对惜别之思的抒发，情深意远而又真切自然。整首诗虽写别情，却又融入边塞笔法，故意绪凄婉悲恻而不失清健劲拔之气。

送别裴仪同

〔北朝周〕王 褒

河桥望行旅，长亭送故人。
沙飞似军幕，蓬卷若车轮。
边衣苦霜雪，愁貌损风尘。
行路皆兄弟，千里念相亲。

作者简介：

　　王褒（约511—574），字子渊，琅琊临沂（今山东临沂）人，北朝周诗人、骈文家。曾祖王俭曾任南齐侍中、太尉；祖王骞、父王规，并仕梁朝，俱有声名。褒曾任太子舍人，袭爵南昌县侯，迁安成郡守。及梁元帝时又拜侍中，累迁吏部尚书、左仆射。后江陵为西魏所陷，褒入长安，授车骑大将军、仪同三司，遂滞于北地。北周时又历官内史中大夫、太子少保、小司空，出为宜州刺史，卒于官。史载其"识量渊通，志怀沉静。美风仪，善谈笑，博览史传，尤工属文"（《周书》卷四一《王褒传》），其诗初亦本宫体，及入北，转趋苍凉。褒今存诗近五十首，近人逯钦立辑入《先秦汉魏晋南北朝诗》中。

赏析：

　　这首诗是王褒为同仕北周、衔命边塞的好友裴宽（一说裴汉，乃宽弟）而作，仪同为官职名。

　　全诗大意：站在河桥上望着往来奔波的行人旅客，我也正在驿路长亭送别即将远行的友人。黄沙漫天飞舞，连成一片，好似搭就起的连绵的军帐。狂风卷集着蓬草，又如同在旷野中驰行的车轮。身披战袍的你将不断感受严霜冷雪的侵袭，而你忧愁苦闷的容颜也将在塞风边尘中日渐憔悴。大家同行路上，羁旅异乡，相互间即是兄弟，即使相隔千里之遥，也要彼此想念最可亲近的朋友。

　　该诗首两句即以对仗手法烘托出送别时的场景，虽似寻常，却深含惜别之意。中间四句则以想象的方式，通过典型意象的组接，写尽了北地边塞的凄风霜雪之苦，飞沙、卷蓬，又无不是对边地之行乃至命运际遇不确定性的隐喻化象征，而所用"苦""损"等字，更是渗透着深刻的现实体验，从中我们可以感受到王褒对好友此去要经受的艰辛与磨炼所充满的设身处地的关切。正是在此基础上，作者将全诗结尾收煞于对这份异乡羁旅中难能可贵的情谊最深切的表白。整首诗虽用语质朴，意境愈趋苍凉悲壮，却能将边地之苦与关切之笃融为一体，又颇具感人心扉的绵绵温情，成为王褒赠别诗中历来为后世所传诵的名篇佳作。

寄 徐 陵

〔北朝周〕庾 信

故人傥思我，
及此平生时。
莫待山阳路，
空闻吹笛悲。

作者简介：

　　庾信（513—581），字子山，南阳新野（今河南新野）人，庾肩吾之子，南北朝时期著名诗人，兼擅辞赋与骈文。庾信"幼而俊迈，聪敏绝伦"，年十五即为梁昭明太子东宫侍读，后迁转多职，备极宠遇。处南朝时，庾信以宫体诗擅名，与徐陵齐名，徐、庾父子皆擅诗文，且诗风绮艳流丽，故号"徐庾体"。后逢侯景之乱，庾信赴江陵，投奔湘东王萧绎，绎即帝位，为梁元帝，信奉命出使西魏，江陵陷落，遂滞留于北，官至车骑大将军、仪同三司。北周代魏后，封信为临清县子，更迁骠骑大将军、开府仪同三司，故又世称"庾开府"。由南入北，成为庾信诗风转变的重要契机。使北后的庾信虽仍位望通显，然时以苍劲之笔寄乡关之思，艺术境界上愈趋浑成，最终形成了"穷南北之胜"（倪璠《注释庾集题辞》）的创作风貌，极大地推动了南北文风的融合。故杜甫曾云"庾信文章老更成，凌云健笔意纵横"（《戏为六绝句》其一），《四库全书总目》中《庾开府集笺注》提要亦谓其后期诗作"华实相扶，情文兼至"。其代表作有《燕歌行》、《拟咏怀》二十七首、《哀江南赋》、《小园赋》、《枯树赋》等。庾集注本以清倪璠注十六卷最为完备，今有中华书局版许逸民点校本《庾子山集注》。

赏析：

这是庾信使北以后寄给好友徐陵的五言诗作。徐陵曾与庾信同处东宫，文皆以绮艳为尚，且同样有过拘羁北方的经历，然究得南归，庾信则终老异乡。故此诗虽仅寥寥二十字，然万千感慨，皆深寓其间，倍增忧嗟之悲。

全诗大意：好朋友如果还记得思念我的话，那么就趁着我还在世的时候。不要等到经过山阳之居的时候，只有空闻笛声之悲了。

这首诗在写法上极为独特，虽寄托对友人的感思，却全然不谈己之心意，皆由对方着笔，通过设想友人对自己的思念，表达趁有生之年亟愿相见的祈盼。末二句用向秀事。据《晋书》卷四九《向秀传》所载："康善锻，秀为之佐，相对欣然，傍若无人。又共吕安灌园于山阳。"后嵇康、吕安皆以事系狱被诛，向秀心怀深悲剧痛，闻"邻人有吹笛者，发声寥亮，追想曩昔游宴之好，感音而叹"，遂作《思旧赋》，中即有"经山阳之旧居"之语。全赋以其陈情挚切而成千古名篇。庾信此诗即用其意，希望彼此能够尽快相会，以免空闻悲笛之憾。倘念及双方曾经同羁北地的相似处境，便不难理解诗中情感内蕴的哀婉悲切，以及空自嗟叹的无奈与怅恨中所饱含的真挚友情。

全诗虽短小精悍，但用典恰切妥帖，用情诚挚蕴藉，笔力浑成，也真实地呈现出庾信客居北地的独特心境，不失为其寄赠诗中的佳作。

寄 王 琳

〔北朝周〕庾 信

玉关道路远，
金陵信使疏。
独下千行泪，
开君万里书。

赏析：

这首诗是庾信奉命出使西魏，滞留北方后收到友人王琳自南方故国寄来的书信，感慨万千，复以诗代书寄之。

全诗大意：玉门关外的道路如此遥远，自金陵而来的信使亦鲜有音讯。而如今尽洒这千行热泪，只为收到友人从万里之外寄来的书信。

全诗语言简洁质朴，寥寥二十字，所叙虽仅及书信之往还，但若联系到当时的社会历史背景与作者彼时彼地的特定处境，便不难理解诗语背后所蕴含的深厚的情感力量。前两句的"远""疏"两字，分别从空间与时间的维度将无法南还的作者由于音信阻隔而产生的对故国的无限怀想与依恋表现得淋漓尽致。正是在这样的情形下，作者收到了友人寄自南方的书信，其内心情感的腾涌翻波即可想而知，以至开书之际就已千行泪下，这一切的情感刻画都真切自然，无所矫饰。全诗自此戛然而止，并未进言书之内容与己之感受，达到了言有尽而意无穷的艺术效果，不仅使庾信与王琳之间的真挚友情得以巧妙而生动的表现，也寄寓了深刻而强烈的乡关之思，呈现出情文兼至、蕴藉浑成的艺术境界。

别周尚书弘正

〔北朝周〕庚 信

扶风石桥北，函谷故关前。
此中一分手，相逢知几年。
黄鹄一反顾，徘徊应怆然。
自知悲不已，徒劳减瑟弦。

赏析：

　　周弘正，曾在梁元帝时任左户尚书，故此称周尚书，有过与庾信同朝为官的经历。后周弘正仕陈朝，天嘉元年（560），迁侍中、国子祭酒，往长安迎宣帝。天嘉三年（562），即周武帝之保定二年，自周还陈，庾信即以此诗相赠。

　　全诗大意：在扶风郡的石桥之北，在故秦函谷关前，我们很快就要于此地分别，还不知过多久才能再次重逢。黄鹄即将南飞故国，却又不免回头张望，徘徊着不忍离去，也应忍不住怆然泣下。我也深知内心的悲慨难以遏止，即使减弦破瑟也只能是徒劳而已。

　　该诗前四句通过反复致意送别地点，尤其着意所谓"此中"者，既抒惜别之情，亦伤羁旅之恨。后四句复以借喻等形象化的手法融入去留双方的离别体验，更是将情感翻进一层。所谓黄鹄反顾者，乃化用古诗《步出城东门》中"愿为双黄鹄，高飞还故乡"的句意，表达友人对作者无法与之偕飞故国的怆恨；末两句则取《史记·孝武本纪》中"泰帝使素女鼓五十弦瑟，悲，帝禁不止，故破其瑟为二十五弦"之意，既道惜别之情，亦抒内心羁宦北地，难与好友相携南归的深悲剧痛。

　　整首诗既径道惜别心曲，又寓寄故国之思，语言质朴，情感真挚，自足以唤起读者对于庾信羁旅处境的深切共鸣。

重别周尚书二首（其一）

〔北朝周〕庾信

阳关万里道，
不见一人归。
惟有河边雁，
秋来南向飞。

赏析：

周弘正于天嘉三年（562）自周南还，庾信以《别周尚书弘正》一诗赠之，此为其后所作，故题中乃言"重别"。

全诗大意：身处阳关之外，与故国相隔万里之遥，未曾见到有一人得以顺利南归。只有那黄河边上的飞雁，一到秋季就可以自由自在地向南飞去。

庾信此时仕于北朝，羁旅长安，以阳关借喻故国相距之遥，长久以来也未能有北来之人得以重返故土，心中之悲慨凄怆可想而知。后两句则以河雁南飞为喻，意境寥廓而涵蕴深远。既对周弘正南归故里表示出由衷的欣慰，同时借雁之自由无拘，反衬出自身处境的凄楚，如此则将身世之慨寓于赠别之中，倍增哀婉之情。这种在现实境遇中隐微而又强烈的情感，也只有向周弘正这样的挚友才能无所滞碍地进行吐露。这也是庾信在周弘正南归之际屡番以诗相赠的重要原因。如此既使庾信与周弘正之间的深厚友谊得以表现，也寄托了深切的乡关之思，在整体风格上也已突破早期绮艳流丽的宫体窠臼，呈现出苍劲悲凉的艺术特征。正因为这首诗在描写古往今来为故国相阻的人们在心理与情感状态上所具有的鲜明典型性，使其成为历来送别诗中的名篇。

唐宋篇

送杜少府之任蜀州

〔唐〕王勃

城阙辅三秦，风烟望五津。
与君离别意，同是宦游人。
海内存知己，天涯若比邻。
无为在歧路，儿女共沾巾。

作者简介：

　　王勃（650—676），字子安，绛州龙门（今山西河津）人，为隋末大儒王通孙。勃自幼聪慧好学，九岁读颜师古注《汉书》，即撰《指瑕》十卷以纠其失。麟德元年，上书右相刘祥道，为其表荐于朝。麟德二年（665），应幽素科登第，授朝散郎。后为沛王府修撰，因戏撰《檄英王鸡文》为高宗所恶，被逐出府。遂历游巴蜀之地，后求补得虢州参军。咸亨五年（674），因匿杀官奴曹达事获罪，遇赦革职，其父王福時受累贬为交趾令。唐高宗上元三年（676），勃自交趾探父返归途中，渡海溺水而卒。勃善属文，尤精于骈文，于诗以五律为擅，与杨炯、卢照邻、骆宾王并称为"初唐四杰"。原集二十卷，已佚，杨炯所撰《王勃集序》誉其"壮而不虚，刚而能润，雕而不碎，按而弥坚"。清蒋翃撰为《王子安集注》，代表作有《滕王阁序》等。

赏析：

这是唐代送别诗中一首传诵千古的名篇。整首诗虽叙别情，却能不落前此送别篇章流于黯然凄恻之窠臼，开拓出崭新的时代气象与阔达的情感境界。

全诗大意：广阔的三秦大地拱卫着巍峨壮伟的长安城，透过浑蒙迷茫的烟尘遥望着五津。与君在此离别，心中怀有无限的情谊，只因为我们同样都是羁旅宦海之人。四海之大能有这样一位知己，即使处天涯之远，也仿佛如同比邻而居的友人一般。不必在这离别之际的分岔路口，像一般小儿女那样涕泪沾湿了衣巾。

该诗以精严的对仗起句，通过地理空间的比照与转移，以一种阔大广远的笔触将所处之境与将去之地勾连起来，虽未言送而实已蕴惜别之意，且为全诗奠定了壮怀昂扬的感情基调。随后两句则以散笔点染，道出别意之深乃源于处境的相近与心意的感通，含蕴隽永，跌宕有致。就在即将落入别情悱恻的惯常情感模式的时刻，颈联笔锋突转，以"天涯""比邻"这样具有两极意义的意象为喻，一下子拉近了作者与即将远行的友人的距离，从而使末句的劝慰与开解收束得真诚而又自然，在空间之远与心灵之近的对照中显现出双方情谊的深挚，从而将传统的送别题材在昂扬奋进的社会历史语境中升华出全新的精神境界，且凝练为一种普遍化的情感体验，从而产生出悠远动人的艺术魅力，具有典型唐音特征的风格倾向。诚如明代胡应麟所论："唐初五言律唯王勃'送送多穷路''城阙辅三秦'等作，终篇不着景物，而兴象婉然，气骨苍然，实首启盛、中妙境。"（《诗薮·五律》）

送 李 邕

〔唐〕李峤

落日荒郊外，风景正凄凄。
离人席上起，征马路旁嘶。
别酒倾壶赠，行书掩泪题。
殷勤御沟水，从此各东西。

作者简介：

　　李峤（644—713），字巨山，赵州赞皇（今属河北）人。二十岁擢进士第，授长安尉，迁监察御史、给事中。因以狄仁杰事忤武后旨，出为润州司马。圣历元年（698），迁同凤阁鸾台平章事，转成均祭酒，领修《三教珠英》。中宗时贬为通州刺史，后召回，授礼部侍郎，迁礼部尚书，神龙二年（706）为中书令。睿宗即位，贬怀州刺史，玄宗立，贬滁州别驾。李峤是武后、中宗时期声名卓著的文坛领袖，与崔融、苏味道、杜审言合称"文章四友"，其诗多应制、咏物之作，曾作《杂咏诗》一百二十首。原集五十卷，已散佚，明人辑有《李峤集》三卷，代表作有《汾阴行》等。

赏析：

李峤虽在当时文坛诗名甚盛，但整体观之，其诗作题材窄狭，相对贫弱，因此后世评价并不算高。这首《送李邕》则以其情感真挚成为李峤送别诗中较为成功的一首。

全诗大意：在夕阳掩映下的荒野郊外，风景一片凄清。即将远行的朋友已经离席而起，就要远征的马儿也开始在路旁嘶鸣不已。满壶离别的酒啊一饮而尽，临行之际的诗啊和泪而题。流淌的御沟之水仿佛也是那般殷切恳挚，从今往后大家就要各自东西了。

李邕是盛唐时期著名的书法家，以累官北海太守，故又称李北海，自既冠即以文章学问深受年长其三十岁的李峤赏识，予以荐引，遂结交为友。此篇首先通过场景渲染，营造出凄清悲恻的送别气氛，紧接着以属对工整的两联诗句，尤其是状离人之起与征马之嘶以及"倾""掩"等字的运用，生动地刻画出临行之际送别双方的内心曲折，极尽难舍之情。末联用《西京杂记》卷三《白头吟》典"相如将聘茂陵人女为妾，卓文君作《白头吟》以自绝，相如乃止"，其辞即有"蹀躞御沟上，沟水东西流"之句。是处即以御沟之水东流为喻，且以"殷勤"言之，在各自东西的怆恨中真诚自然地表达了对这份友情的深切怀念。

送魏大从军

〔唐〕陈子昂

匈奴犹未灭，魏绛复从戎。
怅别三河道，言追六郡雄。
雁山横代北，狐塞接云中。
勿使燕然上，惟留汉将功。

赏析：

该诗为陈子昂送魏大从军而作，一改以往送别诗中凄婉悲切的场景描绘，鼓励魏大奋战疆场、建功边陲，洋溢出积极乐观的时代精神，从而开辟出初盛唐之际友情诗的新境界。

全诗大意：匈奴尚未被剿灭，你又如同春秋时晋国的魏绛那样，将要再次慷慨投身于疆场。我们在三河道中不无惆怅地惜别，誓要追附昔日汉代六郡良家子那样雄伟的功业。雁门山横亘在代州之北，飞狐塞也远接云中之郡。不要使燕然勒功的荣光，仅仅存留于汉代的军将之中，而同样应当刻有魏大所率领的大唐将士们的勋绩。

这首诗虽为送别而作，但着眼处却全在建功。次联虽言"怅别"，但此种情绪随即便被勇追六郡之雄的豪气与志气所淡化，境界也愈趋壮阔。通观全诗，在整体的场景描绘与气魄呈现上颇类盛唐以降的边塞诗，同时也是陈子昂对自身文学主张的践行。末两句用汉代窦宪典。据《后汉书·窦宪传》所载，东汉永元元年（89），窦宪以车骑将军率军出塞，大破北匈奴，"遂登燕然山，去塞三千余里，刻石勒功，纪汉威德"，此处即以之勉励好友魏大此赴疆场，能够如窦宪那般勒石燕然。整首诗虽为送友之作，却毫无惜别之态，而全然以家国为重，以功业为期，呈现出一种昂扬奋励、雄豪劲健的气象，这正是士人在时代精神的感召下冀望有为的风采展现。

过故人庄

〔唐〕孟浩然

故人具鸡黍，邀我至田家。
绿树村边合，青山郭外斜。
开轩面场圃，把酒话桑麻。
待到重阳日，还来就菊花。

作者简介：

　　孟浩然（689—740），字浩然，襄州襄阳（今湖北襄阳）人，世称孟襄阳。少年时居于故园，后曾隐于鹿门山，时亦有济时用世之志。开元十五年（727），在洛阳与储光羲、綦毋潜、李顾等交游。十六年（728），赴京应试，又与王维、王昌龄、贺知章等酬答赋诗。翌年春应进士试未第，遂还乡。曾赋诗秘书省，以"微云淡河汉，疏雨滴梧桐"句，令举座叹为清绝，为之搁笔。开元十八年（730），漫游吴、越等地，二十一年（733），再入长安，韩朝宗欲荐之于朝，相约偕行，后以浩然爽约而罢。二十五年（737），张九龄贬荆州长史，辟为从事，两年后离幕返乡。作为盛唐与王维齐名的山水田园诗人，孟浩然以布衣自重，终未入仕，然以诗名闻天下。如李白尝谓："吾爱孟夫子，风流天下闻。红颜弃轩冕，白首卧松云。"（《赠孟浩然》）尤工于五言诗，诗风冲淡自然，清旷闲远。其诗最初由王士源编录，又经韦滔整理。今存宋蜀刻本《孟浩然诗集》三卷，大体保持原貌。今人有李景白《孟浩然诗集校注》、徐鹏《孟浩然集校注》、佟培基《孟浩然诗集笺注》本，较为通行。

098

赏析：

这首诗记叙了诗人应邀到一位并不知名的乡村朋友家做客的情形及感受，整体上充满着浓郁的田园气息。

全诗大意：老朋友预备好了丰盛的酒肴，邀请我到他的农舍去做客。翠绿茂盛的树林环绕着村庄，一抹青山横卧于城郭之外。推开窗户面对着主人家的谷场菜园，举杯对饮之际的闲谈也都是关于稼穑收成的情况。且待九九重阳节到来的那天，再来这里相偕赏菊。

该诗敷写农家景象与宾主欢洽，没有浓墨重彩的渲染，一切娓娓道来，如话平常，营造出一派恬适安闲、淳朴自然的田家氛围。那绕村的绿树、横斜的青山，又是如此具有动人的生意，与田园的静逸环境相得益彰。这样的景色描绘，如林庚先生所言："不但写出了层次分明的近景和远景，而且围绕着村落的绿树与斜倚在绿树外的青山，正是相映成趣地表现为一种谐和而又单纯的美。这里我们无妨说它们是在心心相印着，所谓'相看两不厌，只有敬亭山'。"（《唐诗综论》）主人待友的热情诚恳，平易可亲，同样以其典型化的具象呈现在读者心中，留下了深刻的印象，而相约赏菊更展示了主客双方不同流俗的高情雅趣，尤其是所下"就"字，不仅传递出诗人对菊花的由衷喜爱，也体现出他与乡朋间的深情相知。从而使得整首诗在作法上愈发高妙。诚如沈德潜所评："通体清妙。末句'就'字作意，而归于自然。"整首诗在淳朴恬适的田园叙写中洋溢出诚挚友亲的日常温情。虽然孟浩然以布衣终其身，但其高远的政治抱负却始终未曾在其内心彻底泯灭。如果结合其这种在出处徘徊间挣扎的特殊心境，也许更能体会其中况味在孟诗篇章中的难能可贵。

夏日南亭怀辛大

〔唐〕孟浩然

山光忽西落，池月渐东上。
散发乘夕凉，开轩卧闲敞。
荷风送香气，竹露滴清响。
欲取鸣琴弹，恨无知音赏。
感此怀故人，中宵劳梦想。

赏析：

该诗为诗人于南亭乘凉之际，在夏夜荷风送香、竹露滴响的恬雅情境下怀想知音好友辛大所作。题中"辛大"者，疑指诗人同乡好友辛谔。孟浩然有《西山寻辛谔》一诗，中有"漾舟寻水便，因访故人居"句，本诗亦有"感此怀故人"句，皆以"故人"相称。此外，孟集中与辛大有关的尚有《都下送辛大之鄂》《送辛大不及》《张七及辛大见访》三诗，从中可见，辛大为遁迹山林、志趣高洁的隐士，亦与辛谔的身份相类。孟浩然与之志同道合，性情相投，故过从甚密，多所怀念。

全诗大意：夕阳的余晖倏忽间即已落山西下，池边的朗月随之渐渐东升。披散开头发尽享这夏夜的凉意，推窗高卧又令人备感闲适与敞亮。微风掠荷传来缕缕清香，竹叶露珠滴落发出清脆的声响。真想取来鸣琴弹奏一曲，却又遗憾没有知音可以欣赏。念及此景心中不禁怀念起老朋友，到了半夜还空劳在梦中把他深深地怀想。

这首诗大体可以分为两部分。前六句抒写南亭纳凉、散发高卧的惬意感受，一派闲适自在的名士风范。令即使今日早已习惯各种现代化消暑手段的读者，也能于炎炎夏日中感受到那份透心的诗意清凉。后四句则触景兴发，欲奏鸣琴，而琴为心声，怎奈无友得赏。辛大既通晓音律，又与作者志趣相投。《都下送辛大之鄂》中有"南国辛居士，言归旧竹林。未逢调鼎用，徒有济川心"句，这是孟辛之交得以相契若此赖以依凭的深层心理基础。在这般心境下，诗人意绪也随之一转，生发出对故人的诚挚怀想，而在此背后，则是作者内心无以言喻的孤寂与叹恨。这种感受与体验，又进一步加深了对于故交"中宵劳梦想"的深切怀念。

留别王维

〔唐〕孟浩然

寂寂竟何待，朝朝空自归。
欲寻芳草去，惜与故人违。
当路谁相假，知音世所稀。
只应守索寞，还掩故园扉。

赏析：

　　此诗为开元十七年（729）孟浩然应进士不第，自长安返归襄阳时留赠好友王维所作，真实地呈现了诗人科途失意后的黯淡心境。诗题一作《留别王侍御维》，按维任殿中侍御史已在开元二十八年（740），当以今题为是。

　　全诗大意：孤清冷寂中究竟在期待着什么，每日奔走却总是失望而归。将要追寻迹隐山林者的影踪，却又惋惜要与老友就此别离。位高权重者又有谁肯援引举荐，世间如你这般能够知心的朋友实在太少。只有回乡掩上故园的柴门，安心过一己枯寂冷落的日子。

　　孟浩然年长于王维，二人不仅在文学史上齐名，且长安一载成为忘形之交，彼此相知，情谊颇深。孟浩然在这首落第还乡之际留别王维的诗中，即向好友坦诚地倾诉了内心寂寂何待、朝朝空归而又无人荐引的落寞与苦闷，并抒发了对故友无尽的眷恋与不舍，以及决计还乡归隐背后深深的叹息与无奈。此时闲居长安或等待铨选的王维亦有《送孟六归襄阳》一诗相赠，中云："杜门不复出，久与世情疏。以此为良策，劝君归旧庐。醉歌田舍酒，笑读古人书。好是一生事，无劳献《子虚》。"体现出对好友真挚的理解与劝慰，从中也可见落第后的孟浩然确曾有过献赋求荐的念头，但这带给他的则是更为彻底的失望。两诗对比，更可看出孟浩然初入长安时的境遇与心态，及与王维之间的深厚情谊。从艺术上看，作为一首五律，该诗格律谨严却又不失顿挫之致，这既得力于孟浩然高超的诗艺，更与全诗感情表达得沉郁真切，颇具波翻浪涌之势有着密切的关系，诚谓"个中人，个中语，看着便觉不同"（刘辰翁批语）。

芙蓉楼送辛渐二首（其一）

〔唐〕王昌龄

寒雨连江夜入吴，
平明送客楚山孤。
洛阳亲友如相问，
一片冰心在玉壶。

作者简介：

　　王昌龄（约698—756），字少伯，京兆万年（陕西西安）人，盛唐著名边塞诗人。开元十五年（727）进士及第，官授秘书省校书郎。二十二年（734），又登博学宏词科，改官汜水尉。其后贬官岭南，又调任江宁丞。天宝中，再次被贬为龙标尉。安史乱起，辗转北归，至亳州时为刺史闾丘晓所杀。王昌龄于开元、天宝间诗名籍甚，有"诗家夫子王江宁"之称。殷璠编《河岳英灵集》，王昌龄诗凡十六首，居诸家之首。其为诗，尤擅七绝，颇着意于立意构思，具有绪密思清的特点，有"七绝圣手"之谓。年轻时有过漫游西北边塞的经历，故其边塞诗多呈现出雄奇豪迈、高浑自然的艺术风貌，代表作有《从军行》七首、《出塞》等，又著《诗格》二卷。

赏析:

　　该诗写于王昌龄出为江宁丞的任上。时好友辛渐将由丹徒渡江,取道北上洛阳,王昌龄从江宁将其送至丹徒,在芙蓉楼为之饯别,且以诗相赠。

　　全诗大意:瑟瑟秋雨洒满江面,整个吴地都笼罩在夜色的雨幕之中,清晨起来送别友人,倍觉楚地耸峙的山影是如此孤寂。洛阳的亲朋故友如若向您问起我的近况,就告诉他们我的心意依旧像玉壶里的冰一样高洁澄澈。

　　这首诗是王昌龄脍炙人口的名篇,在其生活的盛唐时代即已披于管弦,广为传唱,至有"旗亭画壁"之说。此时的王昌龄,刚自岭南贬所返回不久,仍未能彻底摆脱幽怨悲愤的迁谪心态。因此,面对好友过访所带来的不无珍重的关切与慰藉,回想起自己此前的境遇与所遭受的谗谤,又不禁令他心中泛起难以遏制的愤激与不平,这也影响到了该诗独特的创作手法。该诗前两句直叙送别之事,在寒雨连江的凄清时节,诗人却一路陪送辛渐至丹徒境内,可见彼此间情谊之深笃。后两句则显然是有所为而发,通过临别相嘱的细节,以"玉壶冰"的姿态表白自己高洁正直、坦荡磊落的处世品格,并托辛渐捎给一直以来挂念自己的洛阳亲友,以示慰藉。"玉壶冰"之语最早出自刘宋鲍照的《代白头吟》"直如朱丝绳,清如玉壶冰",用来比喻冰清玉洁的君子人格。王昌龄以之为喻,还含有蔑视谤议之意,是其坦直孤傲诗人形象的生动写照。明人陆时雍曾评:"王龙标七言绝句,自是唐人骚语。深情苦恨,襞积重重,使人测之无端,玩之无尽。"(《诗镜总论》)清人沈德潜亦谓:"龙标绝句,深情幽怨,意旨微茫。"(《唐诗别裁集》卷十九)整首诗因事即景又融情入景,含蕴深厚而又不失流转之致,正是上述特征的体现,也是盛唐时代幽怨凄恻一类诗歌的代表。

行路难五首（其五）

〔唐〕贺兰进明

君不见东流水，一去无穷已。
君不见西郊云，日夕空氛氲。
群雁裴回不能去，一雁悲鸣复失群。
人生结交在终始，莫为升沈中路分。

作者简介：

　　贺兰进明（生卒年不详），开元十六年（728）进士及第，历仕殿中侍御史并内供奉、主客员外郎。天宝中徙为信安郡太守，安史乱起，又出为北海太守。后因治军失律罢职，赴肃宗灵武行在，先后任御史大夫、河南节度使。睢阳受困，张巡派遣南霁云乞师，不救。乾元中贬溱州员外司马。殷璠《河岳英灵集》中评其"好古博达，经籍满腹"，《全唐诗》卷一五八存其诗七首。

赏析：

　　这首诗以群雁徘徊与孤雁失群为象喻，通过乐府古题的形式，抒发了心中之慨。

　　全诗大意：君不见那东逝的流水，一旦流去就永远不会有尽头。君不见那西郊的云彩，在夕阳的映照下空自弥漫。成群的大雁徘徊回旋，难以高飞远去，一只孤雁悲鸣不已，再次迷失于雁群。人生彼此之间结识交好，贵在有始有终，不要因为境遇的陟黜沉浮而于半路分道扬镳。

　　贺兰进明并不以诗见闻于世，甚至在安史乱中还因未应南霁云之乞援以致睢阳陷落而颇遭后世诟病，但《行路难》的组诗当创作于特定的社会历史情境中，且因之融入了作者对于世路艰辛的感受。该诗作为其中的一首，以独特的视角集中地表达了作者失路无依的心境，尤其是对人生结交的理解，浸透着他对于世事的深切感受，语意慷慨，情谊真挚，颇值得世人警醒与珍视。

淇上送赵仙舟

〔唐〕王 维

相逢方一笑，相送还成泣。
祖帐已伤离，荒城复愁人。
天寒远山净，日暮长河急。
解缆君已遥，望君犹伫立。

作者简介：

　　王维（701—761），字摩诘，号摩诘居士，河东蒲州（今山西永济）人，祖籍山西祁县，盛唐山水田园诗派的代表性诗人。开元九年（721）擢进士第，授太乐丞，旋坐事获罪，贬为济州司仓参军，遂开启其亦官亦隐的生涯，还在终南山筑辋川别业。开元二十三年（735），张九龄执政，擢为右拾遗，迁监察御史，后出使凉州，留任河西节度判官。二十八年（740），又以殿中侍御史知南选。天宝中，任右补阙、侍御史、吏部郎中与给事中等职。安史乱起，维为乱军所获，被迫接受伪职。至德二载（757），两京收复后因之获罪下狱，旋即赦免，乾元间复拜给事中。上元元年（760），转尚书右丞，故世称"王右丞"。维于盛唐诗坛尤擅声名，以描写自然山水与田园风光者为佳，重在抒发空静淡泊的隐逸情怀，与孟浩然并称"王孟"。此外，他还颇具才艺，不仅精于诗文，还工于书画，且深受佛禅思想影响，有"诗佛"之称。其创作往往融诗情、画意与禅思为一体，呈现出清新宁静、淡逸空寂的艺术境界，自成一格。苏轼在《书摩诘蓝田烟雨图》一文中曾誉曰："味摩诘之诗，诗中有画；味摩诘之画，画中有诗。"（《东坡题跋》卷五），严羽《沧浪诗话》中亦有"王右丞体"之谓。《新唐书·艺文志》著录《王维集》十卷。清人赵殿成撰为《王右丞集笺注》，这也是王维诗文首部完整的笺注本。今人陈铁民有中华书局《王维集校注》本，较为通行。

赏析：

　　此诗题赵殿成笺注本原作《齐州送祖三》。据陈铁民《王维集校注》，唐宋时人选录此诗者，如《国秀集》作《河上送赵仙舟》，《河岳英灵集》《文苑英华》《唐文粹》《唐诗纪事》并作今题，且寻绎诗意，亦当以今题为是，兹从陈说。

　　全诗大意：彼此相逢刚刚相对而笑，却又因即将离别相送而转为泣下。祖帐饯行已然备感伤离，友人离去后尤不免满怀悲愁地复入荒城。天寒时节远山望去一片明净，日暮之下滔滔大河依旧流淌迅疾。解开船缆后友人随即顺流远去，我却依然遥望着其远去的身影，久久地伫立于河沿之上。

　　诗题中所言“赵仙舟”者，生平不详，送别乃王维诗中常见主题，此诗在感情上则尤为诚挚动人。全诗首联即通过对情绪的瞬间转换的描摹，直观真切地表达出友人临行之际诗人内心无以言喻的伤感。颔联则递进一层，叙写友人走后诗人无以释怀的悲愁，同时也是自身寥落心绪的写照。颈联以景衬情，渲染出黯然凄清的送别气氛，在整体表现手法上，则如施补华所言：“用写景之笔宕开，而情在景中，篇幅遂短而不促，此法宜学。”（《岘佣说诗》）尾联顺承而来，以伫立遥望的形象刻画，深刻地表达了友人去后诗人内心无限的怅惘之情，颇具画面感，而所谓“解缆已遥”者，非在突出船行之速，实为表现惜别之殷。清代贺裳曾评曰：“写得交谊蔼然，千载之下，犹难为怀。”（《载酒园诗话》又编）王维诗歌尤擅融情入景，这在赠别一类中亦时有表现，该诗即为此中佳作。

齐州送祖三

〔唐〕王 维

送君南浦泪如丝，
君向东州使我悲。
为报故人憔悴尽，
如今不似洛阳时。

赏析：

　　题中"祖三"即盛唐诗人祖咏。王维《赠祖三咏》一诗中有"结交二十载，终日长相思"句，可见其交谊之笃。作为诗友，二人亦有多篇酬赠之作。该诗即为开元间居于济州的王维送祖咏东行赴任，至于齐州时赠行而作。全诗通过对挥泪相别的场景刻画，抒发了诗人在好友将行前无以言喻的悲慨，从而深刻地表现出二人之间难道别离的知己情谊。另该诗题一作《送别》。

　　全诗大意：送朋友于南浦已泪如丝下，好友东州赴任同样令我感到无比的悲伤。真想告诉故友自己为世所累已然憔悴不堪，现如今已经无法及得昔日身处洛阳时那般欢愉的时光了。

　　该诗起句即以直抒胸臆的手法至为真切地传达出诗人对故友的不舍与内心的凄恻。"南浦"本就是深蕴离愁别情的意象，所谓"送君南浦，伤如之何"（江淹《别赋》），尤与作者此间的心境与诗情相契合，故虽非实指，亦予人贴切自然之感。从后两句我们可以看出，临别之际的诗人似乎有着千言万语要向好友倾诉，却又一时不知何以道出，一句"如今不似洛阳时"，则巧妙地将思绪拉回昔日时光，而内心的婉曲却已然尽诉其中。整首诗虽仅二十八字，且诗语平易，然却感情诚挚，意蕴深厚，备具动人心魄的艺术魅力与情感力量。

送　别

〔唐〕王　维

下马饮君酒，问君何所之？
君言不得意，归卧南山陲。
但去莫复问，白云无尽时。

赏析：

这首诗题为《送别》，但具体的送别对象并不清楚，也无须清楚。从诗中我们只知道王维此处送别的，当是一位内心怀有愤懑与不平，又不甘为利禄所羁而决意归隐的友人。

全诗大意：请君下马再来干了这杯酒，问君此行将要去往何处，君言自己的境遇不能如意，将要离开官场，归隐于终南山旁。君只管去吧，我不再详问缘由，只如同那山中卷舒无定、自由自在的悠悠白云。

整首诗出语平易却又构思独特，虽题以"送别"，但并不着力于场景的刻画与情感的抒发，而是以问答的方式，揭示出送行的主旨，乃在于送君归卧于南山之陲，此其归者，又源自内心的不得意。从特定角度而言，这何尝不是诗人现实处境与内心波澜的自况？通过诗末两句，我们既可以感受到作者对于友人感同身受的深刻理解，又未免寄托着作者本人对于归隐的歆慕与企望。这就通过有限的篇幅，表现了送别双方相知相怜的深厚情谊，由之也产生出辞浅情深、言近旨远的艺术效果。

送元二使安西

〔唐〕王 维

渭城朝雨浥轻尘，
客舍青青柳色新。
劝君更尽一杯酒，
西出阳关无故人。

赏析：

该诗为送别好友元二奉命出使安西、远赴边陲而作，是王维友情诗中的名篇。

全诗大意：渭城清晨的一场春雨，微微地打湿了路上的尘土。路旁的柳色经过春雨的洗礼也是一片生机盎然，客居的馆舍也在其映衬下显得格外清新翠绿。亲爱的朋友啊，请再饮下这杯临别的酒吧。往西出了阳关，就再难相觅老朋友的踪影了！

这首诗前两句写景，点明送别的地点与时令，而朝雨浥尘，柳色如新，虽然已烘托出送别的典型环境，但也构成了一幅清新爽洁的画面，并以此区别于一般赠别诗所常常营造出的黯然感伤的气氛，诗歌节奏亦趋轻朗明快。后两句即着重于通过抒怀来表现作者与友人将赋离别的深情。这里没有多余的敷陈与言语，而只是选取了一个历来饯别中最平凡不过的劝酒镜头，即将彼此间难分难舍的体贴之心与惜别之情和盘托出。其间的奥秘就在一个"更"字上，饯别过程中所有喝过的酒、说过的话，无不尽括其中，但最终都收拢于"更尽一杯"这最具集中性与感染力的动作表现上。这一切都缘自友人所赴乃荒远之境，再难有知心好友相伴了。因此，末句实则又进一步包含了对友人前路漫漫、且自珍重的真诚关怀与殷切期望。非情笃于是又何以至此？

这首诗一出就得以流行，随即披之管弦，广受传唱，又称《渭城曲》或《阳关三叠》，其后还被编入乐府。中唐刘禹锡《与歌者何戡》一诗中曾谓"旧人唯有何戡在，更与殷勤唱渭城"句，白居易《对酒五首》其四中亦有"相逢且莫推辞醉，听唱阳关第四声"句。该诗之所以如此声名远播，正在于寥寥二十八字，却真诚地道尽了人生一种普遍的送别体验，诚如清代赵翼所论"得人心之所同然也"（《瓯北诗话》卷十一）。

送沈子福归江东

〔唐〕王 维

杨柳渡头行客稀，
罟师荡桨向临圻。
惟有相思似春色，
江南江北送君归。

赏析：

这首诗为王维送好友沈子福沿江顺流而下归江东所作，虽平易质朴却情深意笃。

全诗大意：杨柳依依的渡口行人往来已然渐趋稀少，船夫摇起船桨驶向那邻近江曲之地。只有无尽的相思好似这无边的春色，行遍江南与江北伴你还归。

该诗起句即以"杨柳渡头"点明送别的时令与地点，同时还烘托出远行赠别的气氛，而"行客稀"则更是表明双方已在渡口徘徊流连了许久，如今日暮向晚，行人渐稀，从而增添了一层黯然感伤的离情别思。随后即以"罟师荡桨"宕开，友人启程，而诗人则伫立渡头目送船儿驶向远方。前两句虽纯出之以实景描绘，然惜别之意已深蕴其间。三、四句实为全诗点睛之笔，随着友人远去，内心的不舍与相思不觉喷薄而出，而又适与这大江两侧的满目春色相契合，正可借之裹挟住这份深切的相思之情，由江南到江北伴随好友的还归之路，这份相思也越发深远悠长。诗人兴会独至，即景寓情，以春色喻相思，贴切自然，正是其别出心裁处。诚如明代顾可久所评："相送之情，随春色所之，何其浓至清新！"如此着笔，也冲开了起初所蒙上的那层离别惯有的淡淡感伤，使全诗呈现出清新明丽的色彩，从整体上提升了其艺术表现与情感表现的境界。

赠 汪 伦

〔唐〕李 白

李白乘舟将欲行，
忽闻岸上踏歌声。
桃花潭水深千尺，
不及汪伦送我情。

作者简介：

　　李白（701—762），字太白，号青莲居士，祖籍陇西成纪（今甘肃天水），其先世曾谪居碎叶（今托克马克城），李白即出生于此。五岁随父迁居绵州昌隆县（今四川江油），少年时即博览经史百家，又深受道家思想影响，且喜纵横之术，好击剑任侠。开元十二年（724），出蜀漫游江汉、洞庭、金陵、扬州等地，后以故相许圉师妻以孙女而"酒隐安陆，蹉跎十年"，其间干谒希荐，曾于开元十八年（730）初入长安求仕而志不得遂，又于二十四年（736）后移家兖州，隐于徂徕山。天宝元年（742）以玉真公主之荐应诏入京，供奉翰林。三载（744）因遭谗而被玄宗"赐金放还"，是年秋与杜甫相遇于梁、宋之间，后又漫游东鲁、幽蓟诸地。安史乱起，入永王璘幕。至德二载（757），永王谋乱兵败，白亦系浔阳狱，长流夜郎。乾元二年（759），遇赦东还。宝应元年（762），往依当涂令李阳冰，后卒于此。李白是盛唐诗坛乃至中国古典诗歌史上最为杰出的诗人之一，与杜甫并称"李杜"，有"诗仙""谪仙人"之谓。其为人狂狷纵逸，率真洒脱；其为诗则清新飘逸，自然天成，整体上具有鲜明浪漫主义的特质倾向，也是盛唐气象的典型体现与有机构成，影响极为深远。日本静嘉堂文库藏宋蜀刻本《李太白文集》三十卷，为目前存世最早的李集版本。清王琦辑注本《李太白全集》，较为完备通行。今人亦有李集整理本多种，较典型者有詹锳主编《李白全集校注汇释集评》本，瞿蜕园、朱金城撰《李白集校注》本，安旗、薛天纬等撰《李白全集编年笺注》本，以及郁贤皓《李太白全集校注》本。

赏析:

　　该诗为天宝十四载（755）李白游泾县桃花潭，在临别之际留赠村人汪伦所作，是唐诗中传诵千古的友谊名篇。

　　全诗大意：李白我乘上船儿即将启程远行，忽然听到岸上传来一阵踏歌之声。桃花潭中的水纵然深达千尺，也比不上汪伦送我的情谊深啊！

　　诗的前两句叙事，描绘作者即将远行时的送别场景。在登舟将行之际的一个"忽"字，生动地表现出了诗人听到踏歌之声时意外的惊喜情态。毫无疑问，以汪伦为代表的当地村民在情谊表达上的热情与纯朴，是令李白内心备受感动的。也许这样一种送客形式，对生活在桃花潭边的人们而言早已习以为常，但对历尽仕路偃蹇，看惯了宦场白眼的诗人来说则是莫大的精神慰藉，也让他真切地感受到了平凡友情的温暖。因此，在诗歌的后两句，诗人以独特的李白式抒情，以桃花潭水相比拟，然其纵深千尺亦所不及，别出心裁地表达了对这份真挚情谊的感怀。如清人沈德潜所论："若说汪伦之情比于潭水千尺，便是凡语。妙境只在一转换间。"（《唐诗别裁集》卷二〇）整首诗诚朴自然，浅显易晓而又语挚情真，不失为妙手天成之笔。

沙丘城下寄杜甫

〔唐〕李　白

我来竟何事？高卧沙丘城。
城边有古树，日夕连秋声。
鲁酒不可醉，齐歌空复情。
思君若汶水，浩荡寄南征。

赏析：

天宝三载（744），盛唐诗坛的双子星李白与杜甫于洛阳相遇，成就了中国古典诗歌发展史上文人交谊的一段旷世佳话，至今为世所乐道。是年秋，李白与杜甫同游梁、宋，次年又相偕往游齐鲁，后杜甫西归洛阳，其间二人结下了深厚友情。李白曾在鲁郡送别杜甫的诗中写道："秋波落泗水，海色明徂徕。飞蓬各自远，且尽手中杯。"（《鲁郡东石门送杜二甫》）在回到沙丘寓所（今山东兖州一带）后，他又难以抑制对好友的思念，遂作此诗。

全诗大意：我来此究竟所为何事？闲居在这沙丘城中。城边上为古树所环绕，竟日为秋风所摇发出瑟瑟声响。东鲁之酒难以让我为之沉醉，齐地之歌亦徒然复多其情。我对好友的思念啊，就像那滔滔流逝的汶水，浩浩荡荡地伴随着你一路南行。

该诗以自问领起，生动地表现出与友别后内心的凄清与孤寂。紧接着两句以景衬情，在秋风中摇曳的古树，正是诗人内心愁闷思绪的写照。在这般情境下，不仅以鲁酒之薄难以消忧，齐歌亦空作多情之声，皆无法抚平其心中愁绪，而只能让他更加怀念此前与杜甫相与登临欢游的美好时光，并由此唤起对于挚友的无尽思念。末二句以滔滔逝水表达对好友杜甫一往情深的相思，似乎是惯常手法，但这恰是诗人李白深情忆念之际无可替代的表达方式。陈贻焮先生曾评此诗云："貌似陈俗，而陈中见新，情溢于辞，感人至深。"（《杜甫评传》）该诗的高明之处正在于其寄情造境之际的诚挚自然与平易深切，毫无造作之态，纯任心意所之，而情谊之深若是，又何以不令人为之心驰神往？

闻王昌龄左迁龙标遥有此寄

〔唐〕李白

杨花落尽子规啼，
闻道龙标过五溪。
我寄愁心与明月，
随风直到夜郎西。

赏析：

天宝八载（749），王昌龄以"不护细行"之故贬官龙标尉，李白闻讯后满怀关切地写下了这首诗，寄托了自己对于老朋友最为深挚的理解与慰勉。

全诗大意：杨花飘散落尽，子规鸟也哀啼不已。听闻好友左迁龙标，还要经过当初屈原流放的五溪之地。我只能把满怀牵挂的忧心愁思寄于皎洁的明月，希望能随风陪伴着你直过夜郎以西的偏远之地。

杨花象征着飘转无定的遭遇，子规象征着内心无以言诉的悲曲，该诗起句即通过比兴手法，既点明时令，又渲染出一种凄恻哀愁的氛围。次句即叙王昌龄被贬之事，由"闻道"之语可见出作者闻讯后内心的惊诧情状，即使"不护细行"，在唐代特定的社会风气下，也绝不致贬斥至此。由所经"五溪"之地则可预见此行的艰辛不易，作者的感愤与挂念同时跃然纸上。三、四两句则借明月之皎寄忆念之愁，这就将无形的关切之情化作具象化的承载，不仅王昌龄，相信千载之后的读者依然可以感受到其间所饱含的深情。"愁心"者，为友忧为友愁也，再联系到诗题中所谓"遥寄"，友不在前而心实念之，世间淳厚的友谊也就无过乎此了。

金陵酒肆留别

〔唐〕李 白

风吹柳花满店香，吴姬压酒唤客尝。
金陵子弟来相送，欲行不行各尽觞。
请君试问东流水，别意与之谁短长。

赏析：

该诗为开元十四年（726）李白初游金陵，在离开之际留别所作。所谓"金陵子弟"者，当为诗人在当地结识的一群意气相投的青年朋友，而非确指某一个人。

全诗大意：春风吹拂着柳絮飘飞，馥郁的酒香之气溢满了酒肆的每一个角落，来自吴地的老板娘捧出美酒招呼着客人前来品尝。金陵的青年朋友们纷纷前来相送，与我一饮而尽这杯中佳酿。请朋友们一起来问问这滚滚东逝的江水，这惜别之意与之相较，到底哪一个更为长远。

全诗凡六句，大体可分为三层。前两句写景，既点明时令，亦呈现出送别的地点。其间触觉、视觉、嗅觉与听觉的描写交织融合，将风吹柳花、酒香满肆、吴姬唤尝的情境描绘得如状目前，且颇富活力与生机，为后续的留别做足了铺垫。中间两句叙事，金陵的青年才俊在这暮春时节前来酒肆，一起送别他们共同的朋友。没有多余的话语，所有的深情厚谊都凝聚在了作为典型场景的"各尽觞"的刻画中，却又将"欲行不行"间的惜别之意表现得淋漓尽致。末二句则转入抒情，同样是以流水喻别情，在具象化之外，诗人乃以"试问"之语出之，则更将情感翻进一层，从而超越了传统赠别诗往往流于凄恻黯然的程式化范围，表现为一种昂扬达观的情感姿态，其机杼独出，非太白手笔实难至之。全诗虽道别情，但始终洋溢着蓬勃的青春气息，且意达语畅，不落陈俗，整体上呈现出轻快流利而又意蕴悠长的艺术格调。这其中既融入了李白人格情怀的诗性写照，也是盛唐时代精神的生动体现。

黄鹤楼送孟浩然之广陵

〔唐〕李　白

故人西辞黄鹤楼，
烟花三月下扬州。
孤帆远影碧空尽，
唯见长江天际流。

赏析：

　　孟浩然是盛唐诗坛的前辈，且诗名籍甚，对李白的诗才人格颇多赏识。李白亦曾有诗赠云："吾爱孟夫子，风流天下闻。红颜弃轩冕，白首卧松云。醉月频中圣，迷花不事君。高山安可仰，徒此揖清芬。"可见孟浩然在这位同样诗耀盛唐的年轻后辈心目中的地位。二人得以如此相知相惜，不仅因为曾经相与游从以及诗酒酬唱的经历，更源自他们基于不媚权贵、超然独立的共同精神追求。该诗即为在开元间一个所谓"烟花三月"的阳春时节，李白于黄鹤楼送别老友孟浩然江行去往扬州时所作。全诗虽不无通常惜别惯有的怅然，但整体上流淌着欢快愉悦的韵致。

　　全诗大意：老友在位于西边的黄鹤楼向我辞别，在一个繁花如烟、春意盎然的季节里顺江而下去往扬州。遥望载着友人的小舟那渐行渐远的帆影，直到其消失在碧空的尽头，目之所及的只有那一江春水浩浩荡荡地流向天际。

　　该诗前两句叙事，清晰地交代了送行的地点与时令，乃至友人将往之地，已然洋溢出畅快欢愉的诗意气氛。两人已在荆楚名胜黄鹤楼相携游赏，度过了一段颇为值得留恋的美好时光，正逢着春花烂漫的时节，友人所往又是在当时最为繁荣的大都会扬州，一切都散发着蓬勃的春意。后两句摇曳而出，诗人遥望着友人远去的船帆，直到其消失于视线之外的江水尽处。表面上似状别后之景，实寓惜别相思之情，境界亦顿然为之开阔，含不尽之意于言外，有余蕴无穷之致。如明末清初唐汝询所评："帆影尽，则目力已及；江水长，则离思无涯。怅望之情，俱在言外。"（《唐诗解》卷二五）亦如近人俞陛云评云："帆影尽而离心不尽。十四字中，正复深情无限。"（《诗境浅说·续编二》）

送 友 人

〔唐〕李 白

青山横北郭，白水绕东城。
此地一为别，孤蓬万里征。
浮云游子意，落日故人情。
挥手自兹去，萧萧班马鸣。

赏析：

该诗作年不详，所送友人亦难确指。细玩诗意，又似以友人口吻代拟，甚或当为友人送己而作。

全诗大意：青翠绵延的山峦横亘在北城之外，白河之水绕着东城潺潺流过。我们今天在这里分别以后，就像那飘转无定的蓬草一般即将万里远征。空中飘浮的那抹白云就好似游子转徙无定的思绪，即将落山的夕阳就好似老友不忍遽别的情谊。向友人挥手告别自此而去，马儿仿佛也因为知晓离散之苦而长鸣不已。

整首诗虽未及具体的分别对象，仅仅叙写离别的过程与感受，却情真意切，悱恻动人，寥寥四十字，似乎道尽了千百年来所有离友远征人们的共同心声。首联写景，点明送别的环境。以"青山"与"白水"相对，不仅色彩明丽，而且动静相应，描绘出一幅寥廓秀美的山水图景，也烘托出依依难舍的离别氛围。颔联即叙别情，喻以孤蓬，似颇伤身世飘零之感。颈联即景抒情，复以浮云与落日为比，别具格韵地传达出彼此间的相知惜别之意。尾联则借马鸣之情状以衬别友之难离，婉曲深沉，尤感其深情无限。全诗绘景如画，对仗工稳，却不害缠绵之情，正是太白送别诗独特风神的生动体现，诚为后世所传诵。

贫 交 行

〔唐〕杜 甫

翻手作云覆手雨，
纷纷轻薄何须数。
君不见管鲍贫时交，
此道今人弃如土。

作者简介:

杜甫（712—770），字子美，京兆杜陵（今陕西西安西南）人，生于河南巩县，为晋朝名将杜预之后，祖父杜审言为初唐著名诗人。其七岁即始作诗文。开元十九年（731），漫游吴越。二十三年（735），举进士不第，遂漫游齐赵。天宝三载（744），与李白、高适等同游梁宋，次年又往游齐鲁。天宝五载（746），至长安，因李林甫贺表"野无遗贤"而黜落未第，自此困守长安十年。天宝十四载（755），授河西尉，不就，改任右卫率府兵曹参军。安史乱起，只身奔赴灵武，为叛军所陷。次年春逃出长安，到达凤翔行在，授左拾遗。因疏救房琯触怒肃宗，后贬华州司功参军。乾元二年（759），弃官赴秦州，旋居同谷。上元元年（760）起，寓居成都，于浣花溪畔营草堂，世称"杜甫草堂"。宝应元年（762），故人严武还朝，会徐知道叛，流寓绵州、梓州。广德二年（764），严武再镇蜀，表为检校工部员外郎，世称"杜工部"。次年严武卒，杜甫携家出蜀，移居夔州。大历三年（768），自夔出峡，辗转漂泊于岳阳、潭州、衡州一带。五年（770）卒于湘江上的一叶孤舟中。杜甫是中国古典诗歌史上最具影响力的诗人之一，其诗歌创作以鲜明的现实指向，忠实地反映了大唐王朝在由盛转衰之际深沉广阔的社会时代画卷，被后世誉为"诗史"。在艺术风貌上，杜诗则以千锤百炼的诗学绝诣，创造性地达到了"尽得古今之体势，而兼人人之所独专"的"集大成"境界，风格沉郁顿挫，至有"诗圣"之谓。自宋代以来，即有"千家注杜"之说，到了清代则愈趋繁盛，其中最具代表性的有仇兆鳌的《杜诗详注》、浦起龙的《读杜心解》以及杨伦的《杜诗镜铨》。今人萧涤非主编《杜甫全集校注》，吸收汇集了前人杜诗注释、评赏与研究最为重要的成果，尤称完备。

赏析：

　　该诗为短篇七言歌行体，颇有民谣之风。当为天宝十一载（752），困居长安的杜甫在求助无门、惯遭冷眼的处境中有感于世情翻覆的社会现实所作。

　　全诗大意：翻手时还是云团拥簇，就在覆手的顷刻便化作了雨，世间轻浮浇薄之人如此众多，又哪里用得着一一数过。您不见那古时管仲与鲍叔牙的贫贱之交，这样的德行与典范在如今的人眼中像黄土一般被摒弃殆尽。

　　整首诗以严肃冷峻的态度深刻地审视了盛唐社会中的长安以势利相趋的浇薄世风，表达了杜甫对于贫贱之交的独特理解与切身感受，具有鲜明的批判色彩。寥寥四句，没有冗余的铺垫与隐微的曲笔，直叙世态人情，悲慨友道凋零，备见作者内心的郁结与愤懑。在杜甫看来，穷困境遇中的扶持砥砺才是真正的友情得以维系的重要保证。明代王嗣奭曾谓："作行止此四句，语短而恨长，亦唐人所绝少者。"（《杜臆》）清代浦起龙亦评云："只此一语，尽千古世态。"（《读杜心解》）而翻云覆雨更是成为后世为利所趋反复无常者的代名词。

赠卫八处士

〔唐〕杜甫

人生不相见，动如参与商。
今夕复何夕，共此灯烛光。
少壮能几时？鬓发各已苍。
访旧半为鬼，惊呼热中肠。
焉知二十载，重上君子堂。
昔别君未婚，儿女忽成行。
怡然敬父执，问我来何方。
问答未及已，驱儿罗酒浆。
夜雨剪春韭，新炊间黄粱。
主称会面难，一举累十觞。
十觞亦不醉，感子故意长。
明日隔山岳，世事两茫茫。

赏析：

卫八，未详其名，以排行称，感其旧谊。从诗中可知，卫八乃杜甫故交，以安贫自处，无意于仕途，二人阔别已二十余载。乾元二年（759）春，杜甫时任华州司功参军，在由洛阳返回华州途中，适经卫八寓所，遂往访旧友。该诗即是这次故旧会面场景的忠实记录，虽平易质朴却感人至深。

全诗大意：人生际遇中难以相见的情形，往往就如同参星与商星之间的此升彼落那样。像今天这样的夜晚还能有几个啊，我们两人终于能相聚在同一盏烛光之下。青春年少的岁月又有几何，转眼间我们已鬓发斑白。询及故旧亲友的近况竟然一半已离世，不觉惊叹起来，内心之苦楚如受火焚。哪里能够想到二十年之后，又能再次来到你的家中。昔日分别之际你尚未婚娶，如今却已儿女环绕，承欢膝下。他们面色和悦，向父亲的朋友行礼，问我从何处而来。话还没有说完，孩子们就被父亲赶去准备酒饭。冒着夜雨剪来了鲜美的韭菜，锅中新煮熟的黄米饭又香又甜。主人感慨此番相聚实属不易，举起酒盏接连饮下十杯。连饮十杯亦不觉其醺醉，有感于故友如此情意绵绵。明日一别又将重新为山岳所隔，世事沧桑，不知相会又在何期。

这首诗创作的时候"渔阳鼙鼓动地而来"已逾三载，杜甫也已年近半百，早已惯历挈妇将雏、颠沛流离的艰辛与苦难。历尽世变沧桑的诗人，对乱离时代中个人命运的流徙迁转与别易会难的人生际遇，也感受得更为深切。因此，在这种情境下与故旧卫八的重逢，又怎能不令他感铭于心？重逢固然欣喜，但其实更令杜甫内心感到惶恐与凄恻，因为自会面的那一刻起，等待着他们的就是翌日的分别。以世事之苍茫难料，是否还有相见之机，又将会在何时？诗人的留恋与不舍已溢于言表。非对至交亲朋，实难以深情若是，由此可见这对阔别二十载老朋友间的别样深情。更为难能可贵的是，这时的杜甫沉沦下僚，卫八更是名不见经传，甚至连名号生平都难以确考，但也许正是这种平凡人之间的友谊，才更生动地映现出了风云变幻的时代中真实人生的缩影。

杜甫是真正的深于情者。诗人能把世间最平凡不过的情感在朴素深沉、如话家常的娓娓道来中抒发得如此恳挚贴切，细致入微，颇具百转千回之姿，并由此在人情与世情的双重维度上令后世读者心目中生发出最为普遍的情感体验。

梦李白二首（其二）

〔唐〕杜甫

浮云终日行，游子久不至。
三夜频梦君，情亲见君意。
告归常局促，苦道来不易。
江湖多风波，舟楫恐失坠。
出门搔白首，若负平生志。
冠盖满京华，斯人独憔悴。
孰云网恢恢，将老身反累。
千秋万岁名，寂寞身后事。

赏析：

该诗大致为乾元二年（759）杜甫流寓秦州时所作。这时的李白因坐永王璘事长流夜郎，但途中已遇赦东还。杜甫则以"逐客无消息"（《梦李白二首》其一）之故，内心仍旧充满着无尽的忧念与牵挂，以至屡番梦见李白，乃有是作，以寄相思之情。

全诗大意：天空中的浮云终日卷舒飘荡，游子却长久没有音讯。接连几个夜晚都梦见你，感情如此亲近见出你的心意。告别时你往往是那么匆促不安，不无愁苦地反复诉说来路之艰难。江湖上多的是风波险恶，真是担心船只会坠翻。出门之际还不停地搔弄那满头白发，好像真的辜负了平生的志向。达官显贵们覆满了整个京城，只有你独独如此沧桑憔悴。是谁说的天道宽广宏远，可曾想临老之际身心反而为其所累。你的声名必将传于千秋万载，但待到去世之后已经孤寂寥落，又何从得知啊。

李杜交谊已如前述，二人自鲁郡别后各自思念对方，皆有诗传世，且深挚动人。然析而言之，现存杜集中怀念李白的诗歌大致有十余首，远较李集中怀念杜甫的诗歌为多。这既与两人不同的思想性格有关，也反映出杜甫内心对于这份情谊的珍重。《梦李白》二首就是其中最具代表性的作品。此诗为第二首，与第一首概述李白之魂入梦相比，主要侧重于对梦中之遇具体情形的描述，并由此抒发对于老友处境的一腔同情与挂念。所谓"三夜频梦"者，可知这份相思之深之切。中间八句则叙李白梦中见后告归出门之情态，双方直是互诉衷肠。杜甫深知江湖险恶，不禁忧心舟楫失坠，其间由衷的关切之情实在溢于言表，同时也反映出杜甫对这位挚友难苟合于世的深刻了解。李白所有的牢骚与委屈，无不凝于"搔白首"的动作刻画中。而"独憔悴"于满布京城的达官显宦之间的斯人形象，更仿佛在我们眼前生动地勾勒出一个"太白式"的落寞身影，尤感其凄恻无助。后四句满怀沉痛与悲慨地鸣其不平，同时也形成了对这位诗仙历史境遇最为深沉恰切的写照，其间实寓理解之同情。诗人既哀友之困窘不遇，又衬托出一己心中的无限悲凉。浦起龙曾谓："人之相知，贵在知心。公当日文章契交，太白一人而已。二诗传出形离精感心事，笔笔神来。"（《读杜心解》卷一）这份同心相知之谊，令千载之下的读者读之，又焉能不为之感怀在心？

天末怀李白

〔唐〕杜 甫

凉风起天末，君子意如何。
鸿雁几时到，江湖秋水多。
文章憎命达，魑魅喜人过。
应共冤魂语，投诗赠汨罗。

赏析：

　　该诗与《梦李白》二首大约作于同时，为乾元二年（759）秋杜甫流寓秦州时因为忧念此前流放夜郎的好友李白所作的一首五律。

　　全诗大意：寒风已经在天边刮了起来，在这秋意袭人的日子里不知你现在的心情如何。鸿雁几时才能传来你的音信？江湖之中依旧难免风波险恶。文章憎恨命运亨通畅达者，鬼怪却颇喜欢有人经过。应当向屈原的冤魂进行倾诉，向贾谊那样将诗投赠于汨罗江中。

　　首联以寒风乍起而心生怀友之情，"凉"字既是写实，亦是造境，渲染出衰飒愁悲的气氛。而"意如何"三字，虽出语平易，却深寓殷殷关切之情。颔联则点明关切的原因，在于无从得知好友音讯进而牵挂其处境，因为他们都体会过并深知江湖上的险滩暗礁与风波之恶。颈联以议论化的口吻揭示李白的遭遇，具有强烈的悲悯意味，同时又不乏愤激之情。因此，尾联通过发挥想象收束全篇，来抒发诗人内心的慷慨不平之气。李白流放夜郎要途经汨罗，正为屈原沉江之地。在杜甫看来，他恰可效仿西汉贾谊投诗之举，将自己的满腔冤屈诉诸汨罗江波中的千古忠魂。仇兆鳌评云："说到流离生死，千里关情，真堪声泪交下，此怀人之最惨怛者。"（《杜诗详注》卷七）事实上，此时的李白已中途遇赦而还，从《梦李白》其一中"逐客无消息"句可知，尽管其处境已非如杜甫诗中所念，但后者尚不知情。在这种情形下，整首诗沉郁忧愤，深微婉转，反更衬托出了杜甫对于这位挚友的一片深情。

客　至

〔唐〕杜　甫

舍南舍北皆春水，但见群鸥日日来。
花径不曾缘客扫，蓬门今始为君开。
盘飧市远无兼味，樽酒家贫只旧醅。
肯与邻翁相对饮，隔篱呼取尽余杯。

赏析：

这首诗写于上元二年（761）杜甫居于成都草堂时。成都草堂时期是杜甫一生中生活相对较为安定的一段时期，因此，杜甫这时期的诸多作品都饶有生活况味，该诗也同样如此。

全诗大意：草堂南北皆为春水所环绕，只有成群的鸥鸟每日频来造访。两边植满花草的庭院小路未曾因为有客来访而打扫，简陋的柴门今日却因您的到来方始打开。家中饭肴由于距离市区太远而过于简单，待客之酒由于家境窘困只有过去的陈酿。是否肯与邻家老翁举杯相对而饮，隔着篱笆喊他过来一同来饮尽余下的酒。

该诗原有自注"喜崔明府相过"，从中即可看出杜甫对其客到访由衷的喜悦之情。杜甫同期尚有《宾至》一诗，中有"老病人扶再拜难"语，可知彼时来访者具有一定的身份，但诗人并不乐见，且语涉嘲讽。此诗恰与之形成鲜明对照，具有浓郁的生活气息，极富生活情趣。前四句写草堂环境，春水环绕，群鸥日来，花径未扫，蓬门久闭，既见其居清幽雅静，又知主人鲜与人接，颇有"心远地自偏"之致，正是杜甫草堂生活状态的典型呈现。而"始开"之语，备见诗人喜迎之色。后四句叙主客于市远家贫境下的相得之欢。尽管只能相待以"无兼味""只旧醅"，但主不以之自愧，客亦不以之见怪，足知他们的性情相投。从这首诗中我们也可以看到，待友的最高境界不在于钟鼓馔玉或玉盘珍馐，而在于彼此间热情坦诚、脱尽形迹的相知相待。该诗除了描写崔明府来访的场面之外，最后两句"隔篱呼取"云云，也从侧面反映出了杜甫与邻翁之间日常融洽和睦的关系，颇见真率之情，亲切可感，似乎辉耀千古的诗圣就在你我的身边。

别董大二首（其一）

〔唐〕高适

千里黄云白日曛，
北风吹雁雪纷纷。
莫愁前路无知己，
天下谁人不识君。

作者简介：

　　高适（702—765），字达夫，行三十五，郡望渤海蓨县（今河北景县），与岑参并称"高岑"，同为盛唐边塞诗派的代表诗人。适"少濩落，不拘小节"（殷璠《河岳英灵集》）。幼年曾随父旅居岭南，后又客居梁、宋。开元七年（719）前后，西游长安，求仕无成。十九年（731），北上蓟门，翌年献诗欲入信安王李祎幕未果，却加深了他对边塞生活的体验。二十三年（735），诣长安应制举未第。天宝三载（744），与李白、杜甫会于梁、宋，后又同游齐、鲁之间。天宝八载（749），因睢阳太守张九皋荐举有道科，授封丘县尉。十二载（753），河西节度使哥舒翰辟为掌书记。安史乱起，拜左拾遗，转监察御史佐守潼关，后随玄宗入蜀，擢谏议大夫。乾元元年（758）为李辅国所谗左迁太子少詹事。后转任彭州、蜀州刺史，剑南节度使。广德二年（764）召还长安，授刑部侍郎，转左散骑常侍，世称高常侍。其诗笔力雄健，气势奔放，现存《高常侍集》十卷，代表作有《古大梁行》《燕歌行》《蓟门五首》等。今有刘开扬《高适诗集编年笺注》、孙钦善《高适集校注》本，较为通行。周勋初撰有《高适年谱》，颇资参证。

赏析：

　　题中"董大"，或谓著名琴师董庭兰。据另外一首中"六翮飘飖私自怜，一离京洛十余年"句，可知该诗大致创作于高适开元七年（719）左右西游长安后十余年，这时的诗人三十余岁，正是困顿不遇的时候，亦即诗中所谓"相逢无酒钱"者，但这绝不限于经济上的窘困，而是精神上志未得舒的悒郁。然而该诗于送别之际，却并未体现出此类诗所惯常的凄恻苦闷的感伤情调，而越发意气慷慨、豪迈壮阔之感，具有典型盛唐之音的特点。

　　全诗大意：昏黄的层云遮蔽了广袤的天空，日光也随之西沉暗淡下来，凛冽的北风呼啸，吹送着南飞的雁群，伴随着这大雪纷纷。不要担忧前路漫漫无有知心的好友相伴，普天之下又有谁会不认得您呢？

　　整首诗先从别离时的景象着墨，黄云蔽日，北风凄紧，雁群南飞，雪落纷纷，典型意象的组接渲染出的是黯然而又不失悲壮、苍茫而又不失阔远的离别气氛。随之叙离别之意则颇予人豁然开朗之感，一句"莫愁"，迅即荡开了原本沉郁黯淡的氛围，道出了对友人最为诚挚的劝慰与勉励，这既源于高适内心对功业深切的期许与对自我坚定的自信，同时还体现着踔厉奋发的时代强音，是盛唐精神的鲜明写照。殷璠曾评高适诗云"多胸臆语，兼有气骨"（《河岳英灵集》），多指其古体创作而言，但施之于此类今体诗中，也可以说是很切实的评价了。

赠 任 华

〔唐〕高 适

丈夫结交须结贫，贫者结交交始亲。
世人不解结交者，唯重黄金不重人。
黄金虽多有尽时，结交一成无竭期。
君不见管仲与鲍叔，至今留名名不移。

赏析：

　　据刘开扬《高适诗集编年笺注》，该诗诸本皆失收，乃据《唐诗纪事》卷二二补，清人汪薇《诗伦》亦收此诗。该诗虽为赠友，然亦当有感于彼时士人交游大多以利相结的社会风气。杜甫《贫交行》诗中"翻手作云覆手雨，纷纷轻薄何须数"句，即是此种风气的真实写照，刘开扬正是据此认为高适该诗大致与之为同时之作。另外，高适《邯郸少年行》中即有"君不见今人交态薄，黄金用尽还疏索。以兹感叹辞旧游，更于时事无所求"句，尤意类本诗。

　　全诗大意：大丈夫结交朋友要结交处于贫寒处境中的人，只有在贫寒处境下的结交才能令人备感亲近。世间之人不懂得结交友朋之道，只看重物质利益而不重视人格品性。黄金即使再多也会有穷尽的时候，但真正的友情一旦确立就会始终不渝。您不见那管仲与鲍叔之间的友谊，至今名扬天下而无所改移。

　　高适此诗并不侧重于抒情，主要借以议论说理的手法来阐发交友之道。在他看来，真正的友谊应该缔结于贫窘不达之际，只有这样才能避免金钱等物质利益乃至权力对纯正友情的侵扰，而实现以道义相结。相比起利散交尽的小人之交，这样的友谊才更能慰藉人心，也更加稳固长久。作者心中所推崇与期待的，正是管鲍那般互砥互砺、千古传扬的君子之交。该诗下语之犀利，设譬之精警，颇为启人深省，且能从中见出其与友人间以贫相结的深挚情谊。

白雪歌送武判官归京

〔唐〕岑 参

北风卷地白草折，胡天八月即飞雪。

忽如一夜春风来，千树万树梨花开。

散入珠帘湿罗幕，狐裘不暖锦衾薄。

将军角弓不得控，都护铁衣冷难着。

瀚海阑干百丈冰，愁云惨淡万里凝。

中军置酒饮归客，胡琴琵琶与羌笛。

纷纷暮雪下辕门，风掣红旗冻不翻。

轮台东门送君去，去时雪满天山路。

山回路转不见君，雪上空留马行处。

作者简介：

　　岑参（约715—770），荆州江陵（今属湖北）人，郡望南阳，是盛唐边塞诗派的代表诗人。参少孤，从兄读书，有着强烈的用世精神，二十岁时即"献书阙下"（《感旧赋》序）。天宝三载（744）进士及第，授右内率府兵曹参军。天宝八载（749），以右威卫录事参军入安西节度使高仙芝幕掌书记。十载（751）还长安，与杜甫、高适、储光羲等游，同登慈恩寺塔，赋诗唱和。十三载（754），任大理评事，摄监察御史，充安西北庭节度判官。至德二载（757），经由杜甫等人荐举，入为右补阙。后历起居舍人、虢州长史诸职。永泰元年（765），出为嘉州刺史，以蜀中兵乱，两年后方得赴任，世称岑嘉州。次年罢官东归，流寓成都。岑参今存诗四百首左右，边塞诗大致占五分之一。两次出塞，使他对边塞生活具有了深切的现实体验，从而极大地拓展了边塞诗的创作格局，殷璠评其诗曰："语奇体峻，意亦造奇。"（《河岳英灵集》）现存《四部丛刊》影印明正德熊相刊本《岑嘉州诗》七卷，代表作有《白雪歌》《走马川行》《轮台歌》等。今本有陈铁民、侯忠义所撰《岑参集校注》。

144

赏析：

天宝十三载（754），岑参充安西北庭节度判官，再度出使边塞，武氏或为其前任，为送其还京述职，乃于雪飞之际设宴饯行于中军帐中，且以诗相赠，融壮丽之景于塞外惜别之情中，在盛唐边塞诗中独具风调。

全诗大意：北风呼啸着席卷着大地，甚至吹折了坚韧的白草。在这西北边疆之地，秋高八月即已漫天飞雪。直如一夜之间春风吹拂，千万株梨花竞相盛开。雪花飘转着穿过珠帘，打湿了帐幕，不仅穿着狐皮袍未觉得暖和，连裹上锦缎的被褥都备感单薄。将军的角弓已被冻住无法拉开，都护的铠甲也由于严寒难以穿上。边地沙漠纵横，早已结成百丈坚冰，阴云密布凝聚在浩瀚的长空之中。在中军帐中置备下酒筵为返京者饯行，胡琴、琵琶还有羌笛相与奏鸣助兴。时近黄昏，辕门外仍大雪纷飞，连红旗都已结冰冻上任凭风吹也一动不动。在轮台东门送君远行还京，临行之际大雪已经覆满了天山的道路。随着山路的崎岖回转，已经难以看到友人的身影，只有皑皑的白雪上还残存着马蹄行处的印迹。

整首诗起笔即以奇制胜，颇壮气势，正契合了西北边地的独特自然生态。然紧接着又以奇想设譬，以一夜春风喻北风卷地，以梨花竞开喻八月雪飞，经由作者这种生花妙笔的点染，直将塞外严寒赋予了江南春意，其造境之奇，不禁令人拍手称妙，故方东树曾评曰"奇情逸发，令人心神一快"（《昭昧詹言》卷一〇）。在其后六句对边地严寒的感受与刻画中，诗人又不断通过帐内帐外地点的转换，将边地雪原与将士艰辛的生存环境联系在一起，从中我们深切地感受到了盛唐王朝瑰丽壮阔的边地风光与戍边将士无畏艰辛、英勇慷慨的精神风貌。自第十一句起转入对具体饮宴场面的描绘上，此处作者虽着墨不多，仅仅通过三种乐器的罗列，却烘托出一种与雪地送别构成鲜明对比的典型场景，更加深了临别之际的不舍之情。正是在这样的感情基调下，全诗进入到最为动人的对塞外送别的叙写中，辕门外的红旗也已冻住，作者却一路相送，直到轮台东门之外，远望着雪覆天山，深情地目送着行去的身影消失在山回路转中。一个"空"字，不仅道出了作者无限的惜别之情，更令全诗产生了余韵无穷的艺术效果，也可以体会作者内心更为深处的怀想，着实与李白"孤帆远影碧空尽，唯见长江天际流"的名句有着异曲同工之妙。

寄左省杜拾遗

〔唐〕岑参

联步趋丹陛，分曹限紫微。
晓随天仗入，暮惹御香归。
白发悲花落，青云羡鸟飞。
圣朝无阙事，自觉谏书稀。

赏析:

　　唐肃宗至德二载（757），岑参以时任左拾遗的杜甫之荐入中书省任右补阙，自此至乾元元年（758）的近一年中，二人同仕于朝，并为僚友，相与唱和，过从甚密，结下深厚友谊。该诗即为二人唱和之作，杜甫亦有《奉答岑补阙见赠》一首。

　　全诗大意：上早朝时相偕同步登上那殿前的红色台阶，退朝后又自宣政殿各自回署办公。清晨跟随天子仪仗入朝分班而立，傍晚又身染着御炉的香气还归。白发满头悲叹春花凋零，遥望青云羡慕鸟儿能够自在高飞。大概朝廷圣明没有什么阙事，连进谏的奏疏也少之又少。

　　这首诗前半段叙与杜甫同朝为官的情景，似乎备极人臣之显耀，然"晓随""暮惹"之语已透露出职守宫廷空虚无聊、无所作为的消息；后半段诗意则顺承为之一转，向老友倾诉衷肠，从而叹年华之易逝，慨谏职之失位，似又以婉曲之笔通过"圣朝无阙事"的反语寓寄规讽之意，从而隐晦地抒发内心的忧愤。时岑参与杜甫同任谏职，且都心怀家国，忧念苍生，这又何尝不是在安史之乱未平、社会动荡之际他们冀望重振国运的共同心声？

夜宿灵台寺寄郎士元

〔唐〕钱起

西日横山含碧空，东方吐月满禅宫。
朝瞻双顶青冥上，夜宿诸天色界中。
石潭倒献莲花水，塔院空闻松柏风。
万里故人能尚尔，知君视听我心同。

作者简介：

钱起（约710—约782），字仲文，吴兴（今浙江湖州）人。天宝九载（750）登进士第，授秘书省校书郎。乾元二年（759）任蓝田尉，与王维时相唱酬。广德二年（764）入朝任职。大历中历祠部员外郎、司勋员外郎等职，官终考功郎中，卒于建中、贞元间。钱起为"大历十才子"之一，诗名籍甚。高仲武选《中兴间气集》，以起为首，且称其诗"体格新奇，理致清赡"。与郎士元并称"钱郎"，有《钱考功集》十卷。代表作有省试诗《湘灵鼓瑟》等。

赏析：

　　郎士元与钱起齐名，交谊亦厚，士林曾有语云："前有沈宋，后有钱郎。"据王定璋《钱起诗集校注》，此诗殆作于宝应元年（762）至二年（763）间作者蓝田尉任上，时郎士元亦为渭南尉。该诗即为钱起夜宿灵台中有感寄赠故友之作。

　　全诗大意：随着太阳西下，天色也已渐趋昏暗，连绵的群山横亘在碧空之下。月出东山，皎洁的月光瞬间洒遍了整座禅院。清晨伫立在双峰之顶瞻望那黛青色的长空。夜晚则栖宿在这与诸天色界相通的禅寺中，感悟佛理之精深。石潭之水清净莹澈，倒映出莲花之影，处身于塔院之中亦可凭空听到风摇松柏的清音。我与你相聚万里尚能如此，想必作为故友的你，现在的所知所感也应该正与我的心境相同吧。

　　整首诗色彩明丽，神思飞扬。前四句叙暮夜灵台之景，渲染出朗月清辉之下高远澄澈而又不乏静谧禅寂的超旷境界。清人金圣叹曾评云："四句诗，便是四样身份，譬如云英卷舒，光彩不定，真妙笔也。"（《贯华堂选批唐才子诗》）钱起任蓝田尉后，随着世事变幻，加之与王维的时相唱酬，对佛禅的理解与体验亦趋加深。五、六句则以石潭映莲、塔院松风的佛家禅意与自身坚贞劲直的人格相比照，尤可见出其不于乱世之中与时俯仰的清净与超脱。由此他又念及身处渭南的故旧好友郎士元，七、八两句正以夜宿之思结句，其间既饱含着对挚友的想念，亦借己心相与慰勉，故金圣叹谓："即以自勉者勉君胄，唐人交道，其厚如此。"郎士元复依原韵酬和，作《赠钱起秋夜宿灵台寺见寄》一诗相答，末有"惟有双峰最高顶，此心期与故人同"句。钱、郎虽遥隔万里，然其心意之感，襟期之同，可见一斑。

淮上喜会梁州故人

〔唐〕韦应物

江汉曾为客，相逢每醉还。
浮云一别后，流水十年间。
欢笑情如旧，萧疏鬓已斑。
何因不归去？淮上有秋山。

作者简介：

　　韦应物（737—约792），京兆杜陵（今陕西西安市东南）人。韦氏历代皆簪缨冠族，至父辈家道乃趋式微。天宝十载（751）起，为玄宗御前侍卫，任侠负气。乾元间重入太学读书。代宗广德元年（763）起任洛阳丞，永泰中因严惩不法军士被讼，弃官闲居洛阳。大历六年（771）起任河南府兵曹参军，九年（774）任京兆府功曹参军，十三年（778）为鄠县令，次年迁栎阳令，后称疾辞官，闲居长安西郊善福寺。建中二年（781）除比部员外郎，三年（782）出为滁州刺史。贞元元年（785）调江州刺史。三年（787）入为左司郎中。四年（788）冬出为苏州刺史，七年（791）罢职闲居苏州永定寺，未几卒。诗名颇著，于大历、贞元诗人中卓然不群。其诗题材广泛，诸体兼擅，尤长于五言。白居易谓其"高雅闲淡，自成一家之体"（《与元九书》）。苏轼则谓韦诗"发纤秾于简古，寄至味于澹泊"（《书黄子思诗集后》）。司空图以其与王维并称，后人将其与陶渊明并称"陶韦"，与柳宗元并称"韦柳"，严羽《沧浪诗话》有"韦柳体"。今存《韦苏州集》十卷，存诗五百七十余首。今较通行者有陶敏、王友胜《韦应物集校注》本。

赏析:

该诗作于大历五年（770）秋。韦应物自扬州北归京洛，途经淮上，路遇阔别十年的梁州故人，慨由心生，遂作此诗。淮上，在今江苏淮阴一带。题虽曰"喜"字，却生动地传达出诗人在他乡偶遇故旧时百感交集的心情。

全诗大意：昔日我们曾共同客居江汉一带，每次相逢总要欢聚畅饮，扶醉而归。待到离别之后，我们仿佛如浮云一般各自漂泊，迄今十年的时光，就如同滔滔东逝的江水般转瞬而去。如今再度相逢，彼此间仍谈笑若故，欢情依旧，奈何双鬓已趋于斑白萧疏。你问我为何仍不返回故里，只因流连这淮上的秋山红树。

整首诗首联叙往昔客逢扶醉之谊，足以想见两位客居异乡的游子，因为境遇的同命相怜而心生共鸣、一见如故的倾心。颔联写别后情形，一别之后，倏忽十年，其间人事聚散，彼此天各一方，辗转多途，时光则在这有似浮云漂泊的十载生涯中如流水般驰骤而逝。颈联则将思绪拉回到眼前阔别十年后重逢之际的情境，"欢笑"句适与诗题"喜会"之语相合，然"如旧""已斑"者，既见故友别来之后关系依然融洽无间，又颇抒发出十年间岁月迁转、世事沧桑的深沉喟慨，可见双方内心在欢欣之余的百感交集，而彼此十年间所有的千言万语，则无不凝聚在了这样两句简洁晓畅的诗语中。尾联复以问答作结，道出不归之因，乃在淮上之秋山红树，收以景结情之效，颇具高情远韵，摇曳生姿。清人黄叔灿评云："喜会故人，将旧游伴说。而十年流水，两鬓萧斑，说得惘然。乃淮上秋山，犹多系恋，情真语挚，自尔黯然。"（《唐诗笺注》）

寄李儋元锡

〔唐〕韦应物

去年花里逢君别，今日花开又一年。
世事茫茫难自料，春愁黯黯独成眠。
身多疾病思田里，邑有流亡愧俸钱。
闻道欲来相问讯，西楼望月几回圆。

赏析：

李儋与元锡都是韦应物最为亲密的朋友，集中有关二人之诗皆各近十首之多。该诗大致作于德宗兴元元年（784）春滁州刺史任上。李、元二人曾分别于建中三年（782）秋与四年（783）春前往滁州探望韦应物。别后一年间，藩镇割据，战乱频仍所致生灵涂炭，民不聊生，诗人内心悲慨无限，遂作此诗以寄。诗中既抒发了面对家国遭难、百姓流亡境遇之际的感愧，又充满着对友人的深切忆念。

全诗大意：在去年的花开时节里我们相逢作别，依依难舍，而如今花落花开，转眼间别来已逾一年。世事苍茫间自身的命运又何可预料，只有那黯然落寞的春愁伴着我独自成眠。疾病缠身愈发令我思归乡里，眼看着邑中流徙逃亡的百姓又感觉愧对朝廷的俸禄。听闻朋友们将要来此与我相会，我迫切地登上西楼翘首以待却早已数逢月圆。

这首以寄赠为题材的七律首联即以复沓回环的手法，以去年逢别以来花落花开的节序感，在岁月流逝的伤慨中突出地表现出对故友相逢的深切忆念。颔、颈两联则转入对别后一年来自身处境与思绪的抒发，一己春愁始终与家国之难紧密地联系在一起，这也是作者满腔愁绪的根源所在，一方面身弱体衰，思归田里；另一方面邑有流亡，情难辞咎，在这样的两难处境下，对友朋相会的期冀与渴望无疑成为韦应物最为重要的情感寄托，由此也更为突出地体现了李儋和元锡作为他的至交好友，带给韦应物的精神慰藉。因此，尾联又结以望月思友之情，以屡登西楼却数逢月圆的失落与憾恨，映衬出作者内心难以释去的苦闷与对故友难以遏止的思念。整首诗以思友起，以盼友结，中间则融入自己世事苍茫、进退两难的忧思与苦闷，结构谨严；在诗语运用与情感表现上平易清畅、真率自然，然则情味悠远隽永，虽为七律却又颇具古体风调，是韦应物寄赠诗中的佳篇。

寄全椒山中道士

〔唐〕韦应物

今朝郡斋冷，忽念山中客。
涧底束荆薪，归来煮白石。
欲持一瓢酒，远慰风雨夕。
落叶满空山，何处寻行迹。

赏析：

该诗作于兴元元年（784）秋滁州刺史任上，全椒为滁州属县，今属安徽。整首诗写诗人于秋雨之夕冷寂孤清的郡斋中，念及全椒深山中的道士，欲携酒过访却又无从寻迹的无限怅惘。

全诗大意：此时的郡斋之中是如此孤清冷寂，忽然想念起在全椒深山之中遁迹隐居的道士。想必他现在正同往常一样在涧底打柴，然后将这些荆条枝柴捆扎起来带回居所烧煮白石。我真想带上一瓢酒，在这寒风秋雨的夕夜里前往寻访，彼此慰藉。可远远望去，深山之中已积满了落叶，又能到哪里去寻觅你的踪影呢？

全诗先以郡斋之冷而念山中之客，可见二人时相过访。三、四两句则紧承其上心中之念，遥想道士避世遁俗的日常生活场景，同时也蕴含了诗人内心的向往。后四句则抒发欲觅之意而终于无从寻迹，韵味悠长，诗意邈远，且适与道士远离尘俗、高蹈自守的性情品格相应，而这正是诗人与之相知相惜的精神基础。诗中山中道士的样貌并未出现，即便束薪涧底、归煮白石的情形也只不过仅存于诗人的想象中，但一位无与世争、清寂淡泊的高士形象却已然如状目前，而与之相应的，则是诗人本身胸襟气度与个性品格的生动写照。整首诗无斧凿痕，纯任诗思流淌，虽以至简至朴之语出之却高妙超诣，浑然天成。北宋苏轼晚年谪惠期间曾依韵作《寄邓道士并引》一诗。施补华《岘佣说诗》曾评云："《寄全椒山中道士》一作，东坡刻意学之而终不似。盖东坡用力，韦公不用力；东坡尚意，韦公不尚意，微妙之旨也。"细味其诗，适如高步瀛所评："一片神行。"（《唐宋诗举要》卷一）这也正是韦应物诗艺的过人之处，该诗也由之成为其寄赠诗的名篇。

送 李 端

〔唐〕卢 纶

故关衰草遍，离别自堪悲。
路出寒云外，人归暮雪时。
少孤为客早，多难识君迟。
掩泪空相向，风尘何处期？

作者简介：

　　卢纶（748—799），字允言，本贯范阳（今河北涿县），后迁蒲州（今山西永济），"大历十才子"之一。天宝末年避地鄱阳，自大历元年（766）起，累举进士不第。六年（771）宰相元载荐为阌乡尉，改密县令，八、九年间宰相王缙荐为集贤学士、秘书省校书郎。十二年（777），元载、王缙获罪，纶坐累去官。贞元十四、十五年间（798—799），官拜户部郎中，后卒。卢纶今存诗三百三十九首，是大历诗人中存诗较多者，其诗既有盛唐余韵，如边塞诗；又记录下了在唐王朝由盛转衰之际的动乱中成长起来的一代诗人的真实心态，具有典型大历诗风的特点。今存《卢户部诗集》十卷。

赏析：

　　李端与卢纶同为"大历十才子"中的诗人，他们同处于安史之乱后大唐王朝由盛转衰的时期，该诗即为此期乱离伤别的典范之作，其间衰草遍地的景象与风尘何期的悲叹，正是乱世之中个人流离漂泊、无所凭依的命运写照。

　　全诗大意：故乡之中早已衰草遍地，离别本就令人感到无限悲伤。前行的道路早已延伸至寒云之外，而我归来时已值夜雪纷飞之际。少年孤苦，很早就开始漂泊异乡，时逢多难之季又与你相见恨晚。望着你远去的方向空自掩泣，在这动荡扰攘的尘世中又何时才能再次重逢？

　　该诗前四句叙岁寒别友之景。"衰""悲""寒""暮"诸字无不渲染出一派衰飒悲凉的氛围，在这样的场景下送行，本就令人心中备感凄怆。随即后四句又顺承转入对身世飘零的感喟与风尘无期的嗟叹。自少年起即只身漂泊异乡，生活在乱离的年代，得以结识一位知心的朋友又是多么不易！这种于多难之际相见恨晚的患难之交尤令人为之动容，可见彼此间情谊的深挚。清人潘德舆评云："'少孤'二句，皆字字从肺肝中流露，写情到此，乃为入骨。"（《养一斋诗话》）故此，面对着好友远去的方向，诗人不禁一掬悲凄之泪，浮生聚散，世事沧桑，实在不知是否还能有再见的机会，内心之凄恻溢于言表。整首诗情景交融，浑然一体，既深蕴惜别之意，又颇含伤怀之慨，语言质朴，沉郁悲怆，体现出大历诗独特的情思韵味。

醉留东野

〔唐〕韩愈

昔年因读李白杜甫诗，长恨二人不相从。
吾与东野生并世，如何复蹑二子踪。
东野不得官，白首夸龙钟。
韩子稍奸黠，自惭青蒿倚长松。
低头拜东野，愿得终始如驺蛩。
东野不回头，有如寸莛撞巨钟。
吾愿身为云，东野变为龙。
四方上下逐东野，虽有离别无由逢。

作者简介：

　　韩愈（768—824），字退之，河阳（今河南孟州市）人，郡望昌黎，世称"韩昌黎"。愈三岁而孤，由兄嫂抚育成人。贞元八年（792）擢进士第，先后任汴州观察推官、四门博士、监察御史等职，后以论事切直得罪权要，贬阳山（今属广州）令。元和元年（806），授国子博士。十四年（819），因上表谏迎佛骨忤逆宪宗，贬为潮州刺史。穆宗时任国子祭酒、兵部侍郎，后转吏部侍郎，世称"韩吏部"，卒谥"文"，后世又称"韩文公"。韩愈毕生以传承弘扬儒家道统为己任，大力提倡古文，反对骈俪文风，与柳宗元并称"韩柳"。主张文道合一，其"不平则鸣""文从字顺""陈言务去"等思想对后世文坛发展影响深远。苏轼誉其"文起八代之衰，道济天下之溺"（《潮州韩文公庙碑》）。今存诗四百余首，与孟郊一起开创了"韩孟诗派"。在创作上韩愈多用赋体，善为铺陈，常吸收古文章法、句式，呈现出"以文为诗"的创作取径，对宋诗风貌的形成具有重要的导向作用。在艺术追求上，崇尚雄奇险怪之美，诗风奇崛，别开生面，然亦时流于艰涩板滞之弊。此外，韩愈还有一些小诗，平易自然，清新可诵，呈现出雄奇之外的另一种风格倾向。今人钱仲联有《韩昌黎诗系年集释》本，较为通行。

赏析:

　　孟郊字东野,韩愈在长安应试时得与之相识。郊年长于愈近二十岁,在韩愈登上诗坛时,孟郊的创作已臻成熟,且对韩愈诗风的形成具有重要的影响。二人境遇相似,志趣相投,遂结成深厚友情。贞元十三年(797),孟郊寄寓于汴州(今河南开封),次年离汴往游吴越。时韩愈为汴州观察推官,此诗即为其送孟郊南下时留别所作。

　　全诗大意:过去由于读李白、杜甫的诗歌,时常遗憾他们不能长久地一起游从。我和孟东野共处于一个时代,怎么能又重蹈李、杜无缘重逢的覆辙?孟郊自中第后未曾被授予官职,只能以白发之故自嘲老态龙钟。我韩退之倒是有些小聪明,但与孟郊在一起,也总是惭愧得感觉像野草依附着挺拔的青松一样。我甘愿向东野低头下拜,希望能够像驱蛩与蠍那般相依终始。东野头也不回地南下而去,我的挽留对他而言就像以草茎去撞一口大钟那样。我希望能化身为天上的白云,而东野则化为空中的蛟龙。我可以在四方天宇之内永远追随着东野,这样的话即使世间有离别之事,我们也不会遇此遭逢了。

　　此时的孟郊已近知天命之年,仍潦倒穷愁,未得一官,但却备受声名与官位皆在其上的韩愈推崇,深挚情谊于此诗中可见一斑。全诗起句即以李杜为比,既追慕二人相知同心之谊,又恨其难与相从之憾,从而愿自己与孟郊的友谊能够长久相守,从中也见出韩愈对这份情谊的自信。接下来则以一系列独出心裁的比喻结构诗篇,如青蒿与长松、蠍与驱蛩,通过这些事物之间的相偎相依突出了彼此间情谊的难以割舍。在寸莛撞巨钟般的挽留无效后,又续取《易·乾卦》中"云从龙"之义,既体现了韩愈对孟郊的诚心倾慕,又见其"同声相应,同气相求"之谊,希望他们之间永无离别之事。清代朱彝尊评云:"粗粗莽莽,肆口道出,一种真意,亦自可喜。"(《批韩诗》)整首诗设譬奇特,造语风趣,实形醉而情真,备见韩、孟友情之深挚。

衡阳与梦得分路赠别

〔唐〕柳宗元

十年憔悴到秦京，谁料翻为岭外行。
伏波故道风烟在，翁仲遗墟草树平。
直以慵疏招物议，休将文字占时名。
今朝不用临河别，垂泪千行便濯缨。

作者简介：

柳宗元（773—819），字子厚，祖籍河东（今山西永济），世称柳河东。贞元九年（793）进士及第。十四年（798）登博学宏词科，授集贤殿正字。贞元二十一年（805），顺宗即位，擢为礼部员外郎，协助王叔文改革弊政。永贞革新败后，贬为永州司马。元和十年（815），又出为柳州刺史。元和十四年（819），卒于是任。柳宗元为中唐古文运动的重要领袖，与韩愈并称"韩柳"。亦工于诗，苏轼曾谓其诗"发纤秾于简古，寄至味于澹泊"（《书黄子思诗集后》），淡泊纤徐是其诗歌的主要特色，同时亦不乏冷峻峭厉之作。今人吴文治等整理《柳宗元集》四五卷，搜辑较为完备，可参。

赏析：

柳宗元与刘禹锡是中唐诗坛的两位著名诗人，他们同榜进士，任职于地方，后来又一起入京共事，所谓"二十年来万事同"者，正是他们之间深厚笃挚情谊的真实写照。永贞元年（805），柳宗元与刘禹锡一同参与到以王叔文为首的政治集团中，柳任礼部员外郎，刘任屯田员外郎，积极推行弊政改革。永贞革新败后，他们分别被贬为永州司马与朗州司马，其间诗书往还，相似的政治境遇与共同的志趣抱负更加深了彼此间深厚的友谊。元和十年（815）三月，柳宗元与刘禹锡又分别贬任更远的柳州刺史与连州刺史，于是二人一路相偕南行，至衡阳（今湖南衡阳）而分手。二十余年的相知生涯，此番贬官将是他们距离最远的一次，内心又怎能不充满无限的怅惘与惜别之情，这一切都贯注到了这首饱含凄怆的赠别诗中。事实上，这次衡阳之别，也是他们的生死之别，自是而后，这对有着二十载交谊的老朋友，尽管仍有诗篇相酬，但再也未得有一面之晤。

全诗大意：我们共同经历了十年辛酸的地方官生涯又一起入京奉职，可谁曾料想却又被贬到更为荒远的岭南去任职。当年伏波将军南征时所走过的故道如今风烟依旧，墓前石人的旧址早已为杂草乱木所掩没。径因疏狂懒散招来了世人的非议，休要再去用文章博取时誉声名。此时此刻我们不用再临河告别，滚淌下的千行热泪早就可以洗净我们的帽缨了。

整首诗先从回忆二人此前共同的贬谪生活着笔。没有对具体处境的描绘与铺陈，只以"十年憔悴"之语轻轻带过，却道尽了其间的艰难与愁困。从永贞革新败后被贬到再度还京，其间的路走了十年光景，个中辛酸自然可以想见。次句则叙当下情状，"谁料""翻为"诸语，鲜明地活画出对远迁岭外的惊诧与绝望。首联十四字，即已将临别之际双方内心的沉痛与凄怆展现无遗。颔联借伏波故道与翁仲遗墟之景抒发风烟满目、世道沧桑的复杂感受。颈联反思致贬之因，乃在于坚持政见而招"慵疏"之议，又复以文章得罪权要，其言似为自诫之语，实含悲愤之情。尾联抒赠别之情，正是心怀这样的委屈与不平，两位老友才在临歧时刻不禁泪垂千行，以濯其缨。万千话别之语尽付其中，既有浓浓的惜别之意，又不免前路苍茫、道何所出的嗟叹，备极痛切。整首诗精严工稳，诗情沉郁，正是柳、刘二人二十载相知相惜、同进共退情谊的见证。

重别梦得

〔唐〕柳宗元

二十年来万事同，今朝岐路忽西东。
皇恩若许归田去，晚岁当为邻舍翁。

赏析：

　　刘禹锡在看到柳宗元《衡阳与梦得分路赠别》的诗后，遂作《再授连州至衡阳酬柳柳州赠别》以酬，柳氏则复作此诗以申前情，酬唱之间尤显二人情谊之深笃。

　　全诗大意：二十年来我们经历的世事变迁大致相同，此时此刻却要在分别的路口各奔西东。如果皇帝开恩允许我们重归田里，晚年我们两位老翁一定要再在一起卜舍为邻。

　　该诗临歧再次叙别，情深意长。前两句的写法与《衡阳与梦得分路赠别》的首联相类，都是通过今昔对比，抒发依依难舍的惜别之情，只是较之前诗中的悲怆意味略为和缓，然处愈久，别愈难，首句更是将彼此二十年间的荣辱与共的进退出处一语道尽，情感上尤进一层。末二句则深怀相知之心与殷切之情，展望晚岁之景：有朝一日两人脱却宦场纷争，携手归田，与邻为伴，不亦快哉。汪森曾谓，由"今朝"到"晚岁"，乃"笔法相生之妙"（《韩柳诗选》）。然而结合此次衡阳赠别的现实背景，两人都清楚这对于他们的前景意味着什么。虽作宽慰语，而凄怆之感油生。整首诗言简而蕴深，语淡而情切，颇具深婉低回之致。

酬乐天扬州初逢席上见赠

〔唐〕刘禹锡

巴山楚水凄凉地，二十三年弃置身。

怀旧空吟闻笛赋，到乡翻似烂柯人。

沉舟侧畔千帆过，病树前头万木春。

今日听君歌一曲，暂凭杯酒长精神。

作者简介：

　　刘禹锡（772—842），字梦得，洛阳（今河南洛阳）人。贞元九年（793）擢进士第，又登博学宏词科。十一年（795）授太子校书。先后任徐泗濠节度掌书记、淮南节度掌书记、渭南县主簿。十九年（803）入朝为监察御史。后又擢为屯田员外郎，积极支持王叔文的政治革新。"永贞革新"失败后，刘禹锡先贬连州刺史，再贬朗州司马，后又任连州、夔州、和州刺史。开成元年（836），任太子宾客，分司东都，世称"刘宾客"。晚年有"诗豪"之称，其诗与现实联系较为紧密，多美刺讽兴之作，且哲思与诗情相融，具有风情俊爽、立意高远的特点。同时又能汲取民歌优长，如其《竹枝词》《杨柳枝词》等，清新质朴，真率自然。今有卞孝萱校订《刘禹锡集》、瞿蜕园《刘禹锡集笺证》本，卞孝萱尚撰有《刘禹锡年谱》，颇资参证。

赏析：

　　宝历二年（826）冬，刘禹锡罢和州刺史取道扬州返归洛阳，适与以病免苏州刺史的白居易在此相逢，终得一会。白居易席间有诗相赠，中有"亦知合被才名折，二十三年折太多"之语，表达了对刘禹锡境遇的关切与同情。刘禹锡即赋以此诗相酬。

　　全诗大意：巴郡楚地的山水尽是一片凄寂荒凉之地，二十三年间为朝廷所弃过着贬谪沦落的生活。怀念故友只能徒自吟诵向秀的《思旧赋》，回到故乡竟好似因观棋而致斧柯腐烂的王质。在沉船的旁边千帆竞发，疾驰而过，枯朽的树木前方也有那万木争春，一派生机盎然。今天听到了你为我所作的诗篇，权借手头的这杯美酒振作起我一往无前的精神！

　　此诗前两联接续白居易赠诗中所及，历叙自己二十三年间的困楚境遇与艰辛感受。所谓"凄凉地""弃置身"者，可见作者贬谪远地、志不得伸的满腹哀怨与愤懑。而"空吟""翻似"之语，更是借古之意道出了人事寥落、世事沧桑的切身感受，愈益见出诗人内心的无限凄凉。诗情至此，悲慨已极。颈联是全诗的关捩之处，其昂扬奋发的蓬勃姿态使整首诗在情感抒发上的气象皆陡然为之一转。虽仍以"沉舟""病树"自喻，但"千帆过"与"万木春"的意象，则赋予了诗人不畏险难、振奋进取的人格意蕴，其襟怀较之白诗中"举眼风光长寂寞，满朝官职独蹉跎"之语也愈益乐观豁达，予人以丰富的启迪。尾联则承势抒怀，以酒相酬，表达了对白氏关切的真挚感激，同时也寄寓了唯念初心、重新振作的意志。整首诗跌宕起伏，诗情婉转，尤其是"沉舟侧畔千帆过，病树前头万木春"两句，以其独特的哲思韵意颇为后世所传诵。

蓝桥驿见元九诗

〔唐〕白居易

蓝桥春雪君归日，
秦岭秋风我去时。
每到驿亭先下马，
循墙绕柱觅君诗。

作者简介：

　　白居易（772—846），字乐天，晚号香山居士、醉吟先生。祖籍太原（今属山西），后迁居下邽（今陕西渭南）。贞元十六年（800）登进士第。十九年（803）授秘书省校书郎。元和元年（806），制科入等，授盩厔尉，次年任翰林学士。后历左拾遗、京兆府户曹参军等职，仍充翰林学士。十年（815）秋，以越职言事贬江州司马。长庆元年（821）迁中书舍人，次年除杭州刺史。宝历元年（825），除苏州刺史。三年（827），以太子宾客分司东都，遂定居洛阳，晚年呈现出"知足保和，吟玩性情"的心态倾向。卒谥文。白居易与元稹合称"元白"，又与刘禹锡并称"刘白"，是中唐诗坛最为重要的诗人之一。他积极倡导新乐府运动，在诗歌思想上主张"文章合为时而著，歌诗合为事而作"，注重诗歌"补察时政""泄导人情"的社会功能。自分其诗为讽喻、闲适、感伤、杂律四类，整体上呈现出平易浅切、婉转自然的艺术风格，也深受日本、新罗等东亚邻国的欢迎。其代表作有《新乐府》五十首、《长恨歌》、《琵琶行》等。有《白氏长庆集》七十一卷传世。今较通行者有朱金城《白居易集笺校》本、谢思炜《白居易诗集校注》本。

赏析：

元和十年（815）秋，白居易以越职言事贬江州司马。自长安去往江州的途中，他在蓝桥驿（今陕西蓝田）亭壁间看到好友元稹八个月前由唐州还京途经此地的题诗，就在题诗后两个月，元稹再次贬谪通州。白居易有感于世事沧桑莫测而作是诗。

全诗大意：想当初你在春雪飘飞的时节经由蓝桥驿返归京城，而如今我又在秋风萧瑟中从秦岭之地贬往江州。每次到达一个驿站我都要先行下马，沿着墙边绕着亭柱找寻你留下的诗篇。

首句所写为八个月前元稹由唐州还京的情景，其时正值春雪飘飞，也反映出元稹内心的喜悦之情；次句即叙作者此番贬谪离京之情状，其间的秋风萧瑟正与"春雪君归"形成鲜明对照，渲染出衰飒黯然的感伤气氛。再联想到此前元稹还京后两个月又远谪通州，不难深切地体会到诗句背后所寄寓的天涯沦落的悲慨。由此可见，谪途中见到好友的题诗对内心愁闷郁结的白居易而言，又是怎样的慰藉。后两句点明题旨，"每到""先下"等字眼生动地体现出作者想望好友题诗的迫切心情，而循墙绕柱、遍觅君诗的姿态中，几个动词的运用更是颇为精妙，活画出诗人驿亭寻诗，生怕错过每一个角落的苦觅形象，极为传神。见诗如面，如果不是同遭谪迁又惺惺相惜的知心好友，焉得找寻若是？整首诗虽貌似浅切平易，实则言近旨远，深寓身世之慨与笃挚之谊，不觉令人为之动容。诚如沈祖棻先生所评："此诗寓沉痛于平淡之中，玩之若浅近，索之愈深远。在白居易的七绝中别具一格。"（《唐人七绝诗浅释》）

舟中读元九诗

〔唐〕白居易

把君诗卷灯前读，
诗尽灯残天未明。
眼痛灭灯犹暗坐，
逆风吹浪打船声。

赏析:

与前诗一样，该诗同样作于元和十年（815）贬往江州的途中，此时的白居易舟行江中，在夜幕的残灯下再次翻读好友元稹的诗卷，慨从中来，而作是诗。

全诗大意：手握着你的诗卷在青灯前翻读，诗卷阅毕灯亦将尽，而天尚未亮。由于阅读时间较久，眼睛备感酸疼，于是熄灭了灯，于暗中独坐，耳边掠过的只有狂风卷起的波浪撞击船舷的声音。

此时的元稹，已于五个月前在经历了短暂还京的喜悦后再次贬为通州司马，而白居易同样由于越职言事贬谪江州，同样的境遇自然令诗人对于挚友的心情感同身受。因此，捧卷而读，直至诗尽灯残。又由于久阅眼痛而灭灯暗坐，难以睡去。何以若是？定是集中之诗唤起了白居易内心的深切共鸣与无限波澜，从而陷入了深沉的孤坐凝思。所思为何，诗中只字未提，却直结以风浪击船之声。狂风吹起江上巨浪猛烈地拍打着船舷，既是眼前之景的写实，又何尝不是诗人在政治迫害的余悸中久久无法得以平静的内心镜像？心中无端遭谪的悲愤与忧伤，对好友境遇的深挚关切，对未知命运的茫然与惶惑，无不尽付其中。整首诗语浅意深，余韵无穷，直如清代的《唐宋诗醇》所评："字字沉着，二十八字中无限层折。"

答 微 之

〔唐〕白居易

微之于阆州西寺，手题予诗。予又以微之百篇，题此屏上。
各以绝句，相报答之。

君写我诗盈寺壁，
我题君句满屏风。
与君相遇知何处，
两叶浮萍大海中。

赏析：

据题下自注，可知元稹曾题白居易诗于阆州西寺壁上，后者闻之，遂题元稹诗百首于屏风之上，以此诗答之，以为相报之词。

全诗大意：你将我的诗写满了阆州开元寺的寺壁，我也将你的诗句题满了整扇屏风。不知道我与你究竟能在什么地方相遇，我们俩就像漂荡在海面上的两叶浮萍一样迁转无常，相会无期。

该诗大约作于元和十二年（817）前后，是时元、白分贬通州司马与江州司马，相隔甚远，难以相见。在这种情况下，作为中唐时期一种特定文化风气的题诗就成为他们怀想故旧、寄托相思的重要手段，而不再仅仅是切磋诗艺的一种交流途径，具有强烈的情感意味。如元稹《阆州开元寺壁题乐天诗》中谓："忆君无计写君诗，写尽千行说向谁。题在阆州东寺壁，几时知是见君时。"可见题诗之举源自对挚友无可遏制的思念之心与无缘得见的惆怅之情。白居易自然心感其意，而所谓"盈""满"者，则尤见彼此思念之深切。诗末两句以海上浮萍为喻，抒发了世事苍茫、辗转无依的漂泊感，虽略显低沉，却令人备感其挚诚，可以真切地感受到他们对这份患难中相知的情谊最为由衷的珍重。

问刘十九

〔唐〕白居易

绿蚁新醅酒，
红泥小火炉。
晚来天欲雪，
能饮一杯无？

赏析：

该诗大约作于元和年间江州司马任上，意在欲雪之际邀友同饮。刘十九，其人未详，白居易《刘十九同宿》诗中有"唯共嵩阳刘处士"句。

全诗大意：新酿的酒中尚浮着浅绿色的微沫，泥炉中的火也正烧得通红。天色已晚，似乎一场暮雪即将飘洒下来，能否到我这里来饮上一杯？

这首脍炙人口的五言绝句，语言浅显平易，朴素亲切。就中所描绘的场景，虽仅仅是邀友相聚的日常情境，却通过作者似拙实巧、不烦雕饰的艺术化渲染，具有了十足的生活气息，极富寻常情味与淡雅风致。诗句中颇具亲和力的口吻，似乎就像作者在恳请我们自己与之小饮一般。俞陛云先生曾对此诗有着精到的点评："寻常之事，人人意中所有，而笔不能达者，得生花江管写之，便成绝唱。此等诗是也。"对于末句的"无"字，更是径谓"妙作问语，千载下如闻声口也"（《诗境浅说·续编一》）。世间最惬心的情谊，无过乎能与二三素心好友，在寒冷的雪夜里守着温暖的红泥火炉对饮清谈，小酌言欢，从而得以抛却俗世烦忧。这种欢愉尽管平淡单纯而又不失美好，然场景易达而心境难至，因此，千百年来为冗务所缠的世人才对这种至简的美好始终充满着无限的向往，而这正是该诗长久以来魅力不减的奥秘所在。

闻乐天授江州司马

〔唐〕元稹

残灯无焰影幢幢，
此夕闻君谪九江。
垂死病中惊坐起，
暗风吹雨入寒窗。

作者简介：

  元稹（779—831），字微之，别字威明，行九。祖籍洛阳，世居京兆万年（今陕西西安）。贞元九年（793）明经擢第，十八年（802）中书判拔萃第四等，授秘书省校书郎。元和元年（806），应才识兼茂明于体用科，授左拾遗。上疏论政，权幸惮忌，出为河南尉。四年（809）拜监察御史，劾奏官吏违法事，屡与宦官相争而遭贬。十年（815）奉召还京，旋出为通州司马。穆宗即位，擢祠部郎中、知制诰。长庆元年（821），进中书舍人、翰林承旨学士。二年（822），由工部侍郎拜相。不久罢出为同州刺史。三年（823）又改授越州刺史、浙东观察使。大和三年（829），入为尚书左丞，次年出为武昌军节度使，五年（831）卒于任所。作为"元和体"的代表性诗人，元稹长于歌诗，有"元才子"之称，与白居易共同倡导"新乐府运动"，且交谊笃厚，世称"元白"，代表作有《离思》五首、《遣悲怀》、《连昌宫词》等。所撰《莺莺传》亦为唐传奇的代表作品，对《西厢记》的创作产生了重要影响。其诗文结集为《元氏长庆集》一百卷，至北宋失传，六十卷本为存世元集诸本之祖。今较通行者有杨军《元稹集编年笺注》（诗歌卷）、《元稹集编年笺注》（散文卷）与冀勤《元稹集》，另有卞孝萱《元稹年谱》，颇资参证。

赏析：

元和十年（815）正月，元稹在历经了多年贬谪境遇后终于满怀希望地奉召还京，却又于两个月后出为通州司马，旋复外贬。是年秋，白居易以越职言事贬为江州司马。自此，这对"所在合方寸，心源无异端"（白居易《赠元稹》）的挚友陷入同命相连的境地。该诗即为时在通州司马任上的元稹闻讯后所作，真切地抒发了他在得知好友境遇后强烈的内心感受。

全诗大意：灯焰将尽，光影也随之摇曳不定，周围渐趋昏暗，就在这样一个夜晚听到了你贬谪九江的消息。正处于重病中的我颇为震惊，蓦地从床上坐了起来，阴沉的风吹动着淅沥的雨珠，不停地敲打着寒窗。

到达通州后的元稹，罹患疟疾，几近于死，经受了身心双重的严酷考验，其精神意志之低落消沉可想而知。正是在这样的情形下，他还始终牵挂着身在远方的好友白居易，对其面临的处境充满了无尽的关切。全诗前两句绘景，同时也渲染出一种悲凉的气氛。在昏暗中摇曳的灯影，既是景象实描，又是作者孤寂低落的意绪与心境的反映，正是在这般情境下，元稹得到了好友远谪的消息。后两句抒情，一个"惊"字，乃全诗诗眼，不仅活现出"垂死病中"的作者闻讯后第一时间的反应，更生动地传递出其内心此刻无以言喻的震惊，贯注其间的忧念与悲愤，非情谊深笃若是者又焉能至此？寥寥七个字，元、白之间那终始不渝的相知之情已表白无遗。而此刻陪伴作者的，只有夜深之际那凄风冷雨的扑窗之声，末句以景结情，恰契合了诗人黯淡怅痛的心境。整首诗语简意深而情感挚诚，白居易在读到此诗后，深受感动，不禁发出"此句他人尚不可闻，况仆心哉？至今每吟尤恻恻耳"（《与微之书》）的慨叹。

得乐天书

〔唐〕元 稹

远信入门先有泪，
妻惊女哭问何如。
寻常不省曾如此，
应是江州司马书。

赏析:

该诗创作于元和十年（815），是年元稹与白居易在五个月间接连被贬通州、江州，自此二人异乡沦落，天涯相隔，只有互致音信，以慰思友之情。到达通州后的元稹又身罹疟疾之苦，心境倍增凄凉，挚友的书信更成为处境困厄的诗人最为萦心的情感系念。该诗所描绘出的即是他收到挚友远方来信时的动人场面。

全诗大意：远方来书刚刚进门就先流下了激动的泪水，不仅惊动了妻子，女儿也跟着哭了起来，忙问到底是什么事。平常从未有过这样的情形啊，想必这封信应该是江州司马寄来的吧。

全诗虽皆以寻常之语出之，却字字惊心，句句入情。尽管题曰"得书"，但通篇皆未及展书之后的反应，而着重对收书后，亦即得书后作者第一时间的情态进行渲染。诗人的百感交集、万千感慨，无不凝聚在"先有泪"三个字中，语轻情深，更为精妙的是，随后诗人笔锋一转，侧重于妻女对作者如是反常表现的揣测，诗思特出，尤见元稹在接到挚友来信后内心激动难抑的情慨，越发自然真切，由此，展信之后见字如晤、深情捧读的情状则亦不难想见。整首诗虽仅寥寥二十八字，却通过对得书接信这一特定反应的描绘，道尽了元白之间天涯相知、患难与共的深情厚谊。

寄 乐 天

〔唐〕元稹

无身尚拟魂相就，
身在那无梦往还。
直到他生亦相觅，
不能空记树中环。

赏析：

　　该诗作于通州时期。元稹集中多有寄友朋诗者，就中尤以《寄乐天》为多，以寄为怀，集中呈现了他与白居易之间的深挚友谊，该诗虽为短制，却以其祈愿生死相依的情感盟誓成为其中颇动人心的篇章。

　　全诗大意：我们死去之后尚且希望能够魂魄相依，在世时虽无法厮守但又怎能不于梦中去相会？直到来生我们仍要彼此寻觅，结为友伴，不能只记得去探取那桑树中的金环。

　　整首诗前两句以十四个字，尤其是通过"尚拟""那无"之间的承接递进关系，饱含深情地道出了元、白之间彼此相知、生死不渝的友情。最后两句，更是借《晋书》中羊祜邻桑探金环的典故，寄寓来生相觅不相忘的纯挚情谊，感人甚深，情侣间的誓言也无过乎此。四句之间，诗意三层翻折，具有深婉悱恻、感切动人的艺术效果。

寄 乐 天

〔唐〕元 稹

闲夜思君坐到明，追寻往事倍伤情。
同登科后心相合，初得官时髭未生。
二十年来谙世路，三千里外老江城。
犹应更有前途在，知向人间何处行。

赏析：

该诗大致作于长庆三年（823）越州刺史任上，在对往昔共同经历的追忆中寄寓了对挚友深切的思念，表达了世路沧桑、志意难伸的悲慨。

全诗大意：夜来无事想念老朋友，一直坐到东方既白，追忆起我们曾经共处的点点滴滴，心中越发觉得黯然失落。当年我们一起登第，彼此间心意相合，最初进入仕途时还都是未谙世事的青年。二十年来我们逐渐体会到了世路艰辛，如今的你还困老于距离长安三千里之外的江州。本来应该有着更为美好的前程，却不知要向人间何处去追寻。

这首诗前两句以直描的手法叙写夜半时分因为思念故友而追忆二人共同经历的往昔岁月，内心不免徒增感伤之情。中间四句则历叙他们相知二十年来的境遇与感受。昔日的意气少年，以昂扬奋发姿态步入仕途，本拟将一腔热血付诸家国，以遂拯时济世之愿，奈何宦海之险恶，使他们始终未能摆脱同罹谪境、一再远迁的命运，曾经的雄心壮志也在对于世路偃蹇的沧桑感受中日渐消磨，从"髭未生"到"老江城"，既是伤友又是悲己，个中的凄楚与辛酸，浸透了他们这对患难与共二十载的友伴最为铭心刻骨的人生体验，又何足为外人道也。末两句虽似不乏自解意味的劝慰，却依然交织着前路漫漫、无所适从的迷惘与惶惑，个中消沉悲愤的情绪不难感触。正是从这些笃挚的诗语中，我们可以清晰地体会到元稹对于身处谪境中的白居易那种感同身受的深切忧念与牵挂。

赠 项 斯

〔唐〕杨敬之

几度见诗诗总好，
及观标格过于诗。
平生不解藏人善，
到处逢人说项斯。

作者简介：

　　杨敬之（生卒年不详），字茂孝，行八。虢州弘农（今河南灵宝）人。唐宪宗元和二年（807）登进士第，平判入等，迁右卫胄曹参军。穆宗长庆中，佐湖南观察使幕。文宗大和中，累迁屯田、户部二郎中。大和九年（835），受李训、郑注排挤，贬连州刺史。开成二年（837），入为国子司业，次年迁国子祭酒。后转大理卿、检校工部尚书兼祭酒，卒。工诗文，然作品多佚，《全唐诗》卷四七九录其诗二首，断句四句。

赏析：

　　据《唐诗纪事》所载，项斯之名起初并未为世所知，"谒杨敬之，杨苦爱之，赠诗云云。未几，诗达长安，明年擢上第"。可见，项斯因杨敬之之荐而声名日盛。项斯擢进士第在会昌四年（844），该诗当作于此前。由此，"逢人说项"成为重要的历史典故为后世所津津乐道，从而成就了文学史上的一段友情佳话。

　　全诗大意：好几次见到项斯创作的诗歌都写得很好，当见到项斯本人之后，更是觉得其气度品格有过于诗。我平生不愿意掩匿他人的优点长处，因此无论走到哪里，见人就会向他推荐项斯。

　　从这首诗中可以看到，杨、项二人的相识乃结缘于诗，最初项斯是以"见诗总好"的诗歌创作受到杨敬之注目的，而当杨敬之见到项斯本人时，更是对他卓尔不凡的风度与品格大加称赏。前两句以递进的方式，渲染出了项斯独标胜格的过人之处。后两句则以简单直接的方式无所讳饰地对项斯大加揄扬。不藏人善，逢人说项，也体现出杨敬之虚怀若谷、奖掖后进的襟怀与气度。该诗虽平易晓畅、质朴如话，却适与"不藏"相应，情感真挚恳切，寄托着一种坦荡无私、揄才扬善的美好与可贵，因此为后世所传诵。

寄扬州韩绰判官

〔唐〕杜 牧

青山隐隐水迢迢，
秋尽江南草未凋。
二十四桥明月夜，
玉人何处教吹箫。

作者简介：

  杜牧（803—853），字牧之，京兆万年（今陕西西安）人。宰相杜佑孙。少即博览群籍，颇留意"治乱兴亡之迹，财赋兵甲之事"。大和二年（828）登进士第，又中贤良方正直言极谏科，解褐弘文馆校书郎，试左武卫兵曹参军。大和七年（833），为牛僧孺辟为淮南节度推官，转掌书记。九年（835），入为监察御史。会昌中，先后历黄州、池州、睦州刺史。大中二年（848），召为司勋员外郎、史馆修撰。四年（850）出为湖州刺史。次年复入为考功郎中、知制诰。六年（852）迁中书舍人，岁暮卒于长安。杜牧关心国是，喜论兵议政，曾注《孙子兵法》。牧诗、赋、古文兼擅，是晚唐文坛的代表作家之一。其诗今存四百余首，以怀古咏史诗最具特色，拗峭豪宕而又情韵缠绵，深寓历史之慨，尤擅七绝，与李商隐并称"小李杜"，代表作有《长安杂题》六首、《过华清宫》三首、《山行》、《秋夕》、《清明》等。清人冯集梧有《樊川诗集注》，今人有吴在庆《杜牧集系年校注》本。另缪钺著《杜牧传》《杜牧诗选》，皆资参证。

赏析：

杜牧于唐文宗大和七年（833）至九年（835）间在淮南节度使牛僧孺幕中做推官，后转为掌书记，韩绰同在幕中任判官。大和九年（835）初，杜牧离扬入京为监察御史，后移疾分司东都，韩绰仍在扬州，该诗当作于此间。通过对扬州胜景的回忆与描绘，抒发了对扬州城的留恋向往之情，同时也寄托了对友人的深切怀念。

全诗大意：青山逶迤起伏，隐于天际，绿水也绵延流淌，迢递悠远，虽然已是晚秋，但是江南的草木仍未全部凋零。二十四桥的美景依旧处于一片清朗的月色笼罩下，俊美倜傥的你又在哪里与歌伎吹箫欢游呢。

这是杜牧一首颇具风流俊爽之姿的七绝名篇，风调悠扬，意境优美。前两句所勾画出的是晚秋江南逶迤绵延、迢递悠远的山姿水态与草未尽凋、生机犹存的旖旎风光，联想到此时作者处北的境遇，不难感受诗句中所深蕴的对于昔日维扬生活的留恋。此处的"草未凋"又有本作"草木凋"。而"隐隐"与"迢迢"叠字的运用，令读者在逶迤的山水之貌外，分明感受到作者离扬赴京、离朋别友后难以割舍的忆念。其手法适如其后北宋欧阳修《踏莎行》词中所言："离愁渐远渐无穷，迢迢不断如春水。"后两句则由对晚秋江南的整体回想转入对维扬具体风貌的描绘，尤其是对"二十四桥"意象的渲染，更加深了对维扬佳胜的怀想，同时也构成了一幅在明月笼罩下的繁华都市中，玉人于银辉遍洒的桥上教吹箫的图景，生动而又美好，既切合了对于维扬胜景的深情忆念与无限向往，又在重温往昔同游的欢愉中饱含着对故友别后的思念，从而使整首诗富有了一番别样的情致，意趣盎然而又清丽蕴藉。诚如孙洙在《唐诗三百首》中所评，认为此语堪与太白"烟花三月"相媲，"皆千古丽句"；亦如近人刘拜山所评："于清诗丽句中行以疏宕之气，小杜胜场。"（《千首唐人绝句》）

登池州九峰楼寄张祜

〔唐〕杜牧

百感中来不自由，角声孤起夕阳楼。
碧山终日思无尽，芳草何年恨即休。
睫在眼前长不见，道非身外更何求。
谁人得似张公子，千首诗轻万户侯。

赏析：

会昌四年（844）九月，杜牧由黄州刺史迁池州。好友张祜于次年特赴池拜访。杜、张二人交谊深厚，相互倾慕。如杜牧曾谓："七子论诗难似公，曹刘须在指挥中。"（《酬张祜处士见寄长句四韵》）张祜则谓："年少多情杜牧之，风流仍作杜秋诗。"（《读池州杜员外杜秋娘诗》）因此，双方亦多对彼此的境遇深致其慨。张祜虽年长杜牧近二十岁，诗名亦盛，然时遭排抑，屡试不第，转迁多途，仕宦不显。据范摅《云溪友议》卷四所载，祜曾于长庆间往谒时任杭州刺史的白居易，求其荐己应进士试，适逢徐凝亦往，白居易遂以二题试之，最终"以凝为元，祜其次耳"。杜牧有感于此，遂于池州别后作此诗以寄，既深切地表达了对好友境遇的同情与慰勉，也暗寓了自己内心失意难平的牢骚与愤懑。

全诗大意：万千感慨在这一刻都不由自主地涌上心头，夕阳映照下的九峰楼传来一阵孤寂单调的画角之声。面对着碧山终日思念没有尽头，无人赏识的芳草又何时能够了却内心的遗憾。睫毛就在眼前却总是视而不见，大道不在身外又何必向他处寻求？有谁能够像你张公子这般，凭借着千首诗篇就足以傲视万户侯了。

整首诗开篇即以倒装的手法以景衬情，点明不自由之状，颇具激越遒奇之势。在夕阳画角的城楼上诗人孤寂地凭栏远眺，回忆起昔日与好友张祜同游的场景，又念及好友志意难伸、窘困不遇的处境，万千感慨涌上心头，令人备感困抑。三、四两句承上而来，以"思无尽"与"恨即休"相对，既抒发了别后对好友的无限思念，又深切地寄寓了对其处境的不平之鸣。后四句则以用典的形式，通过《史记·越王勾践世家》中越王的"目论"之失与《孟子·尽心上》"求之有道"二典，表达对白居易目不识人、非难贤才的鄙薄与对张祜"道不求乎身外"的慰勉，颇富哲韵。末二句更是以傲视王侯的气概，颂赞了张祜过人的诗艺。在杜牧眼中，其价值远远不是现实中的功名利禄所堪比拟的，这既是对张祜诗才的推重与赏识，也是杜牧的自重，情感激越豪宕，而于兀傲峭拔的不平之气外，则备见其彼此相知的情深意重。

哭 刘 蕡

〔唐〕李商隐

上帝深宫闭九阍，巫咸不下问衔冤。
黄陵别后春涛隔，湓浦书来秋雨翻。
只有安仁能作诔，何曾宋玉解招魂。
平生风义兼师友，不敢同君哭寝门。

作者简介：

　　李商隐（813—858），字义山，号玉溪生，又号樊南生，怀州河内（今河南沁阳）人，出生于郑州荥阳，自幼即以文名。大和三年（829），以文谒令狐楚，楚奇其才，岁末令狐楚赴天平军节度使，遂辟为巡官，后又入楚太原幕。开成二年（837），因楚子令狐绹之荐登进士第。楚卒，入泾原节度使王茂元幕，娶其女。因以卷入牛李党争，复为令狐绹所诋，处于两党夹缝之中，屡遭排抑，仕路坎坷，转迁诸职，沉沦下僚，志不得遂，郁郁而终。李商隐是晚唐最为杰出的诗人之一，与杜牧并称为"小李杜"。诗歌之外，亦擅骈文，与温庭筠、段成式皆行十六，故时号"三十六体"，曾自辑其骈文编为《樊南甲集》与《樊南乙集》，皆二十卷。李商隐心灵纤细，性格孤傲敏感，其诗深情绵邈，悱恻动人而又委婉感伤，在艺术手法上则精于用典，色彩瑰丽而寄托遥深，极富象征意味，因此诗旨往往隐晦曲折，朦胧恍惚，以至歧解纷纭，莫衷一是，金代元好问径有"诗家总爱西昆好，独恨无人作郑笺"（《论诗绝句》）之慨，尤以其爱情题材的《无题》诗与《锦瑟》诸篇最具特色。清人冯浩有《玉溪生诗集笺注》，今人刘学锴、余恕诚有《李商隐诗歌集解》，较为通行，近人张采田有《玉溪生年谱会笺》，亦资参证。

赏析：

唐文宗大和二年（828），刘蕡应制举"贤良方正能言极谏"科，在对策中对宦官擅权乱政之弊予以痛斥，在士论中引起强烈反响，却以其言辞激切、无所讳避招致宦官头目仇士良等人的嫉恨，而致黜落，遂仕宦不显，沉沦下僚，最终在郁愤中客死浔浦（今江西九江）。李商隐与之以节义相慕，故虽聚少离多，然志同道合，交谊诚笃。大中三年（849），噩耗传至长安，李商隐闻讯连作四诗哀悼挚友，此即其中最负盛名的一首。

全诗大意：天帝居于深宫之中，九关重门紧闭。巫咸也不曾下凡，来过问一下人世间负屈衔恨的冤魂。自去岁黄陵别后，你我之间就为烟波浩渺的洞庭湖水所阻隔，何承想今日却从浔浦传来讣音，随着连绵的秋雨洒落翻飞。只有像潘岳那样作一篇诔文深致哀悼，又怎会像宋玉那般懂得招魂之意。你平生的风节道义于我而言既是良师又是益友，可又岂敢以同辈自居而哭于寝门之外呢？

全诗首联即以高屋建瓴之势，通过帝阍深闭、巫咸不问的图景描绘，以象征性的手法寄寓对刘蕡仕宦境遇的愤慨与衔冤而逝的悲悯。在伤悼挚友之外，更将批判与控诉的矛头指向了整个时代，笔锋凌厉。颔联则以虚实相生的手法追叙二人由生离到死别的交往历程，思念愈深，悲痛愈切。"春涛隔"与"秋雨翻"既是实境又别寓深意。此联对仗既工，意脉又复交互映衬，更突出了去春一别，遂成永诀的无限憾恨与悲怆，从而渲染出一种凄怆哀婉的感伤气氛，达到了写景、叙事与抒情的有机融合。颈联则表达了自身面对故友逝去那种深切的无助感，只能聊撰诔文以致哀思，却无力为其招魂而徒唤奈何，尤见情谊之笃。尾联则立足于二人关系，李、刘直接交往虽算不得多，但彼此间的情谊却是基于以风节道义相尚，亦师亦友。《礼记·檀弓》载孔子之语曰："师，吾哭诸寝；朋友，吾哭诸寝门之外。"二人交往虽系朋友之谊，而刘蕡之殁，李商隐却执弟子礼而哭于寝，愈可见他对刘氏道义人格的追慕与崇敬。因此，全诗于哭悼挚友之外，更蕴含着对于现实政治的批判，还有对二人心系时局、不苟于俗的这份道义之交的追思与缅怀。诚如清人姚培谦所论："举声一哭，盖直为天下恸，而非止哀我私也。"（《李义山诗集笺注》）

绵谷回寄蔡氏昆仲

〔唐〕罗 隐

一年两度锦城游，前值东风后值秋。
芳草有情皆碍马，好云无处不遮楼。
山将别恨和心断，水带离声入梦流。
今日因君试回首，淡烟乔木隔绵州。

作者简介：

罗隐（833—910），本名横，字昭谏，新城（今浙江杭州）人。少属文，诗名籍甚，十举进士不第，遂改名为隐。咸通十一年（870），授衡阳县主簿，后又历淮、润诸镇，皆所至不遇，仕路无门而穷愁失意。广明、中和间，避乱池州，自号江东生。光启三年（887），东归吴越，投杭州刺史钱镠，历为钱塘县令、秘书省著作郎、镇海节度掌书记、给事中与盐铁发运使诸职。隐为诗文，多伤时讽世，尤精小品，曾辑其文为《谗书》，方回谓为"愤懑不平之言，不遇于当世而无所以泄其怒之所作"（《谗书跋》）。隐诗与罗虬、罗邺齐名，时号"三罗"，尤以隐为著。其诗多通俗浅易、讽时讥世之作。清人辑有《罗昭谏集》八卷，今人雍文华整理有《罗隐集》。

赏析：

　　此诗一作《魏城逢故人》。罗隐十举不第，东依钱镠之前，沉沦下僚，多寄宦诸地，"蔡氏昆仲"即为罗隐游宦蜀中时所结识的友人蔡氏兄弟。这首七律，就是作者与其同游锦城，经过绵州回到绵谷之后，追忆前日旧游之作，充满了深切的怀念之情。

　　全诗大意：一年之中两次于锦城游赏，前一次正值东风和煦的春日，后一次则是在秋高气爽的时节。春草萋萋，似乎别有情谊，时常妨碍着马蹄前行；秋云绵邈，缭绕在锦城的楼台之间，似乎有意将其层层遮掩。群山绵延逶迤，似乎也牵引着内心无穷的别恨渐行渐远，使得柔肠寸断；江水潺潺流过，江流之音也声声搅动着离愁，随之进入到梦境之中。如今正要从绵谷重新启程，却因为思念你们而频频回首，但来时之路却只有淡烟轻雾与丛密高树，这才恍然想到我们之间已早为绵州所阻隔。

　　该诗首联直叙昔日春、秋两度蜀中之游，字里行间流露出轻松愉悦的心境，格调清新明快。颔联则进一步承上以拟人化的手法分言春、秋游赏之情：马蹄为茂盛的春草所埋没，却偏偏说是春草多情，有意妨碍马的前行；秋云缭绕，却似乎是有意遮掩着锦城的楼台，从而造成一种缥缈朦胧，如处云端的美感，用意婉曲、句法奇矫，却又一气流转，快意畅适，洋溢着对蜀游及故旧的美好怀念。故高步瀛谓："三、四写景极佳，而意极浓郁，是谓神行。"（《唐宋诗举要》卷五）自颈联起，全诗由景及情，却又情不离景，以物我交融的手法转入对别恨离愁的抒写，山色水声始终牵动着作者前行的脚步与无尽的思念，既得远望的视线与柔肠共断而又和声入梦，备见离情之切。尾联则点明思旧怀友的主旨，寄寓对蔡氏兄弟的不舍与思念，却又并未归于凄怆之语，而复收之以轻云淡雾、高树邈远的淡淡景语，余韵悠长却又情真意挚。整首诗对仗极其工稳而又不失整体意境之浑融，既在罗隐诗中别具情韵，也是晚唐七律中难得的佳构。诚如赵臣瑗所论："大开大合，真七字中之正体也。"（《山满楼笺注唐诗七言律》）

江南送别

〔唐〕韩 偓

江南行止忽相逢，江馆棠梨叶正红。
一笑共嗟成往事，半酣相顾似衰翁。
关山月皎清风起，送别人归野渡空。
大抵多情应易老，不堪岐路数西东。

作者简介：

　　韩偓（842—约914），字致尧，一作致光，小字冬郎，晚年自号"玉山樵人"，京兆万年（今陕西西安）人。十岁能诗，昭宗龙纪元年（889）登进士第，初佐河中幕，召拜左拾遗，迁刑部员外郎。后充为翰林学士，复迁中书舍人。天复元年（901）冬，从昭宗避乱凤翔，拜兵部侍郎、翰林学士承旨。三年（903），以不阿附朱温被贬濮州司马。天祐三年（906），入闽依王审知，后寓居南安卒。其诗今存约三百三十余篇，多感时述怀之作，而其《香奁集》则多绮艳之作，诗致婉丽，亦有"香奁体"之谓。今所存《玉山樵人集》（内附《香奁集》）乃传世通行本。

赏析：

该诗为作者于秋日客游江南之际偶逢故旧老友，在一笑半酣的匆匆晤面之后，随即各自行路的送别之作，其情感之深挚沉郁在以"香奁体"闻名的韩偓诗中亦别具一格。

全诗大意：在游历江南之际忽然与自己多年未见的老友相逢，时在深秋，江边馆舍中的棠梨叶已经变红了。一笑之下，彼此共同嗟叹着往事如昨，半醉之后，相顾而视，都已经从昔日的意气少年成为半老衰翁了。关山月光已经愈趋皎洁，微风业已泛起，待到送友归去，荒郊的渡头却早已空空如也。大概这世间多情之人最易老去吧，已经难以忍受这歧路分别，将要各奔西东的场景了。

整首诗抒发的是一种在他乡遇故知后旋即各奔前程之际的离情，其意之真，其情之切，深挚感人。首联点明作者客游江南与友人的不期而遇。一个"忽"字，颇可见出久别之后复重逢于异乡的那份感奋与惊喜。而"叶正红"，既写明节序，时值深秋，又烘托出故人相逢旋即又将面临相离的独特气氛。颔联似以直笔叙相会晤面之情事，却又在一笑半酣之中蕴含着深沉怅惘的人事感慨与世事沧桑，其情愈殷，愈见其后别离之难舍。自颈联起，转入对送别主题的渲染。月皎风清，已值深夜，故人归去，留给诗人的，只有荒郊那空空如也的渡头，其内心无尽的失落与感怆不难想见。全诗最能打动人处则在尾联，不仅收束主旨，更将故友临别场景升华为一种最为普遍的人生感受，尤其是对诗人这样的多情之人而言，将故友临别之际那份难分难舍的情谊表达得如此真切，以至于不堪忍受指点各自将去的方向，去道一声珍重。愁肠之千回百转，情感之细腻真挚，在晚唐送别诗中独树一帜。

日长简仲咸

〔宋〕王禹偁

日长何计到黄昏，郡僻官闲昼掩门。
子美集开诗世界，伯阳书见道根源。
风飘北院花千片，月上东楼酒一罇。
不是同年来主郡，此心牢落共谁论。

作者简介：

　　王禹偁（954—1001），字元之，济州钜野人（今山东巨野）人。出身"磨家儿"，九岁能文，太宗太平兴国八年（983）进士，授成武县主簿，次年徙知长洲县。淳化二年（991），因上书为受道安诬陷的徐铉辩诬，坐贬商州团练副使。至道元年（995）为翰林学士，后坐讪谤罢职，出知滁州。真宗即位，召还，复知制诰。咸平间又出知黄州，世称"王黄州"，作《三黜赋》以见志。四年（1001）卒于蕲州任上。在政治上，王禹偁以直道躬行为己任，主张改革时弊。作为宋初白体诗人的代表，又能从浮靡闲适的诗风中突围出来，取法杜甫，力倡古道，关怀社会疾苦，开北宋诗文革新之先河。其代表作有《村行》《对雪》《感流亡》等。现存文集有《小畜集》三十卷，又有《小畜外集》二十卷，存卷七至十三。今人徐规有《王禹偁著作事迹编年》，颇资参证。

赏析：

仲咸即冯伉，王禹偁同年进士，时为商州通判。冯伉起初之贬商州，正是由缘于时任知制诰兼判大理寺的王禹偁的秉公处置。此番王禹偁复坐贬于此，却幸赖伉不计旧嫌，多方关照，至有"荒城共谁语，除却访同年"（《岁暮感怀贻冯同年中允》）之慨。冯伉是王禹偁商州谪宦的岁月里最为重要的朋友，交游唱酬，过从甚密，该诗尤见二人日常交往之情形。

全诗大意：白日越来越长，又如何打发黄昏来临之前备感无聊的时光？州郡地处荒僻，政务亦趋寥落，因此官舍之门尽日处于掩闭的状态。闲暇中翻开杜甫诗集，杜诗开拓出一片广阔的诗歌世界；而从老子的《道德经》中，则又时常可以领悟到"道"的根脉。北院的繁花片片随风飘落，待到月上之时，却又只能在东楼饮酒消愁。如不是作为同年的友人来主持郡务，我这满腹愁苦又将与谁一起倾诉呢？

这首诗首联所写为诗人坐贬商州之后百无聊赖的谪宦状态，可见内心难以排遣的寂寞与苦闷。日长者，既是时序特点，而着一"闲"字，更暗示出作者对于时光消磨的强烈心理感受。颔联则写自己借杜、道以度日。值得注意的是，谪商时期是王禹偁诗风发生转变的关键时期，其中的一个重要表现就是在诗学取法上由慕白向尊杜的转变，他自己即曾言："本与乐天为后进，敢期子美是前身。"而是处"开诗世界"语，正是对杜诗文学史地位的由衷肯定，并由之对宋代杜诗典范地位的确立起到了重要的先导作用。伯阳之书中的清静避世思想则成为因直谏遭贬而宦情寥落的王禹偁在心理与精神上的向往所在。子美之集与伯阳之书的对照，其实某种程度上也是对其在出处进退的抉择中矛盾与纠结的反映。颈联以景衬情，通过花飘千片与酒饮一樽抒发内心那份难以排解的寂寥与苦闷，其间的伤感与凄怆，正是王禹偁谪商之际真实心态的写照。在这样的处境中，正是冯伉这份不计旧怨、坦诚以待的情谊慰藉了诗人那颗孤苦寥落的心。他们辈属同年又志同道合，且同列左迁，所谓"科名偶得同年分，交契都因谪宦深"（《留别仲咸》）者，尤可作为尾联注脚，而又出之以反问之句，更足见出诗人对这份情谊的珍视。

整首诗章法谨严，语言平易质朴，亦不失意蕴之隽永，颇近乐天之体，而字句间又自有真情一气贯注，恰切地显示出了诗人与仲咸之间平淡寻常而又真挚笃诚的友谊。

闻欧阳永叔谪夷陵

〔宋〕梅尧臣

昔在西都日，居常慷慨言。
今婴明主怒，直雪谏臣冤。
谪向荆蛮地，行当雾雨繁。
黄牛三峡近，切莫听愁猿。

作者简介：

　　梅尧臣（1002—1060），字圣俞，宣州宣城（今属安徽）人。宣城古名宛陵，故世称宛陵先生。少以诗名，屡试不第，仁宗天圣九年（1031），借叔父梅询荫补入仕，历任州县属官。皇祐三年（1051）赐同进士出身。嘉祐五年（1060），迁尚书都官员外郎，故又号"梅都官"。与欧阳修并称"欧梅"，又与苏舜钦齐名，时号"苏梅"，积极倡导北宋诗文革新。尤以诗著，兼工古今之体，既关心时政，反映民瘼，又不回避对日常生活题材的表现，在艺术风格上推崇平淡，充分体现了宋诗的开拓精神，被南宋刘克庄奉为"宋诗的开山祖师"（《后村诗话前集》卷二）。近人朱东润有《梅尧臣集编年笺注》，较为通行。

赏析:

题中欧阳永叔即欧阳修。欧、梅交谊历来是两宋乃至中国文学史上的一段佳话。他们之间以节义相慕,曾经共同经历过美好愉快的西都时光,后又在庆历前后复杂的党争风潮中声同气应,于文学创作上亦复志同道合,彼此间惺惺相惜。尽管沉沦下僚,但梅尧臣仍时常通过诗歌的形式以鲜明的爱憎表明自己的政治立场与态度,从而以一种别具力量的方式寄托对好友义无反顾的同情、支持乃至慰勉。诚如其本人所言:"交情有若此,始可论胶漆。"(《别后寄永叔》)从中尤可见出他与欧阳修之间的笃厚情谊。

景祐三年(1036),范仲淹以《百官图》事得罪权相吕夷简而贬知饶州,欧阳修出于维护范氏的立场,激于义愤作《上高司谏书》,指责高若讷身为谏官却噤口不言,从而以朋党之名贬夷陵。梅尧臣闻讯后即作此诗,既体现出他敢于干预时政的勇气和胆识,也表达了对挚友的深切慰勉。

全诗大意:回忆起当初我们在西都洛阳优游共处的那段时光,平居就经常听到你激昂剀切地议论时政。如今你却因为直道说言触怒了圣上,竟是为了洗雪所谓谏臣高若讷遭你指责所蒙受的冤枉。为此将你贬谪到荆楚荒远之地,一路上都要遭受凄风苦雨的侵袭。距离黄牛山和三峡已经愈来愈近了,希望你切勿听闻周边的猿鸣之声,以免勾起你内心感伤的愁绪。

该诗既包含着对欧阳修以仗义执言无端遭贬的愤慨与不平,也暗含对时政日非的讥刺,同时还有对挚友义无反顾的支持与劝慰。前两句主要回忆昔日西都共处,谈诗论文的美好时光,同时也刻画出欧阳修意气风发、慷慨敢言的人格形象。事实上,正是有了梅尧臣等友人同道的陪伴,使得伊洛三年的珍贵记忆成为日后仕路坎坷的欧阳修最为重要的精神慰藉。三、四句既点出欧阳修得罪之由,又以反语的方式对统治阶层的不辨是非予以带有隐喻色彩的讥刺。五、六句则是设身处地地体会好友谪荆南下的一路艰辛,十个字淡淡道来,却又充满了无限的担心与关切。全诗所有的情思意绪都在最后两句中得到了集中的呈现与升华。对于好友的遭遇,梅氏固然不无愤慨与同情,但作为同道,更对其行为选择持有强烈的认可与感佩,因此言语之间既饱含着理解与劝慰,又不无坚守自身立场的倔强与不屈。总体而言,整首诗言浅意深,语淡情切,于困境中体现出梅尧臣对同道之谊一份难得与挚诚的守护。

哭　曼　卿

〔宋〕苏舜钦

去年春雨开百花，与君相会欢无涯。
高歌长吟插花饮，醉倒不去眠君家。
今年恸哭来致奠，忍欲出送攀魂车。
春晖照眼一如昨，花已破蕾兰生芽，
唯君颜色不复见，精魄飘忽随朝霞。
归来悲痛不能食，壁上遗墨如栖鸦。
呜呼死生遂相隔，使我双泪风中斜。

作者简介：

　　苏舜钦（1008—1048），字子美，原籍梓州铜山（今四川中江东南），生于开封（今属河南）。仁宗景祐元年（1034）进士及第，历知蒙城、长垣诸县，后迁大理评事。庆历三年（1043）在范仲淹举荐下授集贤校理，监进奏院，次年十一月，以卖废纸钱为祀神酒会遭人弹劾，罢官为民，史称"进奏院狱"。遂流寓苏州，筑沧浪亭。八年（1048），起复为湖州长史，未赴任即卒。其喜好古文，力矫西昆之弊，是诗文革新的重要推动者之一。其诗雄放豪健，议论激切，如《庆州败》；流寓苏州之后，诗风转趋沉郁清新，如《淮中晚泊犊头》诸作。时与梅尧臣齐名，号为"苏梅"。今人沈文倬整理有《苏舜钦集》。

赏析：

　　曼卿即宋初著名诗人石延年，字曼卿。二人以诗相知，过从甚密。庆历元年（1041），石延年卒于汴京，苏舜钦闻讯悲痛万分，该诗即为其哭悼之作，真切地传达出了二者之间深厚诚挚的友谊。

　　全诗大意：去年的一场春雨过后百花盛开，在如此美好的日子里与君相聚同游，感受到了无限的欢乐。我们在一起高声吟唱，头上插着鲜花开怀畅饮，即使喝醉了酒也不肯离去，直接睡在你的家中。何承想到了今年，竟然会满怀悲痛地大哭着来对你进行祭奠，又怎么能够忍受在出殡之时为你攀扶灵车！明媚的春光照耀人眼一如昨日，花儿也已破蕾出芽，含苞待放。只有你的音容笑貌不复再能见到，精灵魂魄都已经化作朝霞飘升而去。为你送葬归来依然难以遏制内心的悲痛，吃不下任何的东西，墙壁上依然悬挂着你的遗墨，如栖鸦般骨力遒劲。不禁悲叹我们就这样生死两隔了，念及此，双眼的泪水又夺眶而出，在风中飘洒。

　　该诗前四句追忆去岁春日相会的欢快，五、六两句则以极尽悲痛的语调转到今日致奠扶灵的哀恸。今昔之景之情互衬，既见出事发突然带给诗人如晴天霹雳般猝不及防的打击，又于去岁之乐与今日之悲的对照下增强了诗歌的情感冲击力。七至十句则进一步写春日之悲，诸景如昨而人已不在，作者只能设想友人的魂灵随着朝霞一并升入天国，眷眷深情洋溢在字里行间。后四句则是对送葬归来之后诗人依然失魂落魄的情态刻画。不仅茶饭不思，甚至睹物怀人，尤见哀情之深，直至情悲难抑，双泪纵横，痛哭流涕，伤心欲绝。整首诗真挚奔放，字字皆自肺腑涌出，纯以情胜，自是挽诗中以情动人者。

戏答元珍

〔宋〕欧阳修

春风疑不到天涯，二月山城未见花。
残雪压枝犹有橘，冻雷惊笋欲抽芽。
夜闻归雁生乡思，病入新年感物华。
曾是洛阳花下客，野芳虽晚不须嗟。

作者简介：

　　欧阳修（1007—1072），字永叔，号醉翁，晚年自号六一居士，唐宋八大家之一，庐陵（今江西吉安）人。幼年丧父，母郑氏以获画地教之。仁宗天圣八年（1030）进士，充西京留守推官。景祐三年（1036），以范仲淹言事遭贬事书责谏官高若讷坐贬夷陵。庆历三年（1043）知谏院，擢同修起居注，知制诰，积极支持范仲淹推行新政，勇于任事。新政败后，出知滁州、扬州、颍州等地。至和元年（1054）迁翰林学士，兼史馆修撰。嘉祐二年（1057）权知贡举，苏轼、苏辙与曾巩等人皆于是科及第。六年（1061）擢参知政事。治平间出知亳州。熙宁四年（1071），以太子少师致仕，退居颍上，卒谥文忠。作为北宋诗文革新的领袖，欧阳修主张明道致用，通过大力倡导古文、排抑太学体、奖掖后进等手段，一变场屋之习，从而树立起一种平易畅达、纡徐婉转的新型文风，最终开拓出宋型文学发展的独特道路。修博学多才，著述宏富，文学之外，于经学、史学及金石学等领域皆成就显著，今存《欧阳文忠公集》一百五十三卷。整理本以今人李逸安点校《欧阳修全集》、洪本健《欧阳修诗文集校笺》较为通行。

赏析：

该诗作于景祐四年（1037）贬谪夷陵时期。元珍即时任峡州（今湖北宜昌）军事判官的友人丁宝臣，字元珍，曾以《花时久雨》一诗寄赠，修遂以此诗为答，尤为后世所传诵。

全诗大意：真是怀疑和煦的春风是不是吹不到这荒远的夷陵，如今已经二月了，在这山城之中却仍不见花儿竟相开放的场景。橘树枝头上犹存尚未消融殆尽的残雪，春雷之声似乎惊动了尚在沉睡中的新笋，已经将要冒出芽来了。夜里听到雁儿北归的鸣叫，竟也触动了我内心的思乡情怀，衰病缠身迎接新的一年的到来，不觉感叹世事变迁，年华流逝。昔日我们曾经在洛阳共同欣赏牡丹花开的盛景，山城花儿开放的时节虽晚，但我们也不必因此嗟叹介怀了。

首联以"疑"字起句破题，以次句承接，借以呈现山城初春之景，开合之间，跌宕生姿，别具一格。对此一联，欧阳修曾不无自得地评道："若无下句，则上句何堪？既见下句，则上句颇工。文意难评，盖如此也。"（《笔说·峡州诗说》）就中备见发端之妙。两句之中，既写出了山城夷陵的荒僻、冷清，也寓托了自身政治失意所带来的郁郁寡欢。还为此后的描写开拓出广阔的余地，故方回评云："以后句句有味。"颔联承初春之意，通过橘枝残存的积雪与春雷之中抽芽的新笋这种典型化的景物描写，展现出山城夷陵生机勃发的早春风光。颈联触景生情，转入对内心感慨的抒发，北归雁鸣勾起了作者的乡思，抱病之躯与新年物华更使其备感时光流逝、人事变迁下的客子之悲，由是作者那无以排解的愁闷愈趋深重。就这种羁宦之感而言，欧阳修与丁宝臣并无二致。尾联则一笔宕开，以昔日西京赏花之情消解当下久雨花迟之愁，既然自己和丁宝臣都曾在洛阳观赏过国色天香、盛名远播的牡丹，那么对山城野芳也就无所嗟叹了。尽管不乏自嘲之意，但却一扫此前之低沉意绪，言语中透出无惧艰辛、积极达观的希望与自信。需要注意的是，这里只是在面对自身无力扭转的政治处境时一种颇具无奈意味的自我开解，同时也是慰勉友人，内心深处的苦闷依然隐现其间。整首诗情景融一，章法跌宕，既于愁闷中寓寄希望，又在达观中见其无奈，精妙之极。虽题曰"戏答"，却又足见其意之诚，其情之真，在友情诗中别树一格。

赠王介甫

〔宋〕欧阳修

翰林风月三千首，吏部文章二百年。
老去自怜心尚在，后来谁与子争先。
朱门歌舞争新态，绿绮尘埃试拂弦。
常恨闻名不相识，相逢樽酒盍留连。

赏析：

该诗作于嘉祐元年（1056）。王安石于欧阳修谊属晚辈后学，在曾巩屡番力荐之下得为欧阳修所知。至和初，王安石入为群牧判官。嘉祐元年（1056），欧阳修还朝，始与安石相识，遂作此诗相赠，对其学问文章倍加称誉（事见叶梦得《避暑录话》卷上），甚至在其后《再论水灾状》的荐语中还称之为"无施不可者"。合而观之，可见他对王安石其人其文其政的推重。

全诗大意：你的诗歌堪比拥有三千余首锦绣篇章的李白那样清新明快，你的文章则如同傲啸文坛二百余年的韩愈那样雄奇苍劲。我虽然年岁已老，但推贤进士的初心依然未曾稍改，后来者又有谁可以与你比肩呢。现在豪门权贵都热衷于追求时髦，为文争奇斗艳，只有你还小心地拂拭掉弦上埃尘，重新弹奏起久已冷落的绿绮古琴。时常遗憾只闻其名而未识其人，希望我们能够早日相逢，各尽樽酒，把盏言欢而流连不已。

首联二句即以李诗韩文（"吏部"一说为南朝谢朓，见陈鹄《西塘集耆旧续闻》卷一）喻王安石之文才出众，揄扬推誉之意尽见其中，也成为后世王安石评价中具有重要分量的一条引证。颔联直白地表示自己的爱才之心，又寄托了青出于蓝而胜于蓝的期望。颈联中所涉司马相如的绿绮所弹奏出的正是古琴曲，这就以用典的方式更进一步地明确了王安石不徇流俗而追慕古道的可贵，是其得蒙欧阳修青眼的所在。尾联则相邀一见，"常恨""留连"之语尤见其心情之迫切。

整首诗一气流转，用语朗畅，无所讳饰，其言之切切，情之殷殷，直有相见恨晚、推心置腹之感。欧阳修作为一代文宗的胸襟与眼光也在其中体现得淋漓尽致。王安石收到诗后，作《奉酬永叔见赠》一首，感戴前辈对自己的拔擢与赏识，亦命意诚厚。值得一提的是，这首诗表现的是欧阳修初识王安石之际的印象，后来二人在新法问题上政见不合，但皆出之以公，而非个人嫌隙。

浪淘沙·把酒祝东风

〔宋〕欧阳修

把酒祝东风。且共从容。垂杨紫陌洛城东。总是当时携手处，游遍芳丛。

聚散苦匆匆。此恨无穷。今年花胜去年红。可惜明年花更好，知与谁同？

赏析：

欧阳修进士及第之后入仕的首站就是充西京留守推官。三年的西京洛阳生涯，是欧阳修美好而又珍贵的记忆，以至于在其后跌宕沉浮、屡历险难的政治生涯中频频出现于他的诗词作品中，成为他在接踵而至的政治风波中最为受用的精神补偿。西京记忆与洛阳书写也随之衍变为欧阳修一种别具象征意味的生命寄托。之所以如此，最重要的原因就是"幕府最盛多交朋"（《送徐生之渑池》）。与梅尧臣、尹洙诸人结下的深厚友情陪伴着他度过了这段也许是其一生之中最为愉快难忘的时光。该词所记，虽似为与一特定友人（一说为梅尧臣）同游洛阳城东惜别有感而作，却未必不可视作词人告慰三年西京友情生涯的一个缩影。

全词大意：端起酒盏诚挚地向东风祈祷，希望能够放慢春天的脚步，再留些时日。在这洛阳东郊两旁垂柳依依的乡间小道上，正是当年携手盘桓的所在，我们在这里尽情地赏花漫步。奈何人生聚散，总是苦于如此的匆促。其间的遗憾是无有穷尽的。今年洛城东郊的花已然比去年绽放得更加鲜艳，待到明年也许会更加旖旎动人，却又能再度与谁一同游赏呢？

这首词主要通过记叙春日与友人在洛阳东郊同游宴赏的经历，表达念念不舍的惜别情怀与聚散匆匆的苦恨感受。上阕叙游，首两句即本晚唐司空图《酒泉子》"黄昏把酒祝东风，且从容"句，唯添一"共"字，即将东风与友人兼而言之，尤见惜春之意缘自惜友之情。后三句着眼于旧游，"当时携手"又复"游遍芳丛"，目的在找寻往日游踪，重温昔日携游之情。下阕抒慨，感发聚散离合之苦，随之其恨也无穷，后三句则以花期为比照，年胜一年，而与友人的相聚却是如此之促迫，前欢已竟，明朝何待，将别情融于赏花之中，构思精巧。一句"知与谁同"，又蕴含着怎样沉郁凝重的人生感慨？整首词笔致疏宕，曲折跳跃却又层层推进，真切动人，足堪令人由衷地感到欧阳修内心对西京友情最为深挚的珍重。诚如近人俞陛云所评："因惜花而怀友。前欢寂寂，后会悠悠，至情语以一气挥写，可谓深情如水，行气如虹矣。"（《唐五代两宋词选释》）

思王逢原三首 (其二)

〔宋〕王安石

蓬蒿今日想纷披，冢上秋风又一吹。
妙质不为平世得，微言惟有故人知。
庐山南堕当书案，湓水东来入酒卮。
陈迹可怜随手尽，欲欢无复似当时。

作者简介：

　　王安石（1021—1086），字介甫，晚号半山，抚州临川（今江西抚州）人。仁宗庆历二年（1042）进士及第，先后于鄞县、舒州诸地方任职。嘉祐五年（1060），入为三司使度支判官，呈《上仁宗皇帝言事书》，即《万言书》，力主改革。神宗即位，以知制诰知江宁府，召为翰林学士。熙宁二年（1069）擢参知政事，次年拜同中书门下平章事，在神宗支持下推行变法，史称"熙丰新法"，亦即著名的"王安石变法"。七年（1074）罢相，出知江宁府，次年复相，九年（1076）再罢，遂退居金陵，封舒国公，后改封荆国公，世称王荆公。卒谥文，又称王文公。在文学观念上以重道崇经为宗旨，重视文学的社会实际功用。其散文以议论说理见长，雄健奇崛，峭厉峻切，为唐宋八大家之一。其前期诗歌侧重反映社会现实与政治理想，风格直截简劲；后期诗歌以学唐为主，尤擅绝句，雅丽精绝，有"王荆公体"之谓。有《临川先生文集》传世，今人王水照主编有《王安石全集》。

赏析：

王逢原即王令，是北宋中期一位才华横溢的诗人，一生窘困不仕，比王安石小十余岁，但却与之结下了深厚的友情，是政敌遍布的王安石人生中最为知己的一位朋友，其情无嫌无隙，终始如一。奈何嘉祐四年（1059）秋，年仅二十八岁的王令却英年早逝。王安石悲痛莫名，先后写下挽词与墓志铭以寄哀思。次年又连写三诗深致其悼，此处录其第二首。

全诗大意：萧瑟的秋风再一次吹到了你的墓前，如今坟头的野草想必也被吹得愈发散漫凌乱。你的才学与品格并未能为当世之人所赏识，那些深刻精妙的见解也只有我能够知晓。想当初北面的庐山向南倾侧，仿佛从天而降，正对着书桌，东来的溢水似乎也可掬而饮之，涌入我们的酒杯之中。可悲的是往事旧迹皆已随着你的离去而泯灭掉了，再想如同当年那样欢聚已然不再可能了。

首联想象一年之后孤坟在秋风萧瑟、野草飘零中的凄凉场景，烘托出追念挚友的哀伤氛围。次联叙彼此知交之谊，既为王令才华埋没、难为世赏感到惋惜，同时又以其知己自命，抒发了他对挚友的独特理解，就中也未尝不曾包含王安石自身对知音难遇的感喟。程千帆先生曾评云："第二联写人才难得，知人不易，关合彼我，力透纸背；虽若发论，实则抒怀。正是在这些地方，宋人力破唐人余地。"（《古诗今选》）宋诗重议论，安石尤著，该联以议论出之，却又情思独具，诚谓知言。颈联两句追忆往昔读书饮酒之乐，庐山南堕，溢水东来，想象雄豪俊迈，瑰玮奇丽，又足以想见二人当日同道相与、意气风发的壮慨。尾联则以今情之悲与昔游之壮相对照，所有的陈迹都已随着逢原之逝化为乌有，欢会不再，衷怀难诉，留给自己的，只有无尽的怆恨与追思。该诗是王安石友情诗中的名篇，一气贯注，笔力峭劲而又思致沉郁，意蕴丰富而又情味深挚，皆无不自肺腑流出，故尤可动人。

花庵诗寄邵尧夫二首（其一）

〔宋〕司马光

洛阳四时常有花，
雨晴颜色秋更好。
谁能相与共此乐，
坐对年华不知老。

作者简介：

　　司马光（1019—1086），字君实，晚年号迂叟，陕州夏县（今属山西）涑水乡人，世称涑水先生，景祐五年（1038）进士。初仕苏州签判，庆历六年（1046）为馆阁校勘，同知礼院。后历任天章阁待制兼侍讲，知谏院、龙图阁直学士、翰林侍读学士。熙宁间，因反对王安石新法，出知永兴军，改判西京留司御史台，居于洛阳，编修《资治通鉴》。哲宗即位，拜尚书左仆射，兼门下侍郎，支持朝政，尽废新法，为相仅八月，卒于位。赠太师、温国公，谥文正。其著述甚丰，尤以史学名世，尚撰《涑水记闻》一部，诗歌理论多见于《续诗话》。有《温国文正司马公文集》传世。苏轼有《司马温公行状》，清人顾栋高编有《司马温公年谱》八卷。今较通行者有四川大学李文泽等校点《司马光集》。

赏析：

熙宁四年（1071）四月，由于反对王安石所推行的新法，司马光请以端明殿学士兼翰林侍读学士、右谏议大夫权判西京留台，退居洛阳，自是"绝口不复论新法"。其后十五年间，西京岁月就成为司马光生命中尤为难得的一段安闲时光。据题下自注："时任西京留台，廨舍东新开小园，无亭榭，乃构木插竹，多种酴醾、宝相及牵牛、扁豆诸延蔓之物，使蒙幂其上，如栋宇之状，名曰'花庵'。"邵尧夫，即名列"北宋五子"之一的著名理学家邵雍，字尧夫。该诗即为花庵建成之后寄赠邵雍之作。诗凡二首，此选其一。

全诗大意：洛阳城中一年四季都会有花儿绽放，到了秋季雨过天晴之后花颜更加娇艳。有谁能够与我一同感受这份美好的欢乐，能够相对而坐，任由年华逝水而不必感到岁月老去。

退居洛阳的司马光，虽然表面上优游闲适，且以独乐自遣，但终究是一种无奈的退处选择，家国天下的系念与失位离朝的忧闷依然时常萦绕于心。除了矢志于《资治通鉴》的修撰外，友情成为司马光西京生活中无可取代的心灵慰藉，其中尤以邵雍最为契心。他们虽身份迥异，然意趣相投，声气相通，时常相伴游赏，诗酒唱酬，过从甚密。邵雍的江湖性气与风月情怀，为远离庙堂的司马光释放出一片全新的精神世界。花庵建成后，司马光曾有诗云："谁谓花庵陋，徒为见者嗤。此中胜广厦，人自不能知。"（《花庵》）却独堪与邵氏"共此乐"，且有"不知老"之期，诚谓相与知者。整首诗短小精悍而平易畅达，从中既可窥得司马光退居洛阳后悠闲洒落的日常情态，亦不难感受其知友相伴的快慰。

和邵尧夫安乐窝中职事吟

〔宋〕司马光

灵台无事日休休，安乐由来不外求。
细雨寒风宜独坐，暖天佳景即闲游。
松篁亦足开青眼，桃李何妨插白头。
我以著书为职业，为君偷暇上高楼。

赏析:

安乐窝为邵雍洛阳所居之处,其自号安乐先生,屡召不仕,亦以"安乐"名居,曾有《安乐窝中吟》诗十三首。该诗即为其和诗,作于熙宁七年(1074)。

全诗大意:心中坦然无事,那样每天就都能够乐道安闲,这份安乐从来不需要到身外去寻求。微风寒雨的时刻最适宜于静心独坐,逢这天气转暖景色正佳的时候,就应外出闲游。松竹苍翠同样足以令人为之倾心,娇艳的桃李之花又何妨插上白头。我本是以著书作为职业的,为了能与你同赏美景,宁可忙中偷闲也要登上高楼。

该诗前三联着眼于邵雍原诗中的"安乐"名义及与之相关的职事,生动地描绘出一位观物乘化、顺适和乐的处士形象。首联谓邵雍之安乐存诸己心而无由外求,实道出一种具有深厚内涵的养心妙谛。"灵台"指心。《庄子·庚桑楚》中云:"不可内于灵台。"郭象注:"心也,案谓心有灵智能任持也。""休休",安闲自得貌。《诗·唐风·蟋蟀》中云:"良士休休。"毛传:"休休,乐道之心。"次联所道为邵雍日常游处姿态,据《宋史》本传所载,其常于春秋两季乘小车出游。颈联以具体的职事场景表现邵雍顺物安闲、自适和乐的人格情怀。尾联复落笔于自身,"著书"事指《资治通鉴》的修撰,是司马光西京十五年倾尽心力的所在,即便如此,他依旧不惜偷暇登楼,翘首以待好友之来,足见其情笃意挚。结合前三联,我们可以看出,这份契心之交适基于他对好友邵雍深切的理解与认同。司马光非以诗名,但全诗却浑切工稳,以平实质朴的诗语道出了彼此间的深挚情谊。理解邵雍,是诗或颇资可参。

正月二十日与潘、郭二生出郊寻春，忽记去年是日同至女王城作诗，乃和前韵

〔宋〕苏轼

东风未肯入东门，走马还寻去岁村。

人似秋鸿来有信，事如春梦了无痕。

江城白酒三杯酽，野老苍颜一笑温。

已约年年为此会，故人不用赋招魂。

作者简介：

　　苏轼（1037—1101），字子瞻，一字和仲，号东坡居士，眉州眉山（今属四川）人。嘉祐二年（1057）进士及第，六年（1061）除大理评事，签书凤翔府判官。熙宁二年（1069）还朝，四年（1071）因与王安石政见不合，出为杭州通判，历知密州、徐州、湖州。元丰二年（1079）七月，遭遇"乌台诗案"，以讪谤新政之名被捕入狱，后贬黄州团练副使。哲宗元祐间，累迁翰林学士，因处于新旧党争夹缝中，自请外任，出知杭州、颍州，徙知扬州。七年（1092）召还，授翰林侍读两学士，擢礼部尚书。绍圣元年（1094），坐讥刺神宗责贬惠州，四年（1097）再贬儋州。元符三年（1100）遇赦北归，次年卒于常州。高宗即位，追谥文忠。苏轼一生履历历难却平和从容、乐观旷达，其思想颇为驳杂，而主要倾向则是兼容儒道，其思想学术与文学功绩皆对后世影响深远，径有"苏海"之谓。在文学思想上，苏轼反对五代宋初以来艰涩雕琢的文风，提倡平易自然，主张文艺风格的多样化。在文学实践上则诗词文兼擅，继欧阳修之后，为两宋文学成就最高的士人。其诗清雄豪健，神足气完，独具风神个性，与黄庭坚并称"苏黄"；其词主张诗词一体，开拓出"以文为词"的创作手法，风格则趋于豪迈旷达，与辛弃疾并称"苏辛"，开出豪放一路；其文随物赋形，姿态横生，自然天成，与父苏洵、弟苏辙并称"三苏"，皆列于"唐宋八大家"。今较通行者有近人龙榆生《东坡乐府笺》，孔凡礼《苏轼诗集》与《苏轼文集》等，近年张志烈等人主编《苏轼全集校注》最称完备。另有孔凡礼所撰《苏轼年谱》，取材宏富，考订精密，颇资参证。

赏析:

该诗作于元丰五年（1082）正月责授黄州期间。题中潘、郭二生指潘丙（一说为潘大临）与郭遘，他们都是苏轼在黄州新结识的朋友，以沽酒卖药为生。所谓去年作诗者，指元丰四年（1081）与潘、郭诸人同游黄州城东的女王城时所作《正月二十日往岐亭，郡人潘、古、郭三人送余于女王城东禅庄院》一诗。相隔一年，于同一日又故地重游，有感，乃和前韵，复作此篇。

全诗大意：恐怕是东风不肯从东门而入吧，于是骑马再去追寻去年同游的村落。寻春之人如同秋日南归的大雁那样准时，但往事却又似一场春梦般了无踪影。在荒僻的江城之中开怀畅饮，备感酒味之醇厚，乡间老者尽管面容憔悴，但一笑起来却是那样的温存可亲。已和他们约定每年的这个时间都要来此欢聚，异乡的友人们大可不必担心我的处境而为我还京奔走操劳。

该诗首联即先声夺人，不说城中尚无春意，而以拟人化的手法说东风不肯吹门而入，从而引出走马寻村、故地重游之意，构思精巧，不落凡俗。颔联向称佳对，对仗工稳而又精妙，以秋雁有信、春梦无痕以喻人事变迁，愈发新颖贴切，故纪昀曾评曰"三四警策"（《纪批苏诗》卷二一）。更难能可贵的是，十四个字以人事、有无为对，又似道出了一种特定的带有普遍性质的人生况味，蕴含着深刻的人生哲理，而非经历沧桑者又实难道之，因此尤为后世所传诵。从颈联中，我们又清晰地看到了被温暖的友情所包裹着的浓浓的人情味，故江城浊酒，其味则酽；野老苍颜，一笑益温，可想而知，这对谪居的东坡而言是怎样难以替代的精神慰藉。诗人实在难以割舍得下，由此尾联就寄语身处远方仍在为他的遭遇处境而担忧奔走的友人们，不必再为如何将他调回京城而牵肠挂肚、想方设法。这其中所传递出的随缘自适的生活态度与超然旷达的磊落襟怀，正典型体现着东坡始终执着于现世寻求诗意生存的人生范式。而对此期的苏轼而言，其中一个重要的情感寄托正是他与黄州百姓之间那份真挚纯朴的友情。整首诗属对工稳，设譬奇警，出语自然，情真意挚。方东树评云"此诗无奇，开凡庸滑调"（《昭昧詹言》卷二〇），实未会其真意而有失公允。

次荆公韵四绝（其三）

〔宋〕苏 轼

骑驴渺渺入荒陂，
想见先生未病时。
劝我试求三亩宅，
从公已觉十年迟。

赏析：

该诗作于元丰七年（1084）八月苏轼由黄州量移汝州途经金陵之际。时王安石已罢相退居钟山十年之久，东坡前去看望，流连累日。二人相见，感怀前事，皆慨由心生，遂日与同游，时相唱和，此即其中一组。原诗四首，此选其三。

全诗大意：您经常骑着驴儿悠闲地游赏于钟山旷远渺茫的荒野山坡中，俨然可以想见出先生身康体健时的风采。您劝我也能够在此购得一片宅第，卜邻而居，终老于兹，其实十年间的风雨恩怨，让我觉得早就应该追陪着您杖履从游了。

在谈论东坡交游时，王安石也许是永远难以回避的一个话题，其间情形也最为复杂。在政治上他们分属新旧两党，针锋相对，立场绝难调和，因此命运际遇也迥然不同。苏轼遭受到了"乌台诗案"这场前所未有的政治浩劫，王安石作为熙丰新法的首席策划者与实际推行者，表面上似乎权倾一时，煊赫当世，但其内心那难与人言的惶恐、纠结与焦虑以及由此产生的心态倾斜，也无异于如人饮水，而这最终导致了两人走向决裂。不过需要说明的是，他们之间斗争的实质是政治观念与思想学术的分歧而非个人恩怨。因此，当事过境迁，摆脱了意气化情绪的遮蔽之后，他们反而能够更加理性地看待相互间的关系。

当此金陵之会，熙丰新法已在人事消磨中渐成烟云。历经仕路艰辛与人事沧桑的两人，其政治处境与思想心态亦早已不同前此，当初的意气锋芒业已退却，昔日的是非恩怨从而再次让位于对彼此才学品格的倾慕与欣赏，这也是其相知的初心所在。

不管此番金陵之会的睦洽是否足以代表由党争隔阂与裂痕的实质性消泯，诗中基于对彼此襟怀与品格由衷敬重的友情是诚恳与真实的，尽管随着世事变幻已带有了那么一点沧桑感。

赠刘景文

〔宋〕苏 轼

荷尽已无擎雨盖，
菊残犹有傲霜枝。
一年好景君须记，
最是橙黄橘绿时。

赏析：

刘景文即刘季孙，字景文。该诗作于元祐五年（1090）冬知杭州时，刘季孙时任两浙兵马都监，也在杭州。苏轼看重其重义轻利、豪爽坦荡的为人与品格，故甫一谋面，即誉之为"慷慨奇士"，二人时相酬唱，交谊颇深，可谓倾盖如故。元祐六年（1091），在苏轼的大力荐举下，刘景文调任隰州（今山西隰县）知州，赴任途中他专程迂路赴颍州拜访苏轼，苏轼有诗记当时情状云："我闻其来喜欲舞，病自能起不用扶。"（《喜刘景文至》）其友情之深挚动人，尤见一斑。

全诗大意：池中荷花已渐趋凋零殆尽，连擎雨的荷叶也都枯萎衰败掉了。菊花虽业已残败，但其花枝依然在严霜中傲然挺立。一年中的好时光啊，你一定要记得珍重，正是在这橙子金黄、橘子青绿的收获季节。

该诗所写为残秋初冬之景象。荷花开尽，菊枝傲霜，翠减红衰之中却又似乎残存着一线生机，两句既是实写，又暗含深意，联系苏轼与刘景文此时的遭际与处境，可知这未必不可视作其胸襟与品格的写照，其间似亦不乏互勉互励之意。后两句更是即景寓理，意味深长。一年好景，橙黄橘绿，务必要珍重年华，"君须""最是"，亦直是友朋间语。宋人胡仔曾将该诗与唐韩愈《早春呈水部张十八员外》一诗为比，认为"二诗意思颇同而词殊，皆曲尽其妙"。（《苕溪渔隐丛话》）就中苏诗尤以景、情、理之浑融无间见胜。适如清人汪师韩《苏诗选评笺释》卷五所评："浅语遥情。"

蝶恋花·暮春别李公择

〔宋〕苏　轼

　　簌簌无风花自弹。寂寞园林，柳老樱桃过。落日多情还照坐。山青一点横云破。

　　路尽河回千转柁。系缆渔村，月暗孤灯火。凭仗飞魂招楚些。我思君处君思我。

赏析：

李公择即李常，字公择，同样反对新法，与苏轼交谊颇深。关于该词系年，历来多依傅藻《东坡纪年录》，认为是熙宁十年（1077）春苏轼由密州被命移知河中府，途经齐州，与时任齐州太守的李常离别时所作。据薛瑞生《东坡词编年笺证》所考，该词当作于元丰元年（1078）三月，时李常由齐州徙淮南西路提点刑狱，途经苏轼所在徐州，临行之际，以该词赠别。兹依薛说。

全词大意：尽管天气晴好无风，但花儿还是纷纷兀自飘落。园林之中也是如此清冷孤寂，柳絮落尽，樱桃花期也已过去。只有那轮落日还是如此多情，依然执着地照着仍在相对而坐的两人，那一抹青山也仿佛穿透缭绕的云雾，闪现在了眼前。送行者已经走到了河曲的尽头，难以再前行了，友人的船在河中也屡次转舵才渐渐驶去，想必今夜只能停靠在一个冷清的渔村旁边，孤灯独对，难以入眠，只有那暗淡的月色相伴。凭借着《楚辞》中的《招魂》之曲，来召唤我的好友啊，我思念着你的时候你也一样在思念着我吧。

苏轼在其所作《送李公择》一诗中尚有"相好手足侔"句，其意好最厚，可见一斑。该词上阕描绘暮春之景，渲染惜别气氛。顾随曾评首句云"发端高妙"，认为："'簌簌'字、'自'字，真将落花情理写出，再不为后人留些儿地步。尤妙在无风，便觉落花之落，乃是舒徐悠扬，不同于风雨中之飘零狼藉。及至'堕'字，落花乃遂安闲自在地脚跟点地了也。"所析深至精微，备见起句之妙。在东坡词中，景物往往也都赋予了独特的人情，景语即情语。园林寂寞，花木渐衰，春光迟暮，而落日却似有情，依然执着地照着两位坐对话别的朋友，青山亦横云而破，展露其苍翠的面容，这些无不给临行将别的人以温暖的慰藉。下阕抒送别之情。主人已送至河曲尽处，行人的舟船也屡番回舵而不忍遽去，最终依依不舍地消失在了视线之外。而离情犹未尽于此，词人又想象着友人月夜停泊的场景，暗淡的月光下那冷清的小渔村、昏黄不定的孤灯，无不见出其神驰心系的牵挂之情，只有用《招魂》这样的曲子，才能遥寄自己内心喷薄难遏的情思，最末一句索性以回文的方式直接表白心中的情谊，从两面着笔，既见其情感之深挚恳切，亦具往复回环之美，适如清人陈廷焯所评："语浅情长，笔致亦超迈。"（《词则·别调集》）

定风波·南海归赠王定国侍人寓娘

〔宋〕苏 轼

王定国歌儿曰柔奴，姓宇文氏，眉目娟丽，善应对，家世住京师。定国南迁归，余问柔："广南风土应是不好?"柔对曰："此心安处，便是吾乡。"因为缀词云。

常羡人间琢玉郎，天应乞与点酥娘。尽道清歌传皓齿，风起，雪飞炎海变清凉。

万里归来颜愈少，微笑，笑时犹带岭梅香。试问岭南应不好，却道：此心安处是吾乡。

赏析：

　　王定国即王巩，字定国。王巩与苏轼堪称患难之交，元丰二年（1079）受乌台诗案的牵连，被贬为监宾州（今广西宾阳县）盐酒税。宾州地处岭南，较之黄州更为荒僻。在同期被牵连人中，王巩仅仅收受过苏轼那些被指为讥讽朝政的文字，但却是其中所受责罚最重的一位。然而就是这样一位朋友，到达贬所之后，在严酷的生存环境下非但没有任何的怨悔之意，反而去信安慰苏轼。让诗案之后仍心有余悸的东坡感受到了友情的温暖，同时也钦佩王巩的胸襟气度。这段患难与共的经历无疑更加加深了这段本于意气相投的情谊。元祐元年（1086），苏轼与王巩于汴京重逢，令其惊赏的是，不仅王巩未曾为这段苦难所摧折，依然谈笑风生，甚至连随其南迁、不离不弃的侍儿宇文柔奴也能始终保有平和从容的心态。苏轼深受感动，遂将他对主仆由衷的赞赏通过彼此间的对话诉诸这首词中。

　　全词大意：常常美慕世间如玉琢一般润洁俊朗的男子，甚至连上天也眷顾他，赐予其如此柔美聪慧的佳人相伴。大家都称赞从她口中所传出来的歌声是那样清亮美妙，仿佛微风乍起，飘飞的雪花掠过炎暑之所，顷刻变得清凉。从地处荒僻的万里宾州归来，容颜却越发年轻，微微一笑，那笑靥中仿佛依然带有岭南梅花的余香。我就问她："岭南风土是不是不好啊？"没想到她的回答却是："只要能够保持内心的安定，那就能够成为我的故乡。"

　　这首词上阕以"琢玉郎"引出"点酥娘"，由主及仆，通过赞颂其仪态之柔美、歌声之清妙描绘出其兰心蕙质的聪慧性情。下阕则着力刻画柔奴随主南迁归来之后依旧乐观从容的姿态。由仪容到歌声，由笑靥到对话，生动地展现出了一位坚定达观、无惧患难的女性形象。该词写柔奴，又烘托出挚友王巩坚毅旷达的襟怀气度，同时还是自抒己怀。尾语虽出自柔奴之口，且化用白居易"我生本无乡，心安是归处"（《初出城留别》）与"无论海角与天涯，大抵心安即是家"（《种桃杏》）句，但道出的却是地道的东坡精神，甚至成为苏轼在乌台诗案劫难之后心灵衍化轨迹的重要写照。之所以其后在惠州、儋州的七年岭海苦难生涯中也同样能够历险若夷，成就"平生功业"，并最终凝定为苏轼自身魅力人格的象征，为后世所崇仰，一句"此心安处"正是其内心深处最为原初的精神动力。

八声甘州·寄参寥子

〔宋〕苏 轼

有情风万里卷潮来，无情送潮归。问钱塘江上，西兴浦口，几度斜晖？不用思量今古，俯仰昔人非。谁似东坡老，白首忘机。

记取西湖西畔，正春山好处，空翠烟霏。算诗人相得，如我与君稀。约他年、东还海道，愿谢公、雅志莫相违。西州路，不应回首，为我沾衣。

赏析:

　　参寥子即僧道潜，是北宋中期一位颇负盛名的诗僧，苏轼与之交往密切。该词为元祐六年（1091）苏轼由杭州知州召为翰林学士承旨，临行前寄赠参寥所作。

　　全词大意：万里长风似亦有情，裹挟着钱塘大潮汹涌而来，然而却又绝情地送潮归去，而没有任何的依恋。试问在这钱塘江头，还是在西兴渡口，又有多少次在夕阳残照中一同观潮啊？用不着去思考古今的变迁，也用不着去感慨顷刻之间即已物是人非。又有谁能够像我东坡老人这样，白首之年，早已消泯了机心，变得恬适宁静，无与世争。记得我们相与同游的西子湖畔，也正逢着春日山色绝佳的好时节，峰峦青翠，烟雾空蒙。倘若算一算诗人中间相知甚深、交谊笃厚的，恐怕如你我这般的并不多见。我们约定日后，沿着入海的江道，东还归隐，衷心希望当年谢安的东山之志不要再次落空。而我的友人也不必再在西州路上回首恸哭，为我抱憾流泪了。

　　词的上阕以景语发端，挟长风万里之势劈空而下，将潮起潮落赋予独特的情感内涵，既是实写，又别寓离情。随即以"问"字领起，回忆他们往昔于斜阳残照中共同观潮的场景，这些都是其深厚友情的忠实见证。江潮有来归，人事有代谢，"不用"以下句进一步通过议论来抒发古今变迁与事易人非的感慨，带有深沉的历史感与沧桑感。此时的苏轼已经五十六岁了，经历过乌台诗案等一系列政治打击的他早已惯历患难，早已进入到忘却机心、随缘任适的境界，并涵养出了带有鲜明东坡气象的旷达人格。下阕仍以景起，视角由钱塘江潮转移到了西湖春景，"记取"二字显示出作者的谆谆叮嘱，希望参寥子一定要记住西子湖畔相与同游的片片场景，以待日后追忆之思，非情谊笃厚者又何以至此？由是引出作者与参寥子的相知之深，在苏轼眼中，这种亲密无间、生死不渝的友情，世罕其匹。遂以东晋谢安与羊昙的典故，抒发其东山归隐、超然物外的旷达情怀。整首词虽叙离情，尽管其间不乏世事沧桑变幻的无奈与苦闷，却能又出之以豪宕超旷，这既是人格的力量，也是情感的力量，在手法上既因景及理又能融景入情，措辞平和而又感慨深沉。

临江仙·送钱穆父

〔宋〕苏 轼

　　一别都门三改火，天涯踏尽红尘。依然一笑作春温。无波真古井，有节是秋筠。

　　惆怅孤帆连夜发，送行淡月微云。尊前不用翠眉颦。人生如逆旅，我亦是行人。

赏析：

钱穆父即钱勰，字穆父。该词作于元祐六年（1091）春，时苏轼知杭州，钱勰则自越州徙知瀛洲，途经杭州，作者以此词为之赠行。

全词大意：昔日汴京一别如今已有三年了，三年来，你奔走天涯，辗转于尘世之间。但相逢时的那会心一笑，依然如春风入怀般温存。内心已如古井一般了无波澜，但却仍旧如秋竹那样保持自身的名节。如今在这云雾微茫、月色疏淡的夜里，又要怀着惆怅之心，目送你连夜扬起孤帆，远行北上。面对这送别的酒啊，侑酒的官妓也大可不必眉黛颦蹙。人生本来就如同驿站旅舍一般，我辈同样也只不过是这天地之间的过客而已。

历来送别词大多难出悒郁寡欢、伤感惜别之情，而东坡这首则旷放超迈，达观洒脱，独具坡公气象。上阕主要写别后重逢的场景。所谓"改火"，指古人钻木取火，四季所用之木皆有不同，此处喻季节更易。"三改"者，意谓过了三年。"踏尽红尘"，主要是说钱勰其间迁谪频繁，始终奔走于尘世诸地。故交相逢，不需要任何多余的表示，只有"依然一笑"，多年仕宦的艰辛与甘苦便尽付其中，同时在这轻描淡写的话语间也反映出当年同朝结下的亲如手足的僚友之谊非但没有随着时光的流逝与距离的阻隔而淡漠，反而与岁弥坚。"古井""秋筠"句对仗精工，造语警拔，赞颂穆父能于瞬息万变的政治风波中保持从容笃定的心态，不随时俯仰，坚守名节。同时赞友也是自励，志同道合、患难与共是其友情得以深植的重要保障。下阕叙送别之情。由于钱勰是取道北上，因此对于二人来说，相逢即意味着离别，惆怅与失落自然在所难免，而一句"淡月微云"则下得极有分寸，就中既渲染出离别的气氛，又包含了对友人的无限留连，并且未曾任由这种感伤意绪蔓延弥漫开去。东坡毕竟是东坡，随即一笔宕开，将瞩目的焦点转移到蛾眉颦蹙的官妓身上，旁观尚且如此，当事人情又何堪？该句意在通过对她们的劝慰来消解彼此内心强抑的感伤。词末"人生"两句复以平易质朴的语言抒发了对于人生如寄、行如逆旅的感悟。短短十个字，既得为穆父开释襟怀，又寄寓了自己数十年宦海漂泊的独特生命体验，还凝练出人行世间，有如天地过客的普遍感受，颇具哲思理韵。整首词委曲跌宕，深婉精微而又情真意挚，千载之下依然足以动人。

寄黄几复

〔宋〕黄庭坚

我居北海君南海，寄雁传书谢不能。
桃李春风一杯酒，江湖夜雨十年灯。
持家但有四立壁，治国不蕲三折肱。
想得读书头已白，隔溪猿哭瘴溪藤。

作者简介：

　　黄庭坚（1045—1105），字鲁直，号山谷道人，晚年又号涪翁，洪州分宁（今江西修水）人。治平四年（1067）进士及第，调叶县尉。熙宁五年（1072）除国子监教授。元丰三年（1080）改知太和县。哲宗元祐初召为校书郎、《神宗实录》检讨官，迁著作佐郎，集贤校理。绍圣初，被劾修《实录》诬枉，贬涪州别驾，黔州安置。徽宗即位，起知太平州，九日而罢。后因与宰执赵挺之有隙，除名编管宜州而卒。黄庭坚在文学观念上受苏轼影响极深，为"苏门四学士"之一，在诗歌创作上注重对艺术技巧的探寻，推崇杜甫，提出"点铁成金""夺胎换骨"的诗学主张，诗风瘦硬奇峭，生新廉悍，追求新奇，讲求法度，开创江西诗派，为后学所法，影响极大，为"一祖三宗"之一，与苏轼齐名，时号"苏黄"。今人黄宝华整理有宋人任渊、史容等所注《山谷诗集注》及郑永晓整理之《黄庭坚全集辑校编年》。另郑永晓有《黄庭坚年谱新编》，颇资参证。

赏析：

据该诗原注："乙丑年德平镇作。"可知作于元丰八年（1085）德州德平镇任上。黄几复即黄介，字几复，时知广东四会县，黄庭坚与之同乡，且情性相投，是为知己之交。该诗即为遥思而作。

全诗大意：我寄居于北海而你则地处南海，这么遥远的距离连通过南飞的雁儿寄封书信都难以实现。想当初我们于春风之中观赏桃李，同饮美酒；江湖迁徙，转眼已经十年的时光，如今却只能于夜雨声中，孤灯独对。你维持家计，虽在做官，却以清贫自守，以至家中四壁只有空墙独立，你在地方为官，就像医生治病，不需要多次折断手臂就能通晓医理。想见你发奋读书，鬓发已然斑白，却只能隔着瘴气弥漫的山溪，听着猿鸣哀切，攀缘着其间的青藤。

该诗以诗代笺，是山谷诗中重要的七律名篇。首联极言相隔之远，一南一北，寄雁传书，亦难实现，一个"谢"字，则以拟人化的手法，渲染怀友深情。次联尤为后世所传颂，十四个字即将欢会之乐与别离之凄融为一体，往昔当下、快意失落错综交织，对比鲜明，感情浓烈。更为称奇的是，整联完全以意象组接，却足具震撼人心的力量，非情谊之深厚难以出之。颈联称颂友人甘于清贫的品格，又以"折肱"之喻表现其世事练达的治政之才。尾联突出黄几复生存环境的恶劣，感慨其处身瘴疠之地的凄苦。末两联通过对黄几复自身品质才干与现实境遇的对比，抒发作者内心深切的怜友之意与不平之鸣，备见其情之殷之笃。该诗善用典实，贴切精当，却又能以故为新，翻新出奇，造语奇崛，句法拗峭，鲜明地体现出山谷诗的特色。

次韵几复和答所寄

〔宋〕黄庭坚

海南海北梦不到，会合乃非人力能。
地褊未堪长袖舞，夜寒空对短檠灯。
相看鬓发时窥镜，曾共诗书更曲肱。
作个生涯终未是，故山松长到天藤。

赏析：

《黄山谷诗内集》卷八载黄庭坚该诗旧跋曰："丁卯岁几复至吏部改官，追和予乙丑在德平所寄诗也。"在收到黄庭坚饱蘸深情、以诗代笺的七律名篇《寄黄几复》之后，黄几复亦予以和答。两年之后，也就是元祐二年（1087），二人相会于汴京，黄庭坚复依前韵追和一首。

全诗大意：我们两人一处海南，一居海北，相隔甚远，连梦境都难以达到，如果想要会面，实非人力所能及。地处褊狭荒远，难以纵袖长舞，而只能在寒夜之中独对青灯，空自苦读。两人相对窥镜，鬓发皆已趋白，回首往昔，我们谈论诗书，曲肱饮水，其乐无穷。这般沉居下僚的羁宦处境终究不是长久之计，想往那故乡山峰上的古松，高昂挺立，老藤盘绕其间，直耸天际。

与前诗的遥思相比，该诗主要抒发两年之后，已经阔别十年之久的二人相会于汴京时的深沉感慨。首联仍言相隔之远，本非人力所及，备见天意所怜，复使二人重逢，尤感其情真意挚。在句式上，以海居前且南北为易，颇具拗峭生新之妙趣，为山谷所独擅。次联感慨黄几复的境遇，化用《汉书》定王为景帝张袖称寿与韩愈《短灯檠歌》的典故，将其十余年间的仕路偃蹇凝聚于"地褊未堪"与"夜寒空对"的无奈喟叹中，浸透其间的，则是对挚友无尽的理解与关切。颈联转入对相会情形的描绘，二人相对窥镜，白发各添，回首前尘，往事历历，昔日的曲肱饮水、诗书切磋之乐，如今却只留存在了回忆之中，更见岁月迁逝与相会之珍重。尾联则归于乡隐之思，希望早日结束这羁宦南北的漂泊生涯，投入古松老藤的宁静天地。整首诗将友朋情深融入岁月沧桑、人事转迁的深沉感慨中，开合抑扬，章法细密，句式拗峭，妙用典实。全诗止于对古松老藤的无限向往中，既见其宦苦，亦感其情深，余韵悠长。

病起荆江亭即事十首（其八）

〔宋〕黄庭坚

闭门觅句陈无己，
对客挥毫秦少游。
正字不知温饱未，
西风吹泪古藤州。

赏析：

建中靖国元年（1101），宋徽宗拟重新起用元祐党人，黄庭坚亦在被召之列，遂沿江东下，其间以病留寓江陵，病痾初愈，登荆江亭，即事感怀，创作了此组诗。诗凡十首，此处所录为第八首，为怀念挚友而作。

全诗大意：关起门来冥思苦吟搜寻佳句的是陈师道，面对诸客纵笔挥毫慷慨赋诗的是秦少游。作为秘书省正字的陈师道不知道他的温饱问题是否已经得以解决？西风掠过，吹着我悲伤的泪水洒向古老的藤州之地。

这首诗主要是为怀念友人陈师道与秦观所作。元符三年（1100），陈师道甫为秘书省正字，而秦观则自贬所放还北归途中逝于藤州，他们与黄庭坚不仅同为"苏门"中人，更是志同道合的挚友，在严酷的元祐党争中，他们的处境时刻为山谷所牵挂与系念。针对其不同的处境，如洪迈《容斋续笔》卷二所言，全诗巧妙地采用杜甫《存殁口号》之法，以生死存殁相对照的方式，句式于工稳中又极为错落有致。"闭门觅句"与"对客挥毫"颇为精当传神地描绘出了二人迥然相异而又独具个性的创作姿态与风采，具有鲜明的典型性，历历可感。后两句则在一问一叹间，寄寓了对两位挚友境遇的无限同情与深切缅怀。陈师道以正字之任依然难免温饱之虞，秦少游久贬放还却终落得西风吹泪之悲。全诗以挚友昔日之风采与当下之命运相映照，一生一殁，一苦一豪，一昔一今，一盛一衰，令人于强烈的设比中尤感其凄恻悲凉。整体而言，该诗造语新奇，用情深挚，独具匠心，在形式上虽体现为对挚友满怀深情而鸣其不平，然而这番心酸喟叹的背后，又何尝不是党争情势下诗人自身心境的写照？

寄贺方回

〔宋〕黄庭坚

少游醉卧古藤下，
谁与愁眉唱一杯？
解作江南断肠句，
只今惟有贺方回。

赏析：

贺方回即北宋词人贺铸，字方回。崇宁元年（1102），贺铸赴泗州通判任，途经太平州（今安徽当涂），与黄庭坚相会。次年，黄庭坚寓居鄂州，即以此诗寄赠，既称誉贺铸，亦兼怀秦观，深切地表现了彼此间的深厚情谊。

全诗大意：秦少游曾醉倒在那古藤花下，又有谁能为紧锁愁眉的词人于杯酒之中再唱一曲挽歌呢？能够写出这江南断肠悲歌的，现如今只有你贺方回了。

整首诗为寄赠贺铸之作，却由缅怀秦观落笔，抒发了对挚友的深切忆念。不直言其殁，而以"醉卧古藤"代之，既与少游之个性风采相契，亦见出作者内心之悲，并不愿直面好友已逝的残酷现实。秦观以坐元祐党籍故遭贬，元符二年（1099）徙雷州（今广东雷州），次年放还北归，卒于藤州（今广西藤县）。据《苕溪渔隐丛话》所引惠洪《冷斋夜话》载，秦观曾于处州梦中作长短句，中有"醉卧古藤阴下，杳不知南北"句。秦观卒后，贺铸亦以"谁容老芸阁，自谶死藤州"（《题秦观少游写真》）语悼之，悲其一词成谶。次句化用晏殊《浣溪沙》词中"一曲新词酒一杯"意，而出以"唱一杯"语，既贴合"一曲新词"，又与"醉卧古藤"相应，寄托了对秦观的无限悲悼，而其造语生新，亦为山谷诗特色之一端。后两句则从此前的低回沉郁中逆挽振起，以"解作"语称誉贺铸。黄庭坚与秦观为知交，贺铸与之同样情谊深笃，其《青玉案·横塘路》词中有"碧云冉冉蘅皋暮，彩笔新题断肠句"语，颇为秦观所赏，而斯人已殁，如今能够再为其写出断肠悲歌的，就只有贺方回了。全诗寄慨深沉，构思新奇，章法细密，三人之间的深挚友情，尽现其间，而渗透其中的身世之感，亦备令读者为之唏嘘喟叹。

九日寄秦觏

〔宋〕陈师道

疾风回雨水明霞，沙步丛祠欲暮鸦。
九日清尊欺白发，十年为客负黄花。
登高怀远心如在，向老逢辰意有加。
淮海少年天下士，可能无地落乌纱。

作者简介：

陈师道（1053—1102），字履常，一字无己，号后山居士，彭城（今江苏徐州）人，
"苏门六君子"之一。自幼家贫，曾受业于曾巩，绝意仕进。元祐初，因苏轼等举荐，起为
徐州教授，未几除太学博士，后又改颍州教授。绍圣元年（1094）坐苏轼党，谪监海陵酒
税。元符三年（1100），召为秘书省正字。其诗学黄庭坚，后师法杜甫，提倡刚劲朴拙的诗
风，多表现其潦倒困顿的生活经历与人生遭际，个性鲜明，风骨磊落而又情真意挚，尤以近
体最称精妙，为江西诗派诗人所尊奉，将其列为"三宗"之一。有《后山集》二十卷，今
以清人冒广生《后山诗注补笺》最为通行。

赏析：

元祐二年（1087），陈师道在苏轼、傅尧俞等人的举荐下，起为徐州教授。还乡赴任途中适逢重阳佳节，想起仍旅寓汴京的好友秦观，感慨万千又颇多系念，遂以诗寄之。

全诗大意：傍晚时分，急风吹散了阵雨，水面上也泛漾起霞光，水边处于茂盛草木之中的神庙，已有暮鸦归来，群集于此。今逢九日重阳，似乎美酒也有意欺我年老，稍酌微醺，难胜酒力，十年之间客居异乡，也实在是辜负了久违的重阳菊花。于此登高览胜，怀想远方，心亦与你同在，垂老之年，得逢佳辰，愈发感慨不已。翩翩淮海少年，被推为天下之士，逢此佳节又岂能不登高赋诗，文采灿然呢？

该诗首联由江岸暮景落笔，描绘出重阳佳节诗人在还乡赴任途中于日暮时分所见景色，水面的霞光与群集的暮鸦，为下文抒慨营造出一种安详又不无萧条的气氛。次联状眼前情态，并由之回首过往牢落不偶的流离生涯，万千感慨盘旋其间，十载辛酸，尽纳于一"欺"一"负"中。然而毕竟逢此佳节，又是还乡赴任，诗人心情亦多所快慰，九九重阳，自应登高怀远，却由是更加挂念仍旧旅寓京师的好友秦观。所谓"意有加"者，其实是心有所系。因此，尾联作者从一己垂老困顿的感伤寥落中跳脱出来，以东晋孟嘉落帽事遥劝友之奋发。据《晋书·孟嘉传》所载，嘉与大将军桓温于重阳节同游龙山，风吹帽落，桓温命孙盛作文予以嘲弄，孟嘉遂另撰一文回敬，四座叹美。诗人用典，意在慰勉挚友秦观于重阳时节，亦当登高赋诗，以彰天下士之风采。殷殷之意，拳拳之情，皆深凝其中。纪昀曾评云："诗不必奇，自然老健。"（《瀛奎律髓汇评》卷十六）整首诗句式矫劲，笔力凝练，风格沉郁，意蕴深长，尤能体现江西诗派的诗学追求。今人霍松林更是将其视作"后山七律压卷"者，可见其特色所在。

除夜对酒赠少章

〔宋〕陈师道

岁晚身何托，灯前客未空。
半生忧患里，一梦有无中。
发短愁催白，颜衰酒借红。
我歌君起舞，潦倒略相同。

赏析：

少章即秦覯，字少章，秦观之弟，亦曾从苏、黄游，工于诗，与陈师道过从颇密，情谊笃深。元祐元年（1086）除夕，陈师道与秦覯同处京师，相与共饮，倾诉半生忧患，慨由心生，遂作此诗。

全诗大意：如今岁末将近，而一身漂泊仍无处寄托，所幸青灯之下还有佳客相伴，不至于在这除夕之夜空屋独对。回想半生已过，几乎始终都处于忧患之中，恍如一梦，皆在若有若无之间。头发本就较短，在忧愁的催迫下越发斑白；容颜本就衰颓，却借着酒兴微微泛红。我纵兴放歌而你则翩然起舞，我们潦倒颓丧的境遇心境实在是一样的啊。

首联两句直抒内心的牢骚与不平，表达出强烈的身世之感。时值除夕，岁暮已至，本该是万家团圆的喜庆日子，但妻儿处远，诗人依然徒自漂泊，身无所寄，在本该辞旧迎新的时刻，虽有佳客相伴，但无以言喻的孤寂与凄凉仍旧毫不留情地侵扰着他那颗落魄无依的心灵。次联则回首平生，忧患历尽，付之一梦，却又在似有若无之间，这就以虚幻之境真切地烘托出作者浮生多艰的人生感受。后两联进一步将视角与场景拉回到当下。颈联化用杜甫"发少何劳白，颜衰肯更红"与郑谷"衰鬓霜供白，愁颜酒借红"诸句，而又平易畅达，情韵独具，尤为时人所称道，亦为后山名联之一，堪与杜、郑原句方轨。其中所下"催""借"二字，更是极尽工稳精妙，颇为警策。所以胡仔《苕溪渔隐丛话》卷二将其视为"以一联名世者"。《瀛奎律髓》卷一六亦云："五、六一联，当时盛称其工。"尾联借对酒之意抒发内心难以释怀的半生困顿与潦倒穷愁，然又出以放歌起舞之姿，如是之情，诚非挚友，又绝不足以道之，却未令人极感其伤，依然在诗人家计无着、愁苦无奈的现实境遇中存下一丝理想的微光。这也是苏门友谊深笃的力量所在。纪昀曾评云："神力完足，斐然高唱，不但五、六佳也。"（《瀛奎律髓汇评》卷十六）以通篇观之，该诗格律精严，对仗工稳，且极沉郁顿挫之致，较能体现后山诗的特色。

赠黄鲁直

〔宋〕徐积

不见故人弥有情，
一见故人心眼明。
忘却问君船住处，
夜来清梦绕西城。

作者简介：

徐积（1028—1103），字仲车，楚州山阳（今江苏淮安）人。治平二年（1065）进士及第。耳聩未能出仕，元祐初，以近臣举荐，任楚州教授。事母极孝，政和六年（1116），追赐谥节孝处士。苏轼曾评其诗文云："怪而放，如玉川子（即唐诗人卢仝）。"《四库全书总目》则曰："奇谲恣肆，不主故常。"现存《节孝先生文集》三十卷。

赏析：

徐积年稍长于山谷，然对黄之才学备极推重。黄庭坚曾于途中泊舟造访徐积，匆匆一叙，旋即离去。该诗即为待其去后徐氏寄赠之作。

全诗大意：许久未曾见到老朋友，思念之情与日弥深。一旦见到你前来相会，顿时觉得心神通明。只顾着畅叙别情，都忘了问你将船泊于何处。这份深切的思念已然化作一缕梦魂，整夜都萦绕在这西城之上。

该诗为甫聚旋离之后的寄赠之作，却能始终紧紧地扣住一个"情"字。前两句以"不见"与"一见"连言，不见弥思，见之则明，以递进的手法真切地传递出了世间故交旧友久别重逢之际的普遍感受。后两句写离后相思，尤其是对"忘问住处"这一典型细节的刻画，更加生动地描绘出彼此对于这片刻相会的无限珍重，一则见出聚散之促，二则感其情深难舍。尾句复以夸张虚幻的手法将别后情思绵延开去，以冀在梦境中追寻友人离去的踪影，情韵悠长又深挚动人。整首诗章法紧凑，字句凝练，虽为短章尺幅却情深意长，在质朴单纯的聚散场景刻画中蓄积起了极为丰富充实的情感内蕴，故长久以来为后世所推重。清人潘德舆谓："寥寥短章，而质实深厚之意溢于楮墨。先生尝示学者曰：'为文字无学纤丽，须是浑浑有古气。'此章近之矣。《千首宋人绝句》选之，有旨哉！"（《养一斋诗话》卷六）林昌彝则谓："此诗深厚之气，为绝句胜境。"（《海天琴思录》卷一）诚哉斯言。

送胡邦衡之新州贬所二首（其一）

〔宋〕王庭珪

囊封初上九重关，是日清都虎豹闲。
百辟动容观奏牍，几人回首愧朝班？
名高北斗星辰上，身堕南州瘴海间。
不待他年公议出，汉廷行招贾生还。

作者简介：

王庭珪（1079—1171），字民瞻，自号卢溪真逸，吉州安福（今属江西）人。政和八年（1118）进士，任衡州茶陵县丞，因与上官不合，退居乡里，隐于卢溪五十年。绍兴十二年（1142）因作诗送胡铨而谪辰州，放归时年近八十。孝宗欲任以国子监主簿，以年老辞任，乃命主管台州崇道观。杨万里曾从之求学，并撰有《卢溪先生文集序》，称颂"其诗自少陵出"。有《卢溪集》。

赏析：

胡邦衡即南宋初主战派名臣胡铨，字邦衡。关于该诗中事，据杨万里《卢溪文集序》云："绍兴八年故资政殿学士胡公以言事忤时相黜，又四年谪岭表，卢溪先生以诗送其行，有'痴儿不了公家事'之句，小人飞语告之，时相怒，除名，流夜郎，时先生年七十矣，于是先生诗名一日满天下。"绍兴八年（1138），胡铨曾上书朝廷请斩奸臣秦桧，受到除名编管处分。十二年（1142）又被贬往新州（今广东新兴），王庭珪作此诗以送之，一时间传颂天下。又据岳珂《桯史》卷十二云："胡忠简铨既以乞斩秦桧掇新州之祸，直声振天壤，一时士大夫畏罪钳舌，莫敢与立谈。独王卢溪庭珪诗而送之。"可知该诗乃举朝钳口之际激于义愤而作。

全诗大意：密封的奏章刚刚送达九重天门，仿佛这一天本该把守天门的虎豹之类的护卫都关了起来。百官看到奏章之后无不为之变色，其中又有多少人为仍旧位列朝堂之上感到惭愧的呢？你的声名高悬于北斗星辰之上，但人身却陷落于南海的瘴气之中。不用等到他日公论出来，宋廷就会像当初汉文帝召还贾谊一样召你还朝。

该诗前四句主要叙胡铨昔日疏奏反对议和、请斩秦桧事。清都是古代神话中上帝的住所，据说有九重门，皆由虎豹把守。此处乃以清都喻朝廷，虎豹喻奸臣，而奏达天听，引得百官动容，愧列朝班，却又无人能像胡铨那样挺身直言。第五句叙其境遇，名高北斗却身堕瘴海，在强烈的对照中极寓愤懑不平之情。末句以贾谊比胡铨，既是对好友的劝慰，又借公议呼吁朝廷能够珍重忠臣，召其还朝。全诗酣畅淋漓，一气贯注，节义凛然，诗人之忠肝义胆亦昭然可见。

送胡邦衡之新州贬所二首（其二）

〔宋〕王庭珪

大厦元非一木支，欲将独力拄倾危。
痴儿不了公家事，男子要为天下奇。
当日奸谀皆胆落，平生忠义只心知。
端能饱吃新州饭，在处江山足护持。

赏析：

这首诗为王庭珪所赠胡铨的第二首，主要痛斥以秦桧为首的主和派尸位素餐，赞颂好友胡铨的爱国精神与忠义品格，并勉励他要能坦然面对新州之贬。

全诗大意：大厦本非一根木材可以支撑，而你偏要以一己之力挽其于将倾。愚痴之人占据高位却置国事于不顾，好男儿则要为天下建功立业。昔日那群奸邪之臣都已被吓破了胆，平生的满腔忠义于你我而言都是心意相通的。只要你能心地坦然，连新州的饭都能吃得饱饱的，那么你所处的地方就始终都会有江山神灵护佑你的。

与前诗着眼于为胡铨以章奏得罪的境遇鸣不平不同，该诗重在与"痴儿""奸谀"的对比中凸显胡铨以家国为重的内心世界与主体品格。首联叙国势危倾中，胡铨仍欲独力拄之，颇具"明知其不可为而为之"的悲壮色彩。次联化用黄庭坚"痴儿了却公家事"（《登快阁》）语，将原诗的自嘲意味直接转化为对朝堂奸邪的讥讽，从而彰显"男子"胡铨心怀家国、力拄倾危的奇勋。颈联回应第一首，叙昔日奏达朝廷之后百官胆战心惊的场景，而作为挚友，作者明白，真正震慑朝堂的是胡铨平生忠义的浩然正气。因此，到了尾联，诗人再次化用黄庭坚颂扬苏轼的"饱吃惠州饭"（《跋子瞻和陶诗》）句，真正是发自内心地以东坡精神对其进行慰勉，希望他也能以同样坦荡磊落的襟怀与随缘任适的姿态来面对自己的迁谪处境，还祈祷江山神灵皆能予以护佑。诚非知友与挚友，又何足以关怀至是？此二诗一出，即遭人告讦，流放辰州，王庭珪依然无悔无怨。这两首诗雄直激越，豪壮劲健而气韵铿锵，我们既可见王庭珪不畏强权、以忠义许国的勇气与胆魄，亦不难感受他与胡铨以节义相高的深厚情谊，这类以生命铸就起的作品，自然为历代选家所推赏。

得席大光书因以诗迓之

〔宋〕陈与义

十月高风客子悲，故人书到暂开眉。
也知廊庙当推毂，无奈江山好赋诗。
万事莫论兵动后，一杯当及菊残时。
喜心翻倒相迎地，不怕荒林十里陂。

作者简介：

陈与义（1090—1139），字去非，号简斋，洛阳（今属河南）人。政和三年（1113）上舍及第，授文林郎、开德府教授。累迁太学博士，历著作佐郎、司勋员外郎，擢符宝郎。靖康南奔，流落湖湘之间。绍兴元年（1131）迁中书舍人，拜吏部侍郎，旋为翰林学士知制诰，七年（1137）为参知政事。后请闲，卒。其诗推尊杜甫，亦受黄庭坚、陈师道影响，风格遒劲。靖康之后，其诗感时抚事，慷慨激越，寄托遥深，诗风转趋雄浑沉郁，而其闲适题材犹不乏平淡清远之致，是江西诗派的重要作家，名列"三宗"之一。有《简斋集》，今以白敦仁《陈与义集校笺》最为通行，又有《陈与义年谱》，颇资可参。

赏析：

　　席大光，名益，字大光，为陈氏故交。建炎元年（1127）十月，陈与义流寓邓州（今属河南），河山破碎，忧时伤乱，萦怀于家国之悲，值客居中接老友来信，告以赴任郢州途中将来探访，自然喜出望外，其心甚慰，遂以诗迎之。

　　全诗大意：十月正值秋风萧瑟的时节，因山河破碎而流落异乡的游子内心感到无限悲伤，突然收到老朋友的书信，才得以稍微地眉舒颜开。尽管知道朝廷能够识人任贤，所以举荐你去为官一任，奈何江山遭难，却只能赋诗以抒其慨。战乱之后，万般伤心之事皆已不必再谈，不如趁着残菊尚存，我们共饮了这一杯吧。知道你要来，我都难以遏制内心久违的喜悦之情，即使要翻越荒林十里的山岭，我也要亲自前往迎接啊。

　　首联交代收到老友将至信息后的情绪转变。由"客子悲"到"暂开眉"，既见流寓之苦，复感其友至之喜，从中我们可以深切地体会到席益之访对于山河破碎之下流离辗转的诗人而言是怎样的心灵慰藉，"十月高风"更是渲染出了一种萧瑟冷落的气氛。颔联承上而来，既为老友于乱世之中仍堪为朝廷所荐而得官感到庆幸，又以"无奈江山"句寓寄河山残破，却只能以赋诗聊抒感慨的凄怆。颈联为宽慰老友之语。战乱当前，时政日非，诸般心事都无从谈起，唯有趁这十月菊残之际痛饮一杯，事实上仍作劝解语。据白敦仁《校笺》所引汪藻《浮溪集》，是处"万事"之语殆为席益昔以弃城而落职受责解嘲之意。尾联则归结于与老友相逢所带来的那种久违的喜悦，此本杜甫"喜心翻倒极"（《喜达行在所三首》其二）语，亦与李白"相迎不道远"（《长干行》）异曲同工，即便翻越十里荒岭，也要前往相迎，这是何等深切恳挚的情谊啊。整首诗工稳畅达，一气贯注，虚字转换巧妙灵便，将友朋之谊与家国之悲、身世之慨融合在了一起，既情深意笃，亦颇具沉郁顿挫之致。

临江仙·夜登小阁忆洛中旧游

〔宋〕陈与义

忆昔午桥桥上饮，座中多是豪英。长沟流月去无声。杏花疏影里，吹笛到天明。

二十余年如一梦，此身虽在堪惊。闲登小阁看新晴。古今多少事，渔唱起三更。

赏析：

陈与义向以诗名世，其《无住词》仅存十八首，且题材与诗颇类，而与艳情无涉，然语意超绝，亦不失词人之旨，卓称名家。该词即为集中代表之作，大致作于绍兴五年（1135）或六年（1136）间，为靖康之难后追忆二十年前尚处承平时期的洛阳旧游，抚今追昔，感慨无限。

全词大意：回想起往日在午桥桥上酣饮的场景，在座的诸位皆是豪杰才俊。月光洒在奔涌的大河之上，也随着汩汩的水流在不知不觉中悄然逝去。就在杏花疏落的清影之中，我们一直吹笛到天明。如今已过去二十余年，回首前尘，仿佛一场梦境，此身虽历劫犹存，但二十年间的时事沧桑，又实在令人心惊不已。闲暇时分登上小楼，观赏这雨后初晴的月夜美景。感慨古今的兴亡聚散，尽付诸这夜半响起的渔歌声中。

整首词主要是词人在夜登小阁之际，借回忆二十年前的洛阳旧游，抒发世事变幻的兴亡之慨。全词结构非常清晰，上阕忆旧，下阕抒慨，词脉跌宕生姿。上阕着力在追忆中刻画词人年轻时代与"豪英"群体酣饮游赏的场景，尤其是对"长沟流月"与"杏花疏影"等典型景物的渲染，更寄寓了对昔日洛中生活与豪英故友的深切怀念。下阕以"二十余年如一梦"切入到当下，与上阕相承，展示出时代剧变在词人心灵上所投下的创痛图景，故以"堪惊"言之。虽曰"闲登"，语意归于平静，但二十年间的忆念却未曾挥去，最终演变成古今沧桑的感慨，付诸夜半的渔歌唱晚中，这就将词人内心历经河山破碎之后的凄怆与感伤转化为了深沉的历史观照与理性的旷达思致，颇具东坡风姿。直如南宋黄昇所评："词虽不多，语意超绝，识者谓其可摩坡仙之垒也。"（《中兴以来绝妙词选》卷一）至清人陈廷焯亦谓："笔意超旷，逼近大苏。"（《白雨斋词话》卷一）明代杨慎《临江仙》词中脍炙人口的"古今多少事，都付笑谈中"或由此化出。陈与义将二十年间风云沧桑、知交零落融入对旧游的缅怀之中，复出之以深沉超旷的历史感慨，笔极空灵，风格愈趋清丽奇逸，浑成自然，而又不乏沉郁蕴藉之姿，故宋人胡仔推为"《简斋集》所载数词，唯此词最优"（《苕溪渔隐丛话》后集卷三四）。

贺新郎·送胡邦衡待制

〔宋〕张元干

梦绕神州路。怅秋风、连营画角，故宫离黍。底事昆仑倾砥柱。九地黄流乱注。聚万落千村狐兔。天意从来高难问，况人情老易悲难诉。更南浦，送君去。

凉生岸柳催残暑。耿斜河、疏星淡月，断云微度。万里江山知何处。回首对床夜语。雁不到，书成谁与？目尽青天怀今古，肯儿曹恩怨相尔汝。举大白，听金缕。

作者简介：

　　张元干（1091—1170），字仲宗，号芦川居士，永福（今福建永泰）人。徽宗时为太学上舍生。靖康初，任李纲僚属参与抗金，后以李纲罢官而遭株连罪贬。南渡后因不满朝政为主和派所把持而弃官，闲居二十余年，最终客死异乡。有《芦川词》传世，今存一百八十余首，其前期词作袭婉约一途，多抒离愁别恨，南渡以后，词风转以慷慨沉郁为主。今较通行者有曹济平所撰《芦川词笺注》。

赏析：

绍兴八年（1138），时任枢密院编修官的胡铨上书反对和议，请斩秦桧，遂遭致迫害，贬监广州盐仓。十二年（1142），又被除名编管新州（今广东新兴），时人皆畏，无敢与谈，途经福州时，张元干挺身而出，为之饯别，且以此词送行。

全词大意：魂牵梦萦的依然是业已沦陷于金人之手的中原故土，怅恨的是在阵阵秋风中，满地皆是敌军的兵营，到处传来哀厉的画角声，大宋故都的宫殿中也都长满了禾黍，遍眼荒芜。为什么昆仑山和砥柱山都会倾覆，致使黄河泛滥，洪水四溢，无数的村落杳无人烟，一片荒芜，任由狐狸和野兔肆意出没？上天的意志从来都是难以揣度，况且人生易老，内心的诸般悲愤又难以诉说。更何堪如今来到这南边的水滨，将要送君谪迁远行。初秋的凉气袭来，岸边的柳树似乎也在催促着残暑尽快离去。斜贯夜空的银河依旧明亮闪耀，星光疏朗，月色轻淡，只有几抹微云间或飘过。此去行过万里千山，又当去何处追寻你的踪迹？回想我们夜晚连床同语的那一幕，大雁飞不到新州，书信写就，又能托谁送达呢？仰望苍天，怀想古今之成败兴亡，又怎能像一般小儿女那样只瞩目于个人恩怨呢？让我们共举酒杯，一起来听首《金缕曲》吧！

该词上阕以"梦绕"领起，借梦境叙写时事，寓寄心曲，尤其是通过一连串贴切形象的比喻渲染出一种凄怆悲凉气氛，表现了词人对沦陷于金人之手的中原故土深沉的怀念，同时这也是他与胡铨共同心事的写照，并无奈地将之归于天意。因此，在满腔悲愤中送别以言事获罪遭贬的好友，愈增忧闷与感伤。下阕转入对当下别筵场景的叙写，抒发离情别意。故人此去，路遥行远而书信难托，好在二人皆为胸襟坦荡、情怀磊落之士，不会悲戚于个人境遇的沉浮，更为关心的还是古今兴衰与家国命运，因此，以举大白、听《金缕》这样的豪迈之举取代了惯带感伤的离愁别态。这首《贺新郎》，以词体叙写时事，词气慷慨豪宕，感情激越苍凉，风格亦趋雄壮刚健，一洗绮丽柔媚之态，开南宋豪放词风之先。该词出后九年，被人告发，张元干遂遭秦桧等人报复，被追赴大理寺，削籍为民，这在以往词史上也是从未有过的，但也正体现了河山破碎中张、胡二人的患难知交之情。

点绛唇·途中逢管倅

〔宋〕赵彦端

憔悴天涯，故人相遇情如故。别离何遽，忍唱阳关句？

我是行人，更送行人去。愁无据，寒蝉鸣处，回首斜阳暮。

作者简介：

赵彦端（1121—1175），字德庄，号介庵，鄱阳（今属江西）人。宋宗室，绍兴八年（1138）进士，为钱塘县主簿，徙建州观察推官、秀州军事判官。出知江州，迁右司员外郎。为江南东路转运副使。迁太常少卿。乾道六年（1166）知建宁府，改浙东路提刑，淳熙二年（1175）卒。力学能文，尤以词著，多席间唱酬、赠别友人之作，风格婉约纤秾，清雅可诵。有《介庵集》十卷、外集三卷，《介庵词》一卷。

赏析：

　　该词为赠别之作，管伜当为词人老友，事迹不详。二人途中相逢，旋即分别，词人有感，遂作此篇。

　　全词大意：漂泊流落于异乡，早已使人身心交瘁，分别多年的故旧老友却能不期而遇，其情之深，一如往昔。奈何离别又是如此匆促，又怎么忍心唱起那令人肝肠寸断的《阳关曲》呢？我本就是浪迹他乡的游子，如今却又要送同为行人的朋友远去。心中无尽的忧思愁绪越发难以遏止，只能在凄切的寒蝉声中，回首斜阳尽处，留下的只有一片暮色苍茫。

　　词的上阕着力渲染词人与老友偶逢旋离的场景。多年的漂泊生涯已使词人年华渐老，身心俱疲。可想而知，与故交的不期而遇对于惯历沧桑的词人而言是何等的精神慰藉。一句"情如故"，实在唤起了其心底久违的温情记忆。奈何一句"别离何遽"，却又瞬间将思绪拉回到残酷的现实场景中，甚至使得象征送别的《阳关曲》都难以被再次唱起，这样一种欲抑先扬、间以陡转的创作手法，具有摧人肝肺的情感力量，从而造成了跌宕顿挫的艺术效果。下阕抒发离情，尤其客中别友，更是倍增伤离之苦，也就难免愁之无据了。但词人的高明之处就在于并未在毫无节制的感伤中沦陷下去，而是巧妙地将其与声色光景的交互相融，通过寒蝉凄鸣与斜阳日暮以衬离情，使得遗韵无穷，颇具深沉流美之致，这是该词成功的关键所在。整首词风格淡雅，跌宕顿挫，凄恻动人而又情深意远，不失为唐宋送别词之佳构。

和范待制秋兴三首（其一）

〔宋〕陆 游

策策桐飘已半空，啼螿渐觉近房栊。
一生不作牛衣泣，万事从渠马耳风。
名姓已甘黄纸外，光阴全付绿尊中。
门前剥啄谁相觅，贺我今年号放翁。

作者简介：

  陆游（1125—1210），字务观，号放翁，越州山阴（今浙江绍兴）人。幼年随父陆宰南奔，历尽丧乱之苦。绍兴二十四年（1154），陆游应礼部试，因名列秦桧孙秦埙之前而遭黜落。孝宗即位，赐进士出身。曾任镇江、隆兴通判，乾道六年（1170），任夔州通判，入蜀壮游。八年（1172）入四川宣抚使王炎幕，从戎南郑，这段军旅生涯成为其诗风发生转变的关键时期。淳熙二年（1175），范成大任成都府路安抚使兼四川制置使，辟游为其参议官。晚年闲居山阴二十年，官至宝章阁待制。陆游是南宋最为杰出的爱国诗人，"南宋四大家"之一，著述甚丰，有《剑南诗稿》《渭南文集》《放翁词》《南唐书》《老学庵笔记》等传世。其诗由江西派入而自成一家，抗金复国是其最为突出的题材，风格雄浑豪健，同时亦不乏清新婉丽之作，今存九千四百余首。《放翁词》今存一百三十余首，亦风格多样。今较通行者有钱仲联《剑南诗稿校注》，夏承焘、吴熊和《放翁词编年笺注》，另于北山有《陆游年谱》，亦资参证。

赏析：

范待制即与陆游同列于"南宋四大家"中的著名诗人范成大。淳熙二年（1175），范成大以敷文阁待制、四川制置使来成都，他既是陆游的长官，也是其旧友，二人居蜀期间时常诗酒酬唱，放浪形骸。次年九月，陆游为谏官弹劾，以"游摄嘉州，燕饮颓放"故而遭罢官，诗当作于此时。

全诗大意：桐叶已簌簌地飘落至半空，寒蝉持续的啼鸣声也已渐渐地逼近窗棂。我这一生虽然落魄窘困，但也绝不会躺在牛衣中哀泣。一切的流言蜚语皆过耳不闻，任由其随风而去。我早已甘心超越于名利官禄之外，把所有的时光都付诸樽酒之中。叩门声阵阵响起，不知谁又来寻访，应该是来祝贺我由此开始就自号"放翁"了吧。

该诗为和范成大《秋兴》所作。首联通过刻画桐叶和寒蝉两种典型意象，渲染出秋日的衰飒氛围，同时也是暗喻自身所面临的处境，紧扣诗题。颔联上句用汉代王章奏劾权贵，妻以牛衣对泣劝之典；下句化用李白"世人闻此皆掉头，有如东风射马耳"（《答王十二寒夜独酌有怀》）语，表达自己不畏强权的抗争精神与任适随缘的处世态度。颈联承上，进一步叙写自己不计荣辱、尽付樽酒的抗争方式。尾联巧借好友访贺，引出"放翁"之诗旨，尤令称妙。这也是在陆游诗中首次出现"放翁"字样，从其自号中，我们既可见出其横遭谤毁后内心的愤懑和牢骚，也足以体会陆游在面对毁誉时那份可贵的坦荡达观与从容倔强。或许，这正是一种更高形式的抗争。而范成大对于好友陆游的不拘礼法与颓然自放，也自然是深得会心的。整首诗以景抒怀，一气直下，酣畅流转却又极富张力，亦可视作陆游此期在险恶的政治氛围下复杂心境的写照。

浣溪沙·和无咎韵

〔宋〕陆 游

懒向沙头醉玉瓶。唤君同赏小窗明。夕阳吹角最关情。
忙日苦多闲日少，新愁常续旧愁生。客中无伴怕君行。

赏析：

　　无咎即南宋词人韩元吉，字无咎，号南涧，是陆游一生中极为重要的一位挚友。这首词作于孝宗乾道元年（1165），时陆游任镇江通判，韩元吉亦以新任鄱阳知州来此探亲，相与盘桓两月有余，游宴唱和，编刻有《京口唱和集》。该词即为韩元吉以考功郎征用，将别镇江时陆游次韵之作。

　　全词大意：懒得再去江岸的沙洲饮酒买醉，喊你一起来欣赏窗外明丽的风景，黄昏时吹起的号角声最能牵动人的情思。苦于忙碌的日子太多而闲暇的日子太少，往日的忧愁尚未挥去新添的忧愁又接踵而至，客居异乡不再有朋友相伴，因此最怕的就是你将要远行离去。

　　该词上阕主要叙陆、韩惜别之景。好友将别，词人不忍继续醉酒，而唤其同赏窗景，而最撩人情思的还是那黄昏的号角声，令人不由得为之黯然惜别。下阕承"最关情"而来，与友共畅心曲，尽吐情衷，"忙日"与"新愁"已然"苦多"与"常续"，唯友相伴，聊慰客中生涯，因此，一个"怕"字，抒发出词人内心无限的孤寂之感与浓厚的惜别之意。俞陛云先生曾评此词云："首二句秀婉有致。'夕阳'句于闲处写情，意境并到。'忙日''新愁'二句率有唐人诗格。结句乃客中送客，人人意中所难堪者，作者独能道出之，殆无咎将有远行也。"（《唐五代两宋词选释》）

贺 新 郎

〔宋〕辛弃疾

陈同父自东阳来过余，留十日。与之同游鹅湖，且会朱晦庵于紫溪，不至，飘然东归。既别之明日，余意中殊恋恋，复欲追路。至鹭鸶林，则雪深泥滑，不得前矣。独饮方村，怅然久之，颇恨挽留之正是遂也。夜半投宿吴氏泉湖四望楼，闻邻笛悲甚，为赋《贺新郎》以见意。又五日，同父书来索词，心所同然者如此，可发千里一笑。

把酒长亭说。看渊明、风流酷似，卧龙诸葛。何处飞来林间鹊，蹙踏松梢微雪。要破帽多添华发。剩水残山无态度，被疏梅料理成风月。两三雁，也萧瑟。

佳人重约还轻别。怅清江、天寒不渡，水深冰合。路断车轮生四角，此地行人销骨。问谁使、君来愁绝？铸就而今相思错，料当初、费尽人间铁。长夜笛，莫吹裂。

作者简介：

辛弃疾（1140—1207），原字坦夫，后改字幼安，别号稼轩居士，历城（今山东济南）人。绍兴三十一年（1161），率众二千投耿京义军，后京为张安国所杀，复率五十余骑生擒张安国，连夜渡淮，献俘于朝。南归后任江阴签判，于乾道间先后奏进《美芹十论》与《九议》，系统陈述抗金方略。淳熙以后，历任江西提点刑狱、湖北转运副使、知潭州兼湖南安抚使等职。淳熙八年（1181），罢官退居带湖。绍熙二年（1191），出为福建提点刑狱。五年（1194）被劾落职，复归带湖。庆元二年（1196），移居铅山瓢泉。在其生命最后的二十年间，多半于乡间闲居。开禧三年（1207），被召为兵部侍郎，上表辞免，九月即抱憾去世。

辛弃疾一生萦怀于抗金复国大业，历仕高、孝、光、宁四朝，是南宋最负盛名的爱国词人，与苏轼并称"苏辛"。其《稼轩长短句》存词六百余首，多抒写其炽热的爱国情怀与坚定的抗金意志，词风豪迈慷慨，雄健刚劲，在两宋词史上承前启后，自成一格，具有重要的地位。今较通行者有邓广铭《稼轩词编年笺注》（增订版），另有邓广铭《辛稼轩年谱》与巩本栋《辛弃疾评传》，颇资参证。

赏析：

孝宗淳熙十五年（1188）冬，辛弃疾闲居于上饶带湖，适逢陈亮自东阳过访，相与度过了一段难忘的时光。分别之后，辛弃疾意殊恋恋，甚至随后又去追赶陈亮的踪迹，终怅怅而返，遂以是词寄陈亮。自此他们互相次韵酬唱，前后凡《贺新郎》词五首，这些都是凝结着二人刻骨铭心情分的瑰丽篇章，动人至深，也进而成就了中国文学乃至文化史上辛、陈交谊的一段佳话。

全词大意：手持酒盏与你在长亭话别，你安贫乐道的品格有如陶渊明，而俊逸杰出的才能又堪与卧龙先生诸葛亮相比。不知从哪里飞来几只林间的乌鹊，踢踏掉松枝上残留的积雪，落在我们俩的破帽上，似乎有意要我们头上徒增好些白发。草木凋零，山河萧瑟，已无任何姿态可言。好在还有几枝稀疏的梅花点缀，才打理出了一些风采。空中时而掠过的两三只大雁，也显得如此孤寂寥落。你本是那样珍重此次鹅湖之会，却又如此轻易地匆匆别过。怅恨这江水由于天寒水深，遭遇冰封难以渡过，道路泥泞，车轮也像长了四角一样无法前进。这样的地方真让想去追赶你的行人感伤憔悴。试问是谁使得你这一来令我如此为之愁苦？哪里料到当初费尽人间铁，却铸成了今日的相思之错。长夜漫漫，又传来邻人悲凄的笛声，但千万不要将长笛吹裂啊。

这首是自鹅湖别后辛弃疾写给陈亮的第一首词。上阕主要叙话别情状。已退居带湖多年的辛弃疾虽然表面上优游闲适，但内心中抗金复国的意志却始终未曾稍离，毫无疑问，同为爱国志士的挚友陈亮的来访，再次极大地唤起了他对恢复事业的热望。词中以陶渊明与诸葛亮比陈亮，又何尝不是自拟，一位安贫乐道，一位两朝开济，看似矛盾，其实正是辛弃疾真实心境的反映。随后词人又触景生情，冬日的萧瑟零落似乎也正隐喻着山河破碎的家国情势，志士又难以抗敌报国，内心的怅惘和愤懑可想而知。下阕着重刻画陈亮离别后的深挚别情。挽留未果，本拟追送好友，却又为冰雪所阻，词人心中又怎能不感到强烈的失落与思念，因为陈亮的离去，不只有挚友相别的感怆，更是刚刚燃起的那团希望之火的泯灭。因此，词末接连用唐代罗绍威供应朱温，蓄积为之一空，悔叹"合六州四十三县铁，不能为此错也"（《资治通鉴》卷二六五）与独孤生吹笛败裂（见《太平广记》卷二〇四）的典故，后悔未能挽留住陈亮以铸成这相思之错，同时也隐含着复国北定之念，因此实在不堪听到笛裂之音了。

贺新郎·同父见和，再用韵答之

〔宋〕辛弃疾

老大那堪说。似而今、元龙臭味，孟公瓜葛。我病君来高歌饮，惊散楼头飞雪。笑富贵千钧如发。硬语盘空谁来听？记当时、只有西窗月。重进酒，换鸣瑟。

事无两样人心别。问渠侬：神州毕竟，几番离合？汗血盐车无人顾，千里空收骏骨。正目断关河路绝。我最怜君中宵舞，道男儿到死心如铁。看试手，补天裂。

赏析：

该词作于淳熙十六年（1189）。鹅湖相会之后，辛弃疾以《贺新郎·把酒长亭说》一词寄赠，陈亮收到之后，遂次韵以和，亦慷慨振奋，辛弃疾再用原韵作此词以答之。

全词大意：如今年纪已经一大把了，还有什么好说的呢。像今日这种情况，我和你就像和胸怀天下的陈登一样意气相投，你又如陈遵那样热情好客，使得我们彼此交好。承蒙你在我生病之时前来探望，纵饮高歌，甚至惊落了楼头上的飞雪。可笑富贵虽重若千钧，但在我们心中只不过轻如毫发。我们也曾经豪情满怀，壮语凌空，但又有谁乐意听呢？还记得当年，只有西窗外的明月陪伴着我们，一次次举杯痛饮，一曲曲琴瑟换鸣。天下之事并非有所不同，只是人们看待问题的立场与角度有差别而已。试问朝堂之上的当权者们：我们的国家究竟还要承受多少次的分裂才能实现一统？汗血宝马拖着沉重的盐车艰难跋涉无人理睬，却不惜到千里之外凭空收购骏马之骨。纵目极望，看到的却只是关河阻塞，无路可走。在这种情势下，我最看重的就是你还能够闻鸡起舞，奋发振作，直道："真正的男儿，那颗如坚铁般誓图收复的心是至死不渝的。"就等着看你一展身手，来修补我们这破碎的河山！

该词整体而言，与前一首主要表现陈亮去后深挚的相思之情不同，该词主要抒发二人誓欲抗金、至死不渝的共同决心与英雄志意，在此基础上还融入了对以爱国复土而横遭摧折的愤慨与难得知音的深切眷恋。全词笔力雄健顿挫，风格激愤昂扬，音节铿锵，如金石掷地，颇具震彻人心的力量，既是辛弃疾退居时期豪放词风的典型化呈现，也在唐宋友情词中独具一格。

柳梢青·送卢梅坡

〔宋〕刘 过

　　泛菊杯深，吹梅角远，同在京城。聚散匆匆，云边孤雁，水上浮萍。

　　教人怎不伤情。觉几度、魂飞梦惊。后夜相思，尘随马去，月逐舟行。

作者简介：

　　刘过（1154—1206），字改之，号龙洲道人，吉州太和（今江西泰和）人。四次应举皆不中，光宗、宁宗时以诗词游谒江湖，力主抗金，与陆游、陈亮、辛弃疾等交游过从。其词多抒爱国抗金情怀，慷慨纵逸，气势豪壮，虽偶有粗率之笔，然雄健可喜。有《龙洲词》传世，今存九十余首，较通行者有马兴荣《龙洲词校笺》。

赏析：

卢梅坡与刘过一样，同为江湖游谒诗人，亦关心国事与民生。该词即为送别卢氏之作。

全词大意：回想往日我们一起对菊畅饮，共同聆听《梅花落》那悠远的笛声，那时我们同处于京城之中。奈何聚散如此匆匆，就好像云端失侣的孤雁和水上漂泊的浮萍一般。这样的离别场景，又怎能不叫人感伤动情。几番梦中相会，却总不免因为好友的离去而失魂落魄，从梦中惊醒过来。随后的夜夜相思，就好像是飞尘紧随在你的马后，又好似明月始终追逐于你所行之舟。

这首词上阕主要是追忆往昔相聚从游之乐，"杯深"与"角远"语，既是白描，又情韵独具，无斧凿痕，足见其相知之深，后三句则借"孤雁"与"浮萍"意象，见漂泊无定、别后无依之情状。下阕承上叙别后相思，梦中几度相会，却每为离散而魂飞心惊，尤感其相思之频之切。以随马之尘、逐舟之月表白自己欲追随友人而去的思念之心，生动贴切，情真意挚。整首词主要抒发词人别后对好友卢梅坡魂牵梦萦的相思之情，而多出之以意象的组接，构思精巧，语词凝练，与《龙洲词》中惯见的雄豪慷慨相比，其风格清俊柔婉，余韵悠长，不失为唐宋友情词的佳作。

约　客

〔宋〕赵师秀

黄梅时节家家雨，
青草池塘处处蛙。
有约不来过夜半，
闲敲棋子落灯花。

作者简介：

　　赵师秀（1170—1219），字紫芝，号灵秀，永嘉（今浙江温州）人。宋太祖八世孙，绍熙元年（1190）进士。历任上元主簿、瑞州推官、江东从事等，官终知天台。与徐照、翁卷和徐玑合称为"永嘉四灵"，就中尤以赵师秀成就为高。尝选姚、贾诗为《二妙集》，又编有《众妙集》，选唐沈佺期以下七十六家。其自作诗亦多取法唐人，专工五律，追求野逸清瘦的诗风，今存《清苑斋集》一卷。

赏析:

这是南宋赵师秀一首脍炙人口的七绝,描绘的是在江南初夏时节的梅雨之夜邀客对棋而久候不至的情形。

全诗大意:梅子初熟的时节几乎处处都是阴雨连绵,青草丛里池塘边上更是不断传来此起彼伏的蛙鸣声。夜已过半而有约在先的友人仍未到来,我只能无聊地敲着棋子,甚至抖落掉了已将燃尽的灯芯。

该诗题为"约客",事实上也就是约好了与友人前来做客对棋。前两句点明时令和环境,尤其是在梅雨连绵的初夏时节,通过雨声、蛙声的反衬,越发渲染出夜深之际安闲静谧的气氛,同时也传递出诗人久候不至时百无聊赖的心情。后两句主要着力于从正面表现主体感受,时至夜半,客仍未至,但诗人始终没有放弃。尾句最见诗人精心结撰之妙,一方面,主人敲棋与灯花抖落的动作刻画相涉成趣;另一方面,屋外的雨声、蛙声正和屋内的敲棋之声彼此应和。动作与声响的配合,就为我们传神地呈现出了一位于夜半灯下孤寂而又执着地等待友人赴约对棋的主体形象,而一个"闲"字,尤见全诗意趣所在。全诗以实景直笔写就,看似寻常却匠心独具,故又不乏含蓄蕴藉之致,既表现出了诗人于夜半候客那种寂寥而又不乏期待的心情,也描绘出一幅日常中平凡而又坦然的友情剪影,这份平淡与真实也正是其动人之处所在。

长相思·越上寄雪江

〔宋〕汪元量

吴山深。越山深。空谷佳人金玉音。有谁知此心。
夜沈沈。漏沈沈。闲却梅花一曲琴。月高松竹林。

作者简介：

汪元量（1241—1317），字大有，号水云，晚号楚狂、江南倦客等，临安钱塘（今浙江杭州）人。咸淳间以善琴供奉内廷，临安陷落，随宋室帝后北行入燕，羁留北方十余年，尝探视文天祥于大都狱中。后以黄冠道士身份南归，往来于江西匡庐、彭蠡一带，行踪无定，后于钱塘为湖山隐处，约卒于元延祐四年后不久。汪元量亲历河山沦陷，感时兴亡，遂转师杜诗，诗风一变为沉郁悲愤。代表作有《醉歌》十首、《湖州歌》九十八首和《越州歌》二十首，多层次、多角度地反映出南宋王朝覆亡的全过程。友人李珏谓："水云之诗，亦宋亡之诗史也。"（《湖山类稿跋》）其词今存五十余首，宋元易代，多眷怀故国之作，词风转趋哀婉凄恻。有《湖山类稿》五卷与《水云集》等传世，今人孔凡礼辑校《增订湖山类稿》较为完备，另编有《汪元量事迹纪年》，亦资参证。

赏析：

越上指代会稽（今绍兴市）。雪江即徐宇，号雪江居士，水云挚友，善琴，曾有"诗画琴三绝"（顾逢《寄徐雪江温日观老友》）之誉，《水云集》中与之唱酬篇章较多，关系密切。该词即为宋亡前夕寄赠之作。

全词大意：吴山是那样旷远幽深，越山也是同样的深远无踪，空谷中传来一代才人如金玉般悠扬的琴音，但又有谁知晓其中所寓含的心曲。夜色已深，更鼓声传来，愈觉其杳渺深沉，闲来无事弹奏起一首梅花琴曲，却只有冷月高悬，照耀着满山的松树与竹林。

这首词最为重要的特色就是在特殊的社会历史背景下，抒写基于共同身世之感、彼此相濡以沫的友情心曲。虽然从身份上来说，徐宇与汪元量一样，更多地被人视为琴师，但在他们内心里那份赤诚忠烈的家国情怀皆是不甘人后的。然而尽管佳人所奏、金玉之音，究出于深山空谷，一句"有谁知此心"，正道出了词之关键。世人但以琴师视之，又岂能得其旨哉？其间深蕴的悲慨既饱含着汪元量对好友最为挚切的理解与怜惜，而他自己又何尝不是感同身受？处身于故土沦丧的年代里，他们的一腔衷怀无从诉，唯有诉诸弦琴，然终究知音者少，能够聆其音者只有那清冷月色笼罩下的松枝和竹林。所谓"深""沉"者，固然是实景呈现，但更多的则是通过渲染气氛来表现家国危亡之际无以言喻的凄怆心境，这种心声相通的情谊，在风雨如晦、血泪沧桑的年代中显得格外熠耀珍贵。

金元明清 篇

寄王学士子端

〔金〕赵秉文

寄语雪溪王处士，年来多病复何如？
浮云世态纷纷变，秋草人情日日疏。
李白一杯人影月，郑虔三绝画诗书。
情知不得文章力，乞与黄华作隐君。

作者简介：

　　赵秉文（1159—1232），字周臣，号闲闲居士，磁州滏阳（今河北磁县）人。金世宗大定二十五年（1185）进士。曾以言事坐讥讪免官，后起为同知岢岚军州事，转北京路转运司度支判官。泰和二年（1202），改户部主事，翰林修撰。兴定中，拜礼部尚书，兼侍读同修国史，知集贤院。其诗笔势纵放，语意沉雄，前后主盟文坛三十年，历仕五朝，官六卿，自奉养如寒士。有《滏水集》传世。

赏析：

王学士即当时名士王庭筠，字子端，号雪溪，与赵秉文长期都是同僚，后又由赵秉文请求罢免宰相事被牵连罢官。

全诗大意：我要写信询问王雪溪，你多年来的病躯今年是否已经好转？世间万事如白云般变幻莫测，而人情凉薄如秋草般随着节气而变化。李白曾在酒后作诗高咏人、月、影，郑虔的绘画、诗歌与书法号为三绝。我也明知文章事业对于人生没有什么帮助，索性去黄华山中做个隐士。

此诗起句吐语直率，真挚感人，正是友人间问询时的自然口吻，二人交谊由此可见。其中透着深深的关切，王处士曾经被元好问赞作"眉目如画，美谈笑，俯仰可观"，此处不作无谓的套话，而是直接询问其病态，自见其交情非同一般。次句感慨世情无常，以变幻的浮云比作世态，以枯黄的秋草比拟人情，其后再分别以"纷纷变"与"日日疏"作修饰，呈现出诗人对人情世故的通透与失望，在这炎凉世态里，更能见诗人对友谊的珍惜。这不仅是对友人的安慰，也是诗人的自我解嘲，格外映衬出二人心意相通，堪称知己。颈联由冷酷的世情刻画，转至对友人才华的赞颂，风格由现实趋向浪漫。其以李白《月下独酌》的意象来赞美友人的诗才过人、性情浪漫，再以杜甫好友郑虔诗书画三绝的本领来比附对方，言辞之间有无尽的欣赏，完美展现出一个才华横溢、潇洒不羁的才子形象。其言外之意，也在劝慰友人，以其绝世的才华可以抵御世间的无常。最后归入自我心态的书写，透露出与友人偕隐的愿望，收结自然。

浣溪沙·别纬文张兄

〔金〕元好问

敧枕寒鸦处处听。花前雁后数归程。小红灯影闹春城。
两地相望今夜月，一尊不尽故人情。老怀牢落向谁倾。

作者简介：

　　元好问（1190—1257），字裕之，号遗山，世称遗山先生，太原秀容（今山西忻州）人，金元著名诗人、史学家。兴定五年（1221）进士。正大元年（1224）中宏词科，授儒林郎，充国史编修。后历镇平、内乡、南阳县令。天兴元年（1232）入翰林，知制诰。天兴二年（1233），汴京破，北渡黄河，羁管聊城。晚岁建"野史亭"于家，以著述自任。元好问亲历家国之变，是金代最为杰出的诗人。其诗今存一千四百余首，诸体皆备，尤以写于金亡前后的纪乱诗最为上乘，风格雄浑悲壮。清人赵翼曾谓其"国家不幸诗家幸，赋到沧桑句便工"（《题元遗山集》）。此外，尚有《论诗绝句三十首》，对汉魏下迄宋季的诗人诗派进行了全面评论，历来为诗论家所重。其所编纂《中州集》更是集金朝一代诗歌文献之大成。今较通行者有狄宝心所撰《元好问诗编年校注》与《元好问文编年校注》。

赏析：

张纬文即张纬，字纬文，太原阳曲人，与元好问是世交。元好问《感遇》诗曾感叹"乐丈张兄病且贫"，所及即为纬文之境遇。

全词大意：斜着躺在床上，听着外面处处响着寒风中乌鸦的啼叫声。我暗自思量返回的日子，大概在花开之前、雁归之后吧。这时，春城中正红灯晃动，一片热闹。如今我们相隔两地，共同望着这一轮明月，满饮一杯别酒，也消不绝于你的思念。除了你，我这暮年的情怀又该向谁倾诉呢？

此词首句，以作为主体的我之"欹枕"与作为客体的"寒鸦"，这两个凄楚的物象奠定全词哀愁的格调，而"处处"不只指寒鸦之啼叫，更指其无处不在的愁思。可谓言约意丰。第二句化用自隋代诗人薛道衡的《人日思归》"人归落雁后，思发在花前"，展现出其急切思归的心情，而融化无痕。第三句则转一种写法，以乐景衬哀景，一个"闹"字凸显出城中灯节的热闹非凡，而其愈闹愈体现词人内心的孤独。于是自然地转入下阕，直白地道出对友人刻骨的想念。首先以两地之人共望一轮之月来聊以释怀，大有"但愿人长久，千里共婵娟"之趣。而词人的心境没有苏轼那般乐观，这种聊以自慰很快被满腔的哀愁所淹没，故而有"一尊不尽故人情"之说。词人曾有诗这样谈及其与张纬文的感情："异县他乡千里梦，连气同枝百年心。"所以，全词最后一句的心绪已不难理解，词人的暮年情怀也只有张纬文可以理解。当时元好问五十五岁，故可称"老怀"。全词虽用典，却无斧凿之痕，圆融自然，而语意流畅，气脉自然，将其思念之情表现得真实而感人。

别 友 人

〔元〕许 衡

良朋不易得，此去复谁群？
别酒无劳劝，浓愁已自醺。
间关花外鸟，冷淡日边云。
莫唱阳关彻，离声忍更闻。

作者简介：

许衡（1209—1281），字仲平，号鲁斋，怀孟河内（今属河南）人。金、元之际著名理学家，精研程朱理学，主张践履力行。入元后，任国子祭酒，其后屡归屡召。至元八年（1271）召为集贤大学士，兼国子祭酒。至元十七年（1280）请还，卒谥文正。与吴澄齐名，世称"南澄北许"，极大地推动了程朱理学在北方的传播，尤其对理学作为元代官学地位的奠定起了重要作用，时人尊为开国大儒。其虽不以诗著，亦间有雅秀之作，有《鲁斋集》传世。

赏析：

全诗大意：人生最难得的是好朋友，你这一去，我又将与谁结伴？跟你喝这杯送别酒，我没有劝慰之语；那浓郁的忧愁已让我未饮先醉。花丛那边的鸟正唱着动听的歌，太阳旁的云彩这时显得极为暗淡。此时再也不要唱《阳关》曲了，我又怎能忍心去听？

此诗情感并不复杂，从首至尾皆是书写其送别朋友的难舍难分之感，语言也是极为平易质朴，并无太繁丽的修饰，却能将这种千百年来的老调写得尤为哀感动人。前两句诉说送别之人之于诗人的特有意义，大有"西出阳关无故人"之感。接着以送别的酒着眼，无送别之词，生动地展现诗人此际的真实心境，内心已被哀愁填满，实在无心再说他语，后一句就直言这种心境，愈加缠绵感人。颈联由情入景，而此处的景语亦是情语，无论是欢唱的鸟儿，还是暗淡的云朵，在诗人看来，都与这场离别有关。其内心凄然的色彩已蔓延至宇宙万物，足见其哀痛之深。结尾两句更进一步，仿佛其离别时的悲哀已至极点，再也经不起外物的刺激。全诗真切朴实，却极有感染力。

念奴娇·忆仲良

〔元〕刘 因

中原形势，壮东南、梦里谯城秋色。万水千山收拾就，一片空梁落月。烟雨松楸，风尘泪眼，滴尽青青血。平生不信，人间更有离别。

旧约把臂燕南，乘槎天上，曾对河山说。前日后期今日近，怅望转添愁绝。双阙红云，三江白浪，应负肝肠铁。旧游新恨，一时都付长铗。

作者简介：

　　刘因（1249—1293），字梦吉，号静修，保定容城（今属河北）人。元代著名理学家，与许衡齐名，被清人全祖望称为"元北方两大儒"（《宋元学案·静修学案》）。其学宗朱熹，又不完全拘守程朱门户，推崇"专务其静，不与物接，物我两忘"的精神境界。至元十九年（1282），征拜承德郎、右赞善大夫，授学宫中，后以母病辞归。卒谥文靖。其论文重经世致用，论诗则主风骨，提倡沉郁清刚之气。作为元代理学诗人的代表，其诗题材广泛，风格多样。早年诗风沉雄豪迈，晚岁效陶，趋于淡雅。明人李东阳论诗曾谓"极元之选，惟刘静修、虞伯生二人"（《怀麓堂诗话》），曾自选《丁亥集》，收诗一百余首。其词受苏、辛及元好问影响，有豪放之气，又有冲夷恬淡之风，真趣洋溢，而鲜道学气。有《静修先生文集》传世。

赏析：

这首词是其纪念亡友而作，言语真挚，而感人至深。

全词大意：梦里见到谯城的秋色，自会觉得中原的形势比起东南更为雄壮。等到走遍万水千山，回来后只见到空梁落月的凄凉景。那烟雨中的松树、风中飘洒的泪与血。我原本不相信，人间还有生离死别这回事。想当初，我们一起在京师遨游，意气干云，指点江山。曾经约定好的日子，转眼就到，不禁令人愁肠百结。那宫阙间的红云，大江中的波浪，都比不上你的风采万丈。想起平生有这么多的遗憾，也只能弹弹长铗而已。

此词通篇皆在倾吐对仲良的无尽怀念与追思，至于仲良为何人，又有何事迹，则并未详言，故而全词纯粹充溢着真挚难解的哀思，尽词人之深情。近人况周颐评道："真挚语见性情，和平语见学养。"上阕主要写眼前之景，倾力于表现其面对故人旧迹的无限伤情。其中"空梁落月"化用自杜甫《梦李白》"落月满屋梁，犹疑照颜色"，再结合前面的"梦里谯城秋色"，足见词人怀念亡友时梦魂颠倒的情思。接着，以坟前"松楸"表示友人亡故已久，而"青青血"等则意味着词人的怀念依然如故，不能暂忘。上阕最后的"平生不信，人间更有离别"，使用极为巧妙，绾合上下，既表现出词人此时还久久不愿相信友人离开的现实，也自然引申到下阕两人当初壮游时的豪迈，以至于想不起人间还有生离死别。下阕主要表现仲良生前的豪气，"乘槎天上"的典故象征着其高远的理想与抱负，而以"红云""白浪"烘托的"肝肠铁"则体现仲良性情豁达。而如此之人物，与词人曾经的约定，自必是关于治国平天下的宏愿。而今，故人已去，而旧约再也无法实现，自令人伤怀不已。最后，词人也只得以战国时冯谖弹铗的典故形容他无尽的无奈。全词写景状物交替出现，笔触飘忽不定，正与词人那缥缈哀痛的情思相呼应，真正做到了词如其人。

忆王子正

〔元〕王冕

雨重杨花落，春深杜宇悲。
交情惟有我，朋友更言谁？
云冷东山屐，尘埋北海碑。
夜来茅屋下，酸泪为君垂。

作者简介：

　　王冕（1310—1359），字元章，号煮石山农、梅花屋主，绍兴诸暨（今属浙江）人。出身农家，幼年牧牛，矢志苦读，曾师从安阳韩性学《春秋》。屡试不中，遂绝意仕进，遍游南北，历览名山大川。后隐于会稽九里山，自题所居为"梅花屋"，又称"竹斋"。为元代著名画家，尤工画梅。其诗惯用比兴，自然质朴，在反映社会现实之外，亦多抒发隐逸之情，尤以七言歌行最为奔放奇逸，著有《竹斋诗集》。

赏析：

　　全诗大意：在这暮春时节，雨水不断，杨花落满一地，杜宇也在那儿阵阵悲啼。人生难得良友，你我都是彼此仅有的知交。那东山的木屐在云雾中显得湿冷，北海太守的遗碑也埋在尘土之下。夜间身处茅屋，不觉为你的遭遇而辛酸悲泣。

　　此诗首联脱胎自李白《闻王昌龄左迁龙标遥有此寄》"杨花落尽子规啼"，在袭取其意象的同时，也顺带寄托着对朋友的深深同情，而化用无痕，自成气象。可谓一开始便勾勒出一幅春晚凄绝之景，满眼清冷之象，预示着友人境遇的凄苦。颔联抛却景物描写，而自书心意，显得情真意切，二人的交谊由此可见一斑，而一个反问句更有四海之内别无知己的喟叹，也隐隐道出二人怀才不遇、寂寞空山的处境。所以颈联由两个古人的典故将这种喟叹呈现无遗。"东山屐"指东晋名臣谢安隐居东山时常着的木屐，"北海碑"指唐代著名书法家、北海太守李邕所作的碑文。如今这二位贤人的遗物都在荒野中备受冷落，隐寓着诗人与朋友俱有才华而无人过问的客观现实。最后收结全篇，直言主旨，而诗人对友人的情谊也都在"酸泪"二字中呈露尽致。

山中怀友（其四）

〔元〕萨都剌

自是麒麟种，卑栖又几年。
故庐南雪下，短褐北风前。
岁莫山林瘦，天高雨露偏。
惟应丈夫志，未受故人怜。

作者简介：

　　萨都剌（约1274—约1345），字天锡，号直斋，元代回族（一说蒙古族）人，将门之后，生于雁门（今山西代县），人称雁门才子。由于家道中落，早年经商，泰定四年（1327）始中进士，入翰林国史院，出为江南行御史台掾吏。后改闽海宪司知事，除燕南宪司经历。其晚岁情形难以确考，一说致仕，不知所终。萨都剌是元代重要诗人，时以宫词著称，风格清新绮丽。更为重要的还是他反映社会现实的诗篇，取材广泛，诗风多样，既沉郁雄浑而又不乏清丽之作，有《雁门集》传世，今有上海古籍出版社殷孟伦与朱广祁的校点本。

赏析：

《山中怀友》凡六首，此处所选为第四首。

全诗大意：你是像麒麟那样罕有的杰出人才，沉沦底层又过了几个年头。你那简陋的房屋在风雪中飘摇，而你在寒风中还穿着破旧的衣服。又到一年之末，山林中树叶落尽，显得格外萧瑟，天空过于高远，飘下的雨露都不均匀。你有那凌云壮志，也没有得到老朋友们的关怀与帮助。

此诗所怀之人应是当时的著名学者韩性，其人学问渊博，而安贫乐道。第一句以麒麟这种儒家传说中的神兽来称赞友人，足见其学问道德为古今罕见。而第二句则笔锋一转，以"卑栖"来形容其现实境遇的不如意，其中隐含着诗人深切的同情与惋惜。接着具体写其生活环境的艰辛，以所居之屋的简陋与所穿之衣的单薄将其困顿之状尽笔托出。此联极为古人所称道，如明人胡应麟就说："句法完整，在大历、元和间殊不多得也。"颈联则语含双关，遣词巧妙。先言山林因树叶落尽而萧瑟，状友人生活之清苦；次言天高雨露不均，则将批评的矛头指向当时的最高统治者，指责其不能举贤用能，致使如韩性这样的贤才还沉沦民间。最后两句以故人的慰问未至，附以本人深深的愧疚之感，同时也总结上文，在淡淡的忧思中更显友人近况之惨淡。

扬州逢李十二衔

〔明〕袁凯

与子相逢俱少年，
东吴城郭酒如川。
如今白发知多少，
风雨扬州共被眠。

作者简介：

　　袁凯（生卒年不详），字景文，号海叟，松江华亭（今上海松江）人。幼孤力学，少曾于杨维桢座中以《白燕》一诗驰名，世称"袁白燕"。洪武三年（1370）中举，授监察御史，以病免归。二十九年（1396）起为华亭县学训导。有《海叟集》传世，《四库总目》中有"何景明序谓明初诗人以凯为冠，盖凯古体多学《文选》，近体多学杜甫，与景明持论颇符"之语。可见其特色所在。

赏析：

全诗大意：当初与你初次相识时，你我二人还正当少年，在苏州城里豪饮美酒。如今不知白发都生了多少，就在扬州城的风雨夜里拥被同眠，畅叙平生。

此诗语言疏朗而情感真挚，借着写与朋友的一次重逢叹尽人世沧桑之感，悲切感人。前两句是忆旧，写两人初相逢时的血气方刚、豪气逼人。只以"酒如川"三字，便有杜甫《饮中八仙歌》"饮如长鲸吸百川"的气势，直道出年轻时代特有的狂放无羁。而将初识地方点明为"苏州"，也有一番意味。苏州在元末曾是东南的商业都会，极为繁荣，后来朱元璋与张士诚在此地反复争夺，导致其在明初凋敝不堪。苏州城的繁华映照着诗人与朋友灿烂的少年时代，如今再度回想，难免恍若隔世。后两句写重逢，其间隔着多少岁月，又有多少人世沧桑，诗人一概不提，只道彼此白发生多少，无尽的感慨，已尽在其中，令人嗟叹不穷。"共被眠"与"酒如川"更是遥相呼应，二人年届暮年的旧情，不言自明。相比早年的豪迈，自有几分温暖在其中。此诗短短二十八字，却包含着丰富的情感内涵。诗人以虚处着笔，截取人生中两幅画面，形成鲜明的对照，将无尽沧桑之感统摄其中，感染力极强。

寄 华 玉

〔明〕徐祯卿

去岁君为蓟门客，燕山雪暗秦云白。
马上相逢脱紫貂，朝回沽酒城南陌。
燕山此日雪纷纷，只见秦云不见君。
胡天白雁南飞尽，千里相思那得闻。

作者简介：

　　徐祯卿（1479—1511），字昌谷，吴县（今江苏苏州）人。少工于诗，知名乡里，不喜时文。弘治十八年（1505）始中二甲进士，未得馆选，授大理寺左寺副。尤以诗擅，与文徵明、唐寅、祝允明号称“吴中四才子”。登第北上，与李梦阳等游，诗愈精进，为“前七子”之一。所著《谈艺录》论诗尤重才情。其创作实践亦贯彻这一诗学主张，以“情深”见长，从而呈现出清丽秀逸、情韵隽永的诗歌风貌。《明史》本传谓其为“吴中诗人之冠”，有《徐迪功集》传世。

赏析：

全诗大意：去年你旅居京城，正是大雪满天、白云低垂之时。我们在马上相逢，意气相投，脱下紫貂裘，去城南酒店买酒痛饮。今天的京城又下起了大雪，我举目所见，只见云朵，却没有见到你。此时，大雁都已全部飞到了南方，我又如何寄去对你的思念呢？

全诗开端，追叙去年今日与华玉在京城的相逢，写得豪情纵横，意气横生。两人身份不同，一为"蓟门客"，旅居京华；一为朝中官员，此时正"朝回"，却一见如故，在大雪天解紫貂裘而换酒，足见二人意气相投。前四句流宕自然，正合乎二人潇洒不凡的性格与友谊。同时，诗人用词精心雕琢，而不使人觉。下雪时，本是雪白而云暗，诗人偏说"燕山雪暗秦云白"，看似无理，却极有匠心。雪暗，表明其下得猛而密；云白，则写出其飘逸飞扬之态。稍稍一改，显出诗人卓越的观察力与不凡的胆识。后四句写分隔两地后的所见所感。今日依旧雪满京城，而去年的朋友已不在身边，自是令人伤神。更令人绝望的是，就连古人常用来寄托思念的大雁此时也都飞尽，怀人的痛苦也更深了一层。全诗紧紧扣着燕山风雪的景象，巧妙地将相逢之乐与离别之苦融会其间，情真意真，情景合一，浑然天成。

答望之

〔明〕何景明

念汝书难达，登楼望欲迷。
天寒一雁至，日暮万行啼。
饥馑饶群盗，征求及寡妻。
江湖更摇落，何处可安栖？

作者简介：

何景明（1483—1521），字仲默，号大复山人，河南汝阳府信阳人。弘治十五年（1502）进士，授中书舍人。正德初，以反对宦官刘瑾用事免官。正德六年（1511）以李东阳荐复职。官至陕西提学副使。诗宗盛唐，倡言复古，为明代"前七子"之一，著有《大复集》。

赏析：

诗题中的望之，即当时诗人孟洋。孟洋与何景明既是诗歌复古运动的同道，同时亦是表兄弟，两人有着深厚的友谊。

全诗大意：你的书信很难到达我这里，登楼远望，眼前也是一片凄迷。天气寒冷，一只孤雁当空飞过；天色将晚，路边有万众哭声。当此荒年，只有那些盗贼活得优裕，官府已经将税收征向可怜的寡妇。江湖边的树木一派衰飒之象，不知何方才是安身之处。

此诗是由答孟洋来信所作，除在信中谈及两人的情谊，更多的是对时局的关心，表现出士大夫间"以友辅仁"的境界。首联看似平淡，情真意浓。"念"字表示诗人时刻念着对方的消息，而"登楼"则体现出既不能以书达意，那就登高望远以寄思念的心绪，更显出无限怀恋之意。同时，"念"字与"望"字均指向深远，不仅朋友间怀念，更有对国事的挂怀。次联写在愁绪无可排遣之时，突然接到孟洋的书信。古人常以鸿雁喻传书之意，而孤雁又含有凄惶之意，自然地引起下句百姓的哭声。此联由雁及人，化自杜牧的《早雁》诗。颈联承上而来，直接描述当时艰难的时局，写盗贼纵横，表示对官府无能的愤慨；写盘剥之深，又体现出对官府贪婪的不满。两句合读，实际上也揭示出当时盗贼四起的原因。最后回到自身情况，刻画出自己与朋友在如此时局下的无力徘徊之感，又含有一展宏图的希冀。全诗写友情，写秋雁，写百姓离散，写时事艰难，皆用笔不多，却都具深情，亦富空间之美、流动之趣。

得献吉江西书

〔明〕何景明

近得浔阳江上书，遥思李白更愁予。
天边魑魅窥人过，日暮鼋鼍傍客居。
鼓柁襄江应未得，买田阳羡定何如？
他年淮水能相访，桐柏山中共结庐。

赏析：

诗题中的献吉即为明代文坛"前七子"的重要领袖李梦阳。李梦阳提倡诗学盛唐，为人刚肠嫉恶，善恶分明，先因弹劾权奸刘瑾被贬，后又因得罪上司被罗织罪名，免官家居。何景明与李梦阳不仅是诗学同道，在人生道路上也是互相勉励。此诗即为作者接到李梦阳从江西寄来的书信后的劝慰之语。

全诗大意：新近得到你从江西寄来的书信，遥遥地想起你，令我倍感愁苦。天边的魑魅魍魉整日寻找人的过错，傍晚时分那些鼋鼍也聚集在你的居所周围。去襄江泛舟的梦想应该还未实现，去阳羡买田的计划又实施得怎么样了？有朝一日如果我们能在淮河边相遇，就一起到桐柏山中隐居终老吧。

此诗表现出诗人对李梦阳的深深眷念，而用词造句亦极为精妙考究，极合对方的身份。首联点出来信的地点，以李白来比拟李梦阳，不仅是因二人同姓，又都曾在江西有牢狱之灾，更重要的是李梦阳的写诗宗尚李白，亦极有诗才。颔联化用杜甫怀念李白的诗句"魑魅喜人过"，而更能曲尽李梦阳的处境。天边魑魅指代朝中的奸党，他们时刻都要向李梦阳这样的正人君子下手。"鼋鼍"指李梦阳当时得罪的江西高官，其意象也是紧贴浔阳江而来，毫不突兀。颈联真挚地关切老朋友的未来打算。襄江位于襄阳城外，庞德公、孟浩然等人都曾在此隐居；阳羡在今江苏宜兴，苏东坡有在阳羡终老的愿望，有诗曰："买田阳羡吾将老，从来只为溪山好。"而这两处今日都还未实现，所以有了最后在诗人家乡淮水、桐柏间结庐而居的设想。结尾两句又有杜甫思念李白的《不见》"匡山读书处，头白好归来"的意味。全诗虽有多处化自前人，但情真意切，蕴藉缠绵，自有其神来之笔。

酒店逢李大

〔明〕徐𤊴

偶向新丰市里过，
故人尊酒共悲歌。
十年别泪知多少，
不道相逢泪更多。

作者简介：

　　徐𤊴（1561—1599），字惟和，自号幔亭，福建闽县（今福建福州）人。万历十六年（1588）举人，二十七年（1599）客死于古田。以诗擅名，为万历间闽中诗坛巨擘，其诗博雅清润，时寓风致。作为著名藏书家，还曾与弟建"红雨楼""绿玉斋""南损楼"等藏书楼以供藏书、校书之用。有《幔亭集》二十卷传世。

赏析：

此诗写与一位朋友在酒店偶然重逢而产出的今昔之感。

全诗大意：我偶然从新丰的酒楼中经过，遇到老朋友在那里喝酒高歌。十年离别中曾流过了太多眼泪，却没有料到这会儿相逢流下的泪水更多。

全诗前两句写重逢的偶然，画面生动，而感情苍凉。第一句的新丰，本是汉高祖在长安附近为安慰其父亲思乡之情而模仿故乡丰县新建的一处城邑。因其在京城附近，常就作为京城酒楼的代称。而唐代名臣马周没做官前曾在新丰的酒店里对酒浇愁，所以新丰酒市也就有了怀才不遇的寓意。诗人以"新丰"入诗，既点出相逢的地点，更奠定了相逢时的情绪。故人的悲歌，也由此有了慷慨悲凉、意气横生的味道。后两句间构成了一个意外的转折，便令全诗的意境大提升。前一个泪是朋友分别后的眼泪，本以为重逢时可以破涕为笑，没想到流下更多的泪水。这种泪水或许透露着友人凋零的哀痛，或许蕴含着怀才不遇的苦闷，或许寄寓着国事日非的无奈，诸多情怀都可能流在这眼泪里，给了读者无限想象的空间，并将全诗的感情升至沸点。

钱塘逢康元龙

〔明〕谢肇淛

黄梅细雨暗江关，
我入西吴君欲还。
马上相逢须尽醉，
明朝知隔几重山。

作者简介：

谢肇淛（1567—1624），字在杭，号武林、小草斋主人，福建长乐人。万历二十年
（1592）进士，除湖州府推官。二十七年（1599）移东昌府推官。三十三年（1605）迁南刑
部山西司主事，改南兵部职方司主事，后官至广西右布政使。平生著述甚丰，尤以诗著。其
诗清丽朗润，颇负时誉。有《小草斋集》《五杂俎》等传世。

赏析：

此诗写与朋友相聚而忽又分离的场面，意境优美而感情真挚。

全诗大意：黄梅节气里的蒙蒙细雨飘洒在这江边的关口上，我从这里要出发去西吴之地，而你正经过这里要返回家乡。我们在旅途中相遇，就于此大醉一场吧，明朝醒来，你我又不知要相隔几重山川。

此诗写的是客中相逢的场景，分离的惆怅远远多于相聚的喜悦，全诗二十八字，字字都表达着离情别绪。全诗以写景开篇，景中寄寓着凄惨的愁情。那无尽的细雨，暗淡了天空，象征着郁郁不乐的心怀，更将这种愁苦无限放大。次句交代出两人的行程，有唐人郑谷"数声风笛离亭晚，君向潇湘我向秦"的风致。这里的西吴指今江苏南京，诗人要由钱塘江北上，而康氏友人要由此南下，南来北往的旅途中只有此短暂的相逢。在表面淡淡的叙述中蕴含着身不由己的无奈。最后两句脱化自杜甫的《赠卫八处士》中的"主称会面难，一举累十觞。十觞亦不醉，感子故意长。明日隔山岳，世事两茫茫"，却更为凝练，更显豪迈，而在豁达的语句下，分离的哀痛也更为深沉，更给人以无尽眷眷之感。

酬王处士九日见怀之作

〔清〕顾炎武

是日惊秋老，相望各一涯。
离怀销浊酒，愁眼见黄花。
天地存肝胆，江山阅鬓华。
多蒙千里讯，逐客已无家。

作者简介：

　　顾炎武（1613—1682），本名继绅，更名绛，字忠清。清兵南下，南明弘光建元后改名炎武，字宁人，号亭林，世称亭林先生，江苏昆山人。清初著名学者、思想家与诗人，矢志不事二朝，积极参加抗清活动，时图恢复，严拒清廷篡修《明史》之召。其之为人，尤重气节，以"天下兴亡，匹夫有责"相号召；其之为学，提倡实学以救空疏之弊，主张经世致用，涉及经学、史地、音韵、典章等诸多领域，开清代朴学之风，与黄宗羲、王夫之并为清初三大儒；其之为诗，主张明道尚用，有补于世，反对浮词空言，因此追步少陵，多借诗歌抒发明亡后的家国之感、身世之悲以及誓死复国的壮志，亦有"诗史"之称，词雅气豪而又情真意切，具有鲜明的爱国精神。其著述甚丰，有《日知录》与《亭林诗文集》等。今有上海古籍出版社王蘧常辑注《顾亭林诗集汇注》，可参。

赏析：

　　全诗大意：今天我惊讶地发现已经是深秋，我们两人却是天各一方，不得会面。离别的情怀只能凭这杯浊酒来消除，满是愁苦的眼睛看见的都是一片黄花。生于如此茫茫天地间，我们都有肝胆勇略；走遍万里江山，也都是两鬓斑斑。谢谢你千里之外还能写信给我，只是我这个浪迹天涯的人早已没有家。

　　此诗是给同为遗民的王姓朋友的回赠之作。九日即为重阳节，为登高怀人之时，故而诗中处处充满着惺惺相惜之感与人世沧桑之情。首联点明写诗时的具体时空，而饱浸作者的内心寄托。一个"惊"字道出岁月流逝之无情，隐含着诗人献身复国事业的忙碌，而"不知老之将至"。"秋老"之"老"，不仅指时序已深，还有时间无情的感喟。接着化用"相去万余里，各在天一涯"，表达对王处士的不尽依依之感。次联写本人在重阳日的境况，饮酒佩菊花是重阳消灾祈福固有风俗，在诗人笔下却有无限哀婉之态。其饮酒是为了消除离怀，而这个"离怀"既有与朋友分离之感，也有与故国、故人永无相见之期的哀痛，所以满眼的黄花也只能触其愁绪而已。颈联则语气一转，再无低回之态，将诗人老骥伏枥的昂扬斗志完全表露出来。以"肝胆"对"天地"，诗人顶天立地的英雄形象呼之欲出，这是诗人的自勉，也是对朋友的期许，"江山阅鬓华"也由此多了许多豪迈。语意凝练、气势雄浑，奠定了全诗的感情基调。最后两句转入寄诗本意，而又有沉吟不断之意，"逐客无家"尽显弃家报国、浪迹南北而在所不顾的志士情怀。

宁人柬来，谓元白皮陆集中，
唱和赠答，连篇累牍；我与子交，
不减古人，而诗篇往来殊少，
后世读其集者，能无遗恨？赋此却寄

〔清〕归　庄

同乡同学又同心，
却少前贤唱和吟。
他日贡王今管鲍，
不须文字见交深。

作者简介：

　　归庄（1613—1673），字玄恭，号恒轩，江南昆山（今江苏昆山）人，明代著名文学家归有光曾孙。早年与顾炎武一同参加复社，后抗清失败，隐归乡里，不仕清朝。晚岁居僧舍，又号圆照。归庄为人作文皆有奇气，与同乡顾炎武相善，并称"归奇顾怪"。其诗文常以悲怆沉郁的笔调，抒写家国之痛。著有《归玄恭文钞》《归玄恭遗著》等。今有中华书局上海编辑所编《归庄集》，较为完备。

赏析:

　　此诗是由顾炎武来信而发,顾炎武谈到元稹与白居易交情深厚又多有唱和诗传世,以见证那段友情,而顾、归二人的友情不减古人,却很少有记录交情的诗歌,因此感到遗憾。归庄写此诗以表达劝慰。

　　全诗大意:我们二人生于同乡,又一起读书,更难得的是心意相通,却没有像前人那样留下那么多的唱和诗。你看看前代贡禹与王吉、管仲与鲍叔牙那样的好朋友,从来都不需要通过往来文字来表示交情浓厚。

　　此诗短短四句,文字质朴,又分为前后两段,却将顾、归二人的友情与归庄的友情观表现得极为充分。全诗前两句是复述顾炎武来信之语,也见得出归庄对他们这段友情的定位。第一句的三个"同"字有力地展现了这段感情的珍贵与难得,同时也是全诗后三句立论的总的出发点,谋篇布局极有匠心。其既烘托出第二句"却少前贤唱和吟"的不正常,同时也正是由于对这段友情的肯定与自信,使得后两句的断言显得言之有据,理所应当。第三句举了前代两对典范的友情,引出第四句不必以文字见友情的结论。贡禹和王吉(字子阳)是西汉末年人,两人在仕途上同进退,有"王阳在位,贡公弹冠"之说;管仲与鲍叔牙则是春秋时期齐国的一对知己,他们的友情一直被当作交友的典范。归庄以他们来比拟其与顾炎武的交情,既显出本人对友谊的珍视,也很好地解释了顾炎武的疑问与担忧。

送李万安罢官归里

〔清〕施闰章

岁暮归舟一叶轻，
歌残酒罢泪双倾。
滩声不是无情思，
呜咽随君为送行。

作者简介：

施闰章（1619—1683），字尚白，一字屺云，号愚山，又号蠖斋，晚号矩斋，江南宣城（今安徽宣城）人。顺治六年（1649）进士，康熙十八年（1679）举博学鸿儒，授侍讲，与修《明史》，二十二年（1683）转侍读，不久逝于京师。生性好学，博览经史，工诗赋古文词。其诗气体高妙，格律深稳，与宋琬齐名，有"南施北宋"之誉；其古文学欧、苏，意静气朴。著有《愚山先生集》。

赏析：

这首诗是其送别友人时所作，可见其对友人感情之诚挚。

全诗大意：你在年末乘坐一叶轻舟而归，离别的筵席上，曲终酒罢我不禁洒下难舍的热泪。窗外的滩声也不是无情之物，那低沉的呜咽的声音正像是在为你送行一样。

诗的前两句用赋法，首句点明送别之事，与诗题相呼应。次句写酒席上送别的场景，"歌残酒罢"便是即将分别之时，通过"泪双倾"三字，用夸张的手法，直抒自己对友人的不舍之情。三、四句用比法，移情于物，将诗意转进一层，即内心伤感用"泪双倾"三字不足以形容，更需要借滩声之呜咽以表达，滩声又为送别营造出一种低沉的气氛，更添诗人内心之哀。融情于景，可谓"一切景语皆情语"。唐代杜牧有"蜡烛有心还惜别，替人垂泪到天明"的诗句，可与此篇参看。

如梦令·赠友

〔清〕陈维崧

记得西陵小弄，风里金鞭双控。今日又逢君，恰值春波微动。如梦，如梦，白发何戡情重。

作者简介：

　　陈维崧（1625—1682），字其年，号迦陵，宜兴（今属江苏）人，明末陈贞慧之子。康熙十八年（1679）举博学鸿儒，授翰林院检讨，与修《明史》。幼有文名，与吴兆骞、彭师度有"江左三凤凰"之称，诗词文悉擅。其诗古体深婉典赡，近体则趋于沉郁顿挫，多受吴伟业影响。其词与朱彝尊齐名，号为"朱陈"，为阳羡词派领袖，词风以豪迈奔放为主，气魄绝大，骨力遒劲，存词一千六百余首，其数为古今之冠。其文尤以骈文为工，秾艳流逸，俯仰顿挫，与吴绮、章藻功合称"骈体三家"。著有《湖海楼诗集》八卷、《迦陵文集》十六卷、《湖海楼词》三十卷。今有陈振鹏标点《陈维崧集》，另有马祖熙《陈维崧年谱》与周绚隆《陈维崧年谱》，可资参看。

赏析：

　　全词大意：记得当年在西陵城的街巷之中，你我二人在风中挥舞着金鞭，骑着骏马，一起游玩。如今又在春光明媚中重逢，仿佛在梦中一样，真让我这个已经白头的故人感慨满怀。

　　这首小令是作者在与友人时隔多年再度重逢的情况下所写。首句"记得"两字点明是追忆之言，次句"风里金鞭双控"六字，具体写出当年二人之风姿及游赏之乐，字里行间流露出对当年的追忆之情。"今日"两句写如今重逢之景，"春波微动"四字写景如画，轻轻逗引出下句。"如梦"叠用，既是词中规范，又于唱叹之中写出作者内心之情：既有友人重逢的喜悦之情，又有时光飞逝的沧桑之感。尾句中"白发"可见词人已年老，何戡是唐代元和、长庆年间一位著名的歌手，刘禹锡有《与歌者何戡》诗："二十余年别帝京，重闻天乐不胜情。旧人唯有何戡在，更与殷勤唱渭城。"此处诗人自比何戡，又言"情重"，借以表达对友人的感情以及深沉的今昔之感。发语简单，又耐人寻味。

酬 洪 昇

〔清〕朱彝尊

金台酒坐擘红笺，云散星离又十年。
海内诗家洪玉父，禁中乐府柳屯田。
梧桐夜雨词凄绝，薏苡明珠谤偶然。
白发相逢岂容易，津头且缆下河船。

作者简介：

朱彝尊（1629—1709），字锡鬯，号竹垞，晚号小长芦钓鱼师，别号金风亭长，浙江秀水（今浙江嘉兴市）人。康熙十八年（1679）举博学鸿词科，授翰林院检讨，充《明史》纂修官。二十年（1681）充日讲官，知起居注，典江南乡试。二十二年（1683）入值南书房。二十三年（1684）以私自入内廷抄书被劾谪官。二十九年（1690）官复原职，两年后罢归，著述以终。其词与陈维崧并称"朱陈"，开出"浙西词派"；其诗以才藻魄力擅胜，与王士禛并称"南朱北王"；其文则甚为顾炎武、汪琬诸家所推许。文学之外，朱彝尊还是著名的藏书家与学者，广涉经史，著述宏富，推动了有清一代学术的发展。著有《经义考》《日下旧闻》《明诗综》《词综》《曝书亭集》等书。

赏析：

洪昇为作者友人，是当时著名戏剧家，尤以《长生殿》名世。

全诗大意：想当年你我在京城把酒同坐，分笺题诗，意气相投，何等快乐，如今你我分别又已十年。你的诗名如宋代的洪玉父一样流传海内，《长生殿》一剧也如同柳永的词一样上动天听。《长生殿》一剧词意凄绝，哀婉动人，你也因此而断送功名。如同后汉伏波将军马援南征得胜之后车载薏苡而归，却有人上书诬告他在南方搜刮了一车明珠回家，这样的诽谤并非无因。而今你我都已年老白头，相逢实属不易，就让我们在渡口将船缆系住，彼此再多聚一刻。

此诗为作者康熙四十年（1710）到杭州小住，与阔别十年的好友洪昇重逢之时，对洪昇赠诗的酬答之作。首句追忆往昔宴饮题诗之乐，次句写分离距离之远与时间之久。今昔对比之中流露出诗人对友人的怀念以及对岁月流逝的伤感。颔联两句，借宋朝的诗人洪炎和词人柳永来赞美洪昇的才华，标举洪昇在戏剧创作上的成就。颈联两句，进一步肯定洪昇创作的《长生殿》成就之大，并借伏波将军马援的典故来慰解友人因《长生殿》一剧而被革去国子监生，离京师而南归的不幸遭遇。尾联上句写相逢之不易，下句情殷意切，笔墨之间既有相逢的欣慰，也流露出深切的同情与隐隐的哀婉。全诗言辞恳切，用情真挚，离别时之怀念，相逢时之欣慰，今昔对比、岁月不居的感慨，一气贯注笔下，读之亦令人感动。

志 感

〔清〕陆次云

人生当贵显，每淡布衣交。
谁肯居台阁，犹能念草茅。
朱轮来北阙，土室访西郊。
古道今还在，淳风近有巢。

作者简介：

　　陆次云（生卒年不详），康熙时人。字云士，号北墅，浙江钱塘（今杭州）人。其高才绩学，工诗善文，语多沉着，著述甚富。曾官江苏江阴知县，与汤右曾过从甚密，时相唱和。以江阴或称澄江，故其诗文集名为《澄江集》。

赏析：

　　全诗大意：人当显贵之时，常常容易疏远布衣之时的故人。谁能够身居高位，还能挂念着处在乡间未当官的朋友呢？故人乘着华美的车子，到西郊的陋室中来拜访我。可见像有巢氏之时那样信实淳厚的道德风尚，至今还在流淌。

　　诗名为《志感》，诗中所记当为身居高位的友人来访之时作者内心的感受。或是实写，或是虚设。首联与颔联以浅显的词句写出人情冷暖的道理，人一旦显贵之后，大多会和贫贱之交慢慢疏远。很少有身居高位的人能想起身处乡野的朋友。此是通常之人情。下半首，则写友人一反常人之情，虽身居高位仍不忘旧交来拜访自己，引发作者对友人古道犹存的赞叹。全诗言辞质朴，并无华丽辞藻与刻意修饰，可谓平淡之中有至味。前四句与后四句形成对比，一来见友人之高风，二来于世情冷暖之中，显示出友情之可贵：真正的友情往往能超越贫富、贵贱。东汉初年，刘秀起用西汉时期的侍中宋弘，并升他为"太中大夫"。刘秀的姐姐守寡并看上了宋弘，刘秀想把姐姐嫁给宋弘，问宋弘对"贵易交，富易妻"的看法，宋弘回答道"贫贱之交不可忘，糟糠之妻不下堂"，刘秀只好放弃。这个故事与此诗对读，对我们当不无启发。

寄陈伯玑金陵

〔清〕王士禛

东风作意吹杨柳，
绿到芜城第几桥？
欲折一枝寄相忆，
隔江残笛雨潇潇。

作者简介：

　　王士禛（1634—1711），字子真，又字贻上，号阮亭，晚号渔洋山人，世称王渔洋，新城（今山东桓台县）人，顺治十五年（1658）进士。殁后避清世宗讳，改名士正，乾隆间又诏改士禛。历任扬州府推官、翰林院侍讲，官至刑部尚书。康熙四十三年（1704）罢官归里。尤长于诗，为一代宗匠，主盟清朝诗坛数十年，与朱彝尊齐名，有"南朱北王"之称，影响深远。论诗创为"神韵说"，以"清远"为尚，主张诗歌具有情韵，体现幽微淡雅与含蓄隽永的特点。其所作诗歌，亦不失淡远自然、清新蕴藉之旨，最能体现"神韵"特色。著有《带经堂诗话》三十一卷、《渔洋山人精华录》十卷、《池北偶谈》二十六卷等，晚年尚编有《唐贤三昧集》。

赏析：

全诗大意：和煦的春风情意绵绵地吹拂着杨柳，这满眼的翠绿该是蔓延到当年话别的扬州亭桥了吧？想要攀折一枝赠与远在南京的你，以寄相思之意，潇潇细雨之中，隔江对岸突然飘来了断断续续的笛声。

这是一首怀友诗。首联描摹初春景象，第一句"东风作意"用拟人化的手法写出初春的生气，第二句以问句出之，显得新奇轻巧。其中"杨柳"既是初春的典型景物，又是古人送别时常用之物，桥头也常常是古人分别的地点，诗人借此若隐若现地点染出对友人的思念之情。第三句则似为直接表达其对友人的思念，实则暗用北朝诗人陆凯诗："折花逢驿使，寄与陇头人。江南无所有，聊赠一枝春。"在直抒内心思念的同时，又添一层意蕴。尾句似撇开上句，径直写景，实则岭断云连，用朦胧之景渲染作者内心对友人的怀念之情，正是其妙处。西晋时向秀和嵇康是好朋友，曾经一起打铁，但是后来嵇康被杀害后，向秀听到邻人笛声写下《思旧赋》，以此来怀念嵇康，此句若有若无地使用了这个典故，含蓄深蕴。整首诗寓情于景，情景交融。作者把自己对友人的深切思念之情寄寓在东风、杨柳、隐隐笛音、潇潇春雨等景物之中，深沉的情感与清丽而优美的景物融为一体，蕴意绵长，言近旨远，令人低回遐想。

金缕曲二首（其一）

〔清〕顾贞观

寄吴汉槎宁古塔，以词代书，丙辰冬，寓京师千佛寺，冰雪中作。

季子平安否？便归来，平生万事，那堪回首？行路悠悠谁慰藉？母老家贫子幼。记不起，从前杯酒。魑魅搏人应见惯，总输他，覆雨翻云手。冰与雪，周旋久。

泪痕莫滴牛衣透。数天涯，依然骨肉，几家能够？比似红颜多命薄，更不如今还有。只绝塞，苦寒难受。廿载包胥承一诺，盼乌头马角终相救。置此札，君怀袖。

作者简介：

顾贞观（1637—1714），字华峰，号梁汾，江苏无锡人。康熙十一年（1672）举人，官内阁中书。其性豪爽俊迈，笃重友情，曾馆于太傅明珠家，与纳兰性德相善，尤以奋力营救吴兆骞事为词坛所称。晚归故里，构积书岩，以读书终老。其文兼众体，尤工于词，与陈维崧、朱彝尊并称"词家三绝"，有《弹指词》传世，杜诏称其"出入南北宋，而奄有众长"（《弹指词序》）。今有张秉戌《弹指词笺注》。

赏析：

　　吴汉槎即清代著名诗人吴兆骞，汉槎乃其字。顺治年间，吴兆骞因受科场舞弊案牵连被劾流徙宁古塔，戍塞二十余年。康熙十五年（1676）冬，顾贞观寓居京师千佛寺，于冰雪中怀念故友，遂以词代书，写下了两首光耀清代词苑的名篇，亦即《金缕曲》二首，此为其一。

　　全词大意：兆骞近来可否安康？即使能够还归故里，念及平生的诸般经历，又哪堪回首呢？人生路遥，征途漫漫，又有谁能给安慰呢？奈何母亲年迈，家境贫苦加之稚子年幼，甚至已经由不得去回忆往昔诗酒欢娱的美好时光了。多年以来，对于妖鬼害人之事应当早已司空见惯了，正人君子往往为小人所陷害。你远谪塞外，只能与凄寒的冰雪为伴，已经很久了。悲伤的泪水，不必将牛衣都滴透。天涯远戍，幸赖犹有亲人相伴，骨肉未分，不离不弃，这样的情形又有几家呢？相比起自古大多薄命的那些佳人，至少现今你的命运还不致如此凄惨。只不过是在极远的边塞之地，那里的苦寒令人难以忍受而已。二十年了，我要像申包胥那样践行对你的诺言，哪怕等到乌头变白、马也生角的那一天，也要把你营救出来。专门给你写下这封信，还请你一定要牢记在心。

　　整首词以寻常书信的问询方式领起，形式上极为别致，一句"平安否"也道尽了对远戍挚友的无限关怀。上阕主要叙汉槎本人微家贫，复为小人所陷，远谪塞外，经受冰雪摧残的凄凉境遇。甚至对于往昔的欢愉时光，这本该是人生最为忆念难忘的时刻，都回忆不起了，伤情之至。而"魑魅搏人""覆雨翻云"诸语，道出汉槎谪戍之由，亦极不平之鸣。下阕设身处地地对友人予以宽慰，并立下营救之誓愿。春秋楚国申包胥曾对伍子胥发誓，他如果要灭楚，自己则一定要保全楚国，后终如愿。燕太子丹为秦王所羁留，却被告知只有乌头白、马生角方可还燕。顾贞观借此二典主要表达自己哪怕历尽千难万险，也要鼎力营救吴汉槎的坚定意志。这既是自己的决心，也是对挚友的劝慰，而请君怀袖之"此札"，更是这份至死不渝的真挚友情最为忠实的见证。这首词中既有同情与不平，还有着劝慰与承诺，皆语出至情，故感人尤深，动人愈切。

金缕曲二首（其二）

〔清〕顾贞观

　　我亦飘零久。十年来，深恩负尽，死生师友。宿昔齐名非忝窃，试看杜陵消瘦，曾不减、夜郎僝僽。薄命长辞知己别，问人生、到此凄凉否？千万恨，为君剖。

　　兄生辛未吾丁丑。共些时、冰霜摧折，早衰蒲柳。词赋从今须少作，留取心魂相守。但愿得、河清人寿。归日急翻行戍稿，把空名料理传身后。言不尽，观顿首。

赏析：

此词为《金缕曲》二首中的第二首。

全词大意：我也于江湖漂泊许久了，十多年来，实在深感有负于诸多堪托生死的师友恩情。昔日的我们像李杜那样在文坛齐名并非虚妄，看看现在的我正如杜少陵一样潦倒穷愁，相比起如同长流夜郎的李太白的你而言，也好不到哪里去。妻子去世好朋友又相隔两地，问一下这人世之间，还有比这更凄凉的吗？纵使心中有万千怨曲，也只能向你尽诉衷肠。你生于辛未而我生于丁丑，这么多年来我们同样都经受了冰霜雪雨的摧折，如同早衰的蒲柳一般。令人备感心伤的词赋以后一定要少写了，将心魂安定下来，我们长相守望。只盼得黄河长清，你也能够身康体健，待到归来之日一定记得要翻检你戍塞时写就的文稿，将其整理出来传布后世，以扬声名。言不尽意，贞观在此拜上。

这首词的上阕从自身立场着眼，历叙身世凄凉，以李杜为比，从与吴兆骞之远戍相对照，尤见其声息相通之谊，感慨深沉；下阕由年岁入笔，极人事沧桑、身衰心疲之感，从而劝慰挚友少作词赋，而"留取心魂相守"句，尤能动人，情真语切。词末寄己之心愿，作宽慰语。"河清"语亦寓"黄河清，出圣人"意，冀其得蒙恩早归，且嘱翻检戍稿，加以编次整理，以传后世，而"空名"之语，尤增悲慨。结句一仍书信体格式，情深意切，语难尽之。两首词合观，径可视为一封完整的书信，以词代书，直抒胸臆，却又以血泪铸就，真情贯注，故得沉郁婉转，反复低回而深挚感人。诚如陈廷焯所论："二词只如家常说话，而痛快淋漓，婉转反覆，两人心迹，一一如见。此千秋绝调也。"又谓："二词纯以性情结撰而成，悲之深，慰之至。丁宁告戒，无一字不从肺腑流出，可以泣鬼神矣！"（《白雨斋词话》卷三）此评尤中肯綮。据顾氏该词附注所云："二词容若见之，为泣下数行，曰：'河梁生别之诗，山阳死友之传，得此而三。此事三千六百日中，弟当以身任之，不俟兄再嘱也。'"此前顾氏曾请纳兰性德施以援手而未果，及见是词，纳兰深为其所动，遂请其父太傅明珠谋划营救，终使吴兆骞于康熙二十年辛酉回到关内，从见二词感彻人心的力量，而归根结底，是真情的力量。

金缕曲·赠梁汾

〔清〕纳兰性德

德也狂生耳。偶然间、缁尘京国，乌衣门第。有酒惟浇赵州土，谁会成生此意。不信道、竟逢知己。青眼高歌俱未老，向尊前、拭尽英雄泪。君不见，月如水。

共君此夜须沉醉。且由他、蛾眉谣诼，古今同忌。身世悠悠何足问，冷笑置之而已。寻思起、从头翻悔。一日心期千劫在，后身缘，恐结他生里。然诺重，君须记。

作者简介：

纳兰性德（1655—1685），原名成德，字容若，号楞伽山人，满洲正黄旗人。太傅明珠长子，康熙十五年（1676）进士，官至一等侍卫。幼习骑射，稍长工文翰，曾随扈出巡南北。康熙二十四年（1685）卒。其论诗以为"诗乃心声，性情中事也"（《渌水亭杂识》），尤长于词，且情真意厚。顾贞观曾谓其"所为乐府小令，婉丽清凄，使读者哀乐不知所主"（《通志堂词序》）。况周颐则将其奉为"国初第一词人"（《蕙风词话》）。王国维以其词"真切如此"，故称"北宋以来，一人而已"（《人间词话》），可见其在词坛地位之高。纳兰性德曾将其词编选成为《侧帽词》，后顾贞观重刊纳兰词，更名为《饮水词》，现统称《纳兰词》，存三百四十余首。以张草纫《纳兰词笺注》与赵秀亭、冯统一《饮水词校笺》较为通行。

赏析：

梁汾即纳兰挚友顾贞观，字华峰，号梁汾。顾贞观和韵词中附注："岁丙辰，容若二十有二，乃一见即恨识余之晚。阅数日，填此曲为余题照。"据此可知此词作于康熙十五年（1676）纳兰与顾贞观相识之后不久。

全词大意：我纳兰本就是个狂放不羁的人，因为偶然的机缘，才使得我不得不蒙受京城的风尘，出身于权门富贵之家。有酒的话就应当浇向以乐士好贤著称的平原君所生活的赵国土地，然而谁又能知会我的心意呢？未曾想到，还能遇到你这样一位知己。我们青眼相向，慷慨高歌，趁此年华未老，举杯痛饮，拭掉那英雄的泪水。你没见那月色正澄澈如水。今夜我们一定要一醉方休，既然品性高洁，就任由那些谗佞之徒去罗织构陷吧。贤能遭妒，古今无甚分别。身世苍茫无定又何须多问，冷笑一声，泰然处之即可。细思起来，也许命运从一开始就注定了充满悔恨。一旦结为知己，以心相许，即使劫难历尽，友情一如往昔。我们相见恨晚，今世错过的时光，要到来生再续缘进行弥补。这番诺言重若千钧，还请你务必记住。

此词上阕主要描绘纳兰强烈的身世之感与初识顾梁汾的情形。虽出身于权门显宦，亦不乏锦衣玉食，但这样的生活在纳兰看来，乃偶然所系，实情非所愿，因为他见惯了太多的俗世风尘与宦场险诈。"有酒"语直接化用唐李贺《浩歌》成句，更可见出他对当世之才横遭倾轧、难尽其用的悲愤。一句"谁会成生此意"道出了他心底最深处的失落、怅惘与苦闷。如此也就不难理解纳兰何以初识年长其近二十岁的顾贞观时便直有一见如故、相见恨晚之感。"竟逢"二字令我们不难体会纳兰内心久违的感奋，二人青眼相向，慷慨高歌，尽情挥洒英雄之泪，情感基调一转而为豪纵奔放，笔势亦极跌宕腾挪之致。下阕是对两人友情誓言的炽烈表白。词人本是同情顾贞观的半生坎坷，但对其困悒境遇，他又何尝不是感同身受？身世悠悠，冷笑置之，既是慰友，亦为自省。紧接下来就进入到全词最为令人动容的部分了：一日心期，千劫犹存，后身之缘，恐结他生，知己之交，一诺当重若千钧。誓言之下，其心可昭，其情可鉴，如此相知相惜、披肝沥胆的友情，又有谁人不会为之心动？徐釚《词苑丛谈》中曾评云："词旨嶔奇磊落，不啻坡老、稼轩，都下竞相传写，于是教坊歌曲无不知有《侧帽词》者。"此语诚得其所哉。

菩萨蛮·寄顾梁汾苕中

〔清〕纳兰性德

知君此际情萧索，黄芦苦竹孤舟泊。烟白酒旗青，水村鱼市晴。

柂楼今夕梦，脉脉春寒送。直过画眉桥，钱塘江上潮。

赏析：

此词作于康熙二十二年（1683），时顾贞观已南归居于苕中（今浙江湖州一带）。

全词大意：我知道你此时此刻的心情非常黯然低落。在黄芦苦竹的环绕下，你那一叶孤舟停泊在了江边。透过白茫茫烟霭，有青色的酒旗在迎风招展，天色晴好，江边的村落中，鱼市的叫卖声此起彼伏。夜晚的船尾柁楼承载着一夕轻梦，在初春的脉脉寒意中送君远行。径直驰过画眉桥，很快就要临近那波涛起伏的钱塘江潮了。

整首词以"知君"起句，恰似寻常问候，却又有着独属于挚友间的那份亲切与温暖，其间所包含的关怀自然不言自喻。上阕主要设身处地地想象顾贞观南归途中景象，"黄芦"句化用白居易《琵琶行》中"黄芦苦竹绕宅生"句，既描绘物景，又暗喻着顾梁汾与白居易一样"同是天涯沦落人"的相似处境，亦契合前句"情萧索"意。随即笔锋一转，呈现在行人眼前的，却是一幅晴日当头、烟白旗青的水村鱼市图，其间轻快明朗的氛围无疑又对友人萧索的心境构成了一种有意的安抚。下阕承上，继续设想顾贞观南行将至的情状。初春犹寒，作者的思绪仿佛也追随着这脉脉寒意送友远行，过画眉，赴钱塘。这既是以邻近地名烘托气氛，又化用汉代张敞为妻画眉的典故，似亦不乏太白"我寄愁心与明月，随风直到夜郎西"（《闻王昌龄左迁龙标遥有此寄》）之风致，心随友去，情深意重。整首词皆由幻景设境，通过对梁汾南归历程的想象，化虚为实，感同身受。知君萧索，撰寄此词，传递了对于挚友无限的牵挂与思念，更是对其"一日心期千劫在"之语的践诺。

送蒋心余编修南归

〔清〕赵 翼

敏捷诗如马脱衔，才高翻致谤难缄。
春归织锦新花样，老叠登场旧舞衫。
过眼恩仇收短剑，随身衣食有长镵。
归途笑听樯乌响，安稳春流一布帆。

作者简介:

　　赵翼（1729—1814），字云崧，一字耘松，号瓯北，晚年自署瓯北老人，江苏阳湖（今江苏常州）人。乾隆十九年（1754）中明通榜，任内阁中书，入直军机处任章京。乾隆二十六年（1761）进士，授翰林院编修。其后出任广西镇安府、广东广州府知府，官至贵西兵备道。三十八年（1773）以母老乞归乡里，晚岁以著述自娱。史学成就斐然，与钱大昕和王鸣盛齐名，为清中期著名学者，著有《廿二史札记》《陔余丛考》等。其诗亦甚负盛名，与袁枚、蒋士铨并称乾隆三大家，论诗重性灵，力主创新，有《瓯北诗话》传世。其作多能抒发才情，且好发议论。今有上海古籍出版社李学颖、曹光甫校点《瓯北集》，可参。

赏析:

诗题中"蒋心余"即清代著名诗人蒋士铨。

全诗大意:你诗思敏捷如同脱缰之马,却又因为才华之高而不断遭到小人的流言中伤。现在你辞官南下,又可以创作出如锦绣一般的新诗文,并寄意于喜欢的戏曲。以前的恩仇已如同过眼云烟,防身的短剑不妨收起来。今后或耕或读,也会衣食无忧。且笑听樯帆的声音,好好享受这安稳春江之上的旅途。

此诗为作者在蒋士铨辞官南归之时所作,其中既蕴含着诗人诚挚的友情,同时也是对蒋士铨才华的推重。首联两句先赞美蒋氏才华过人,有自注云:"有间之于掌院者,故云。"这就指出了其南归之由,即因"才高"而"致谤",与《清史稿》所言蒋士铨"以病乞休"大相径庭。颔联则为劝慰之词,畅想朋友南归后的美好生活,能脱离送别词常见的离情别绪,实则为蒋氏远离京城是非之地而庆幸。他坚信蒋氏此一去,定能大展其文学才华。"织锦"就其诗歌才华而言,"登场"则希望他能继续从事其戏剧创作事业。颈联在祝福的基础上,再度对好友进行劝慰,同时也寄寓本人的理想。其中既有对朝中党争的厌倦,也有对南归生活的向往。这是传统士大夫"穷则独善其身"的必然结果。赵翼在写此诗后没有几年,便也辞官回乡。尾联想象蒋氏南归时的愉悦心境,勾勒出一幅自在的春日行舟图,更将其前面酝酿的情绪铺写尽致。赵翼对蒋士铨的才华推崇备至,除此诗之外,其集中尚有"角逐名场两弟兄""邢尹同时要比妍""名高久压野狐禅"等句,皆为蒋心余所发,对其之推重可见一斑。

清明步城东有怀邵二仲游

〔清〕黄景仁

水明楼下涨纹平，柳外遥山抹黛轻。
二月江南好风景，故人此日共清明。
征鸿归尽书难寄，燕子来时雨易成。
寻遍舣舟亭畔路，送君行处草初生。

作者简介：

　　黄景仁（1749—1783），字汉镛，一字仲则，自号鹿菲子，常州府武进县（今江苏武进）人。四岁而孤，家境清贫，少年即有诗名，曾与洪亮吉同游，然一生未遇，穷愁潦倒。常年辗转于苏、皖之间，曾主正阳书院讲席。乾隆四十年（1775）冬北上京师，次年随各省士子进献赋诗，钦取二等，授武英殿书签官。后终以家室累，移家南归。四十八年（1783）三月抱病出都，次月卒于山西运使沈业富署中。黄仲则个性倔强，其所作诗，可传者凡两千首，多抒发穷愁不遇之慨，情调亦趋低沉感伤。今有上海古籍出版社李国章校点《两当轩集》，可参。

赏析：

　　全诗大意：水明楼下的水面平静无波，柳条之外的远山苍翠，如同抹黛一般。你我二人虽身处异地，却也能各自在二月的江南的大好风光之中同度清明这一天。大雁过尽之时，想要给你寄信已经不能；燕子归来之日，每每春雨易成。我独自一人漫步城东，寻遍舣舟亭畔当年为你送行之路，唯见青草初生，对你的怀念亦随之而生。

　　此诗为诗人清明踏青之时怀念友人邵仲游所作。首联先从楼、水、柳、山之景物起笔，描绘出一幅清丽的画面，为"二月江南好风景"张本。"抹黛轻"三字绝妙，黛为一种青黑色颜料，常为美人之脂粉，借此写山色，平添一种风流。"抹"字远绍秦观《满庭芳》词之"山抹微云"，点染熔铸，真风炉日炭之手。颔联虽非工整的对偶，但读起来流美圆转，对友人之思念亦随之自然流出。其中上句全本杜甫"正是江南好风景"，下句与唐王昌龄"青山一道同云雨，明月何曾是两乡"、宋苏轼"千里共婵娟"同一机杼，又自出新意。颈联对偶工整，亦景亦情，上句用李清照"征鸿过尽，万千心事难寄"，传达对友人的思念；下句暗借晏殊"燕子来时新社"，点出时节，与诗题呼应。尾联上句直抒对友人之怀念，下句又借景渲染，令人遥想白居易"又送王孙去，萋萋满别情"、李煜"离恨恰如春草，更行更远还生"等名句，余味不尽，耐人咀嚼。此外还须为读者指出的是，任何一项艺术，都离不开对前人成果的继承与创新，诗歌也是如此，前代流传之佳句，其词、其句往往都经过锤炼"精金"，不善者用之，每易成剽窃，善用者为之，自可为全篇生色，这首诗可谓一个成功的范例。此即为王国维所说："此借古人之境界为我之境界者也。然非自有境界，古人亦不为我用。"个中巧妙，读者自当多加留意，反复体会。

投宋于庭翔凤

〔清〕龚自珍

游山五岳东道主，
拥书百城南面王。
万人丛中一握手，
使我衣袖三年香。

作者简介：

　　龚自珍（1792—1841），字璱人，更名易简，字伯定，又更名为巩祚，号定庵，又号羽琌山民，浙江仁和（今杭州）人。早年从外祖父段玉裁治《说文》，后又从刘逢禄治《公羊》之学。道光九年（1829）进士，曾任内阁中书、宗人府主事、礼部主事等职。十九年（1839）辞官南归，《己亥杂诗》即作于此间。二十一年（1841）为云阳书院讲席，后卒于丹阳。龚自珍与魏源齐名，并称"龚魏"，是近代思想启蒙的先驱。其诗颇多感时伤世之慨，却又时挟风雷之势，色彩瑰丽，风格沉郁。今有上海古籍出版社王佩诤校《龚自珍全集》与中华书局刘逸生《龚自珍己亥杂诗注》，可参。

赏析：

　　诗题中"宋于庭翔凤"即宋翔凤，字虞庭，一字于庭，江苏长洲（今苏州）人，是当时著名学者，为龚自珍前辈学人。此诗由题目可知，当是龚自珍年轻时投刺所作。

　　全诗大意：你游览山川，五岳都愿意为他做东道主。拥书万卷而读，不异于拥有百座城池的侯王。在人海之中与您相交握手，您的渊博学识与高尚人品仿佛令我衣袖生香。

　　全诗首联从两方面着笔，一句写其游览颇广，一句写其博览全书，可谓读万卷书，行万里路。第二句化用《北史·李谧传》："丈夫拥万卷书，何假南面百城。"既写出了宋翔凤学识的渊博，亦从侧面展现出其不慕荣利、安贫乐道的风度。三四句用夸张的手法写出内心对宋翔凤学识与人品的推崇。龚自珍晚年所作《己亥杂诗》中另有"玉立长身宋广文，常州重到忽思君。遥怜屈贾英灵地，朴学奇才张一军"一首，亦为宋翔凤所发。当时二人相别甚久，龚自珍经过常州故地之时仍会想到宋翔凤，可见二人之交谊，又可证这首诗中所流露的推崇之意，乃真心之言，绝非一般投刺诗中的阿谀之词可比。

临行留别寄尘小淑五章 （之四）

〔清〕秋 瑾

惺惺相惜二心知，
得一知音死不辞。
欲为同胞添臂助，
只言良友莫言师。

作者简介：

　　秋瑾（1875—1907），字璇卿，又字竞雄，自号鉴湖女侠，浙江山阴（今浙江绍兴）人，近代杰出的民主革命志士。光绪三十年（1904）赴日留学，次年参加同盟会。归国后致力于民主革命运动，以张扬女权为己任。1907年7月15日，秋瑾因起义事泄被捕，从容就义于绍兴轩亭口，年仅三十二岁。擅诗歌，尤长于表现不屈的革命意志与深挚的爱国情怀，笔调雄健，情感奔放，有《秋瑾集》。

赏析：

全诗大意：你我二人性格志趣相投，两心相知，人生在世，能够得到这样的知己可谓死而无憾。我愿意助你这个同胞一般的好友一臂之力，你只把我当作好友即可，不必称我为师。

此诗是秋瑾离别友人之时所作。题目中的"寄尘"为徐自华之字。徐自华是南社女诗人，秋瑾的挚友。她与秋瑾一样都是由封建社会的大家闺秀转变为革命志士，从哀怨命运多舛的旧式妇女成长为投身革命的文艺战士。故此诗首联有"惺惺相惜二心知，得一知音死不辞"的句子。所谓"惺惺相惜"即性格、志趣、境遇相同的人互相爱护、同情、支持；有才能的人互相仰慕，相互欣赏之意。"死不辞"三字则写其友情之深，超越生死。鲁迅在瞿秋白死后，有挽词曰："人生得一知己足矣，斯世当以同怀视之。"可与前两句同看，此物此志。鲁迅所谓"同怀"即本诗第三句所说"同胞"，即一母所生之兄弟姐妹，诗中借此表达出对徐自华真挚的感情。联系到秋瑾一生的革命事业与女权运动，同胞则又可推而言之当时的女性及国人。末句化用龚自珍《己亥杂诗》中"但开风气不为师"语，显示出作者甘为人梯、无私奉献的精神，亦见相交之笃。

图书在版编目（CIP）数据

我寄愁心与明月 / 袁辉编著. — 北京:中国文史出版社,
2020.7

（中华好诗词·友情卷）

ISBN 978-7-5205-1633-4

Ⅰ.①我… Ⅱ.①袁… Ⅲ.①古典诗歌–鉴赏–中国
Ⅳ.①I207.2

中国版本图书馆 CIP 数据核字（2019）第 261493 号

责任编辑：卢祥秋

出版发行：**中国文史出版社**

社　　址：北京市海淀区西八里庄 69 号院　　邮编：100142
电　　话：010-81136606　81136602　81136603（发行部）
传　　真：010-81136655
印　　装：北京新华印刷有限公司
经　　销：全国新华书店
开　　本：720×1020　1/16
印　　张：21.25　　字数：173 千字
版　　次：2020 年 7 月第 1 版
印　　次：2020 年 7 月第 1 次印刷
定　　价：59.80 元